Emma und Ich

Auf meinem Bett liegt die Broschüre von der Highschool, die ich mir rausgesucht habe. Eine in Brisbane. Brisbane, das klingt megacool. Ich so am Strand mit verspiegelter Sonnenbrille und Promenadenschlendern im zweiten Gang, voll relaxt! Yes, baby! Morgen sag ich Emma und Kassy, dass es geklappt hat. Wenn ich an die beiden denke, hab ich ein mulmiges Gefühl. Am liebsten wäre mir natürlich, wir könnten zu dritt nach Australien verschwinden…

este Freundinnen: Emma, Kassy und Ich

OETINGER
34

DANIELA PUSCH

SECRETS

WEN EMMA HASSTE

OETINGER 34

Alle Bände der Reihe »Secrets«

Band 1: Wen Emma hasste
Band 2: Wem Marie vertraute
Band 3: Was Kassy wusste

FSC
www.fsc.org
MIX
Papier aus verantwortungsvollen Quellen
FSC® C083411

Edition Oetinger34

Ein Imprint der Verlag Friedrich Oetinger GmbH

Text von Daniela Pusch
Umschlaggestaltung von Daniela Richter-John
Satz: Dörlemann Satz GmbH, Lemförde
Druck und Bindung: CPI books GmbH, Leck, Germany
Printed 2015
ISBN 978-3-95882-061-6

Dieses Buchprojekt ist auf Oetinger34.de im Team entstanden.
Autorinnen: Daniela Pusch, Elisabeth Denis, Lara de Simone
Paten: Rita Falk, Stefan Valentin

www.oetinger34.de
www.secrets-trilogie.de

Prolog

Alles begann mit einem Schwur.

Wir lagen auf dem Rasen hinter dem Haus von Marie, die Beine ausgestreckt, die nackten Zehen ins Gras gebohrt, und hielten unsere Gesichter in die Sonne. Die Hitze ließ die Haut auf unseren Oberarmen prickeln und die mitgebrachte kalte Limo zischen.

Kassy steckte Marie einen Grashalm ins Ohr und kitzelte meinen Fuß, eine Ameise krabbelte über das Bündchen ihrer Hose.

»So sollte es immer bleiben«, seufzte ich. »Nur wir drei und Sommer.«

»Auf jeden Fall«, sagte Marie. »Wir können einander vertrauen. Keine Lügen und keine Geheimnisse voreinander, wie die Erwachsenen das dauernd machen.«

»Nee, wir halten immer zusammen.« Kassy setzte sich auf und hielt uns ihre Hände entgegen. »Schwören?«

Und wir verhakten unsere Finger ineinander, bis das Blut aus den Adern wich und Maries Hand ganz kalt in meiner lag.

Hätten wir uns alle an den Schwur gehalten, hätte keine von uns sterben müssen.

Kapitel 1

Ich will meine beste Freundin nicht verlieren.

Ich hasse es, dass Marie sauer auf mich ist, besonders weil sie in ein paar Wochen für ein ganzes Jahr weg sein wird. Seit Marie die Bilder auf meinem Handy gefunden hat, gebe ich mir die allergrößte Mühe, mich ganz besonders gut mit Kassy zu verstehen.

Wir stehen am Hamburger Hauptbahnhof, Kassy und ich, und warten auf die Regionalbahn zur Ostsee, wo wir das Wochenende in dem Ferienhaus von Maries Mutter verbringen wollen. Kassy kaut Kaugummi und drückt an ihrem iPhone herum, und ich checke zum hundertsten Mal die Anzeigetafel, ob wir auch wirklich am richtigen Gleis stehen. Ich war noch nie allein mit der Bahn unterwegs und bin ein bisschen aufgeregt. Kassy würde mich vermutlich auslachen, wenn ich ihr das sage.

Seit der Grundschule sind Marie und ich wie Pech und Schwefel. Aber seit Kassy letztes Jahr am Anfang der Neunten dazugekommen ist, ist alles anders. Seitdem sind wir zu dritt BFFs: Marie, Kassy und ich.

»Emma, halt mal.« Kassy drückt mir die Tickets, die wir heute Morgen am Schalter gezogen haben, in die Hand, damit sie ihren Trekkingrucksack aufsetzen kann. Ich blicke auf das Datum: 27. 6. 2015.

Ein Windzug lässt unsere Haare flattern, und die Tauben, die auf den Gleisen nach Krümeln picken, fliegen auf und verschwinden irgendwo unter der großen Glaskuppel, die sich auf gewaltigen Stahlbetonträgern über unseren Köpfen wölbt.

Der Zug fährt mit kreischenden Bremsen aufs Gleis, und wir drängeln uns nach vorne, um einen Sitzplatz zu ergattern. Es sind noch keine Sommerferien, und die wenigen Gäste, die zur Ostsee wollen, verteilen sich so auf die freien Bänke, dass ein Vierer ganz für uns allein bleibt. Kassy wuchtet ihren fetten Rucksack auf die Gepäckablage und lässt sich dann auf die durchgesessene Sitzbank plumpsen. Ich setze mich neben sie. Meine Schenkel schwitzen, es ist einfach zu warm für Jeans, aber kurze Hosen mag ich nicht anziehen.

Kassys abgeschnittene Jeans sind dagegen so knapp, dass das bunte Innenfutter der Taschen hervorguckt. Sie schnürt ihre Chucks neu, von denen sich ein Schnürsenkel gelöst hat, und lässt dabei eine Kaugummiblase knallen.

Marie ist sauer wegen dem Ding, das ich mit Kassy abgezogen habe. Dabei tut es mir wirklich total leid. Ich weiß nicht, was da in mich gefahren ist. So was mache ich normalerweise nicht. Aber ich habe damit ja sofort aufgehört, alles gesperrt und Marie hoch und heilig versprochen, es nie wieder zu tun. Und jetzt sitzen Kassy und ich hier zusammen in der Bahn, und ich weiß, Marie ist nur deshalb schon gestern nach der Schule ohne uns los zur Ostsee, um Kassy und mir Zeit allein miteinander zu verschaffen. Sie hat zwar gesagt, dass sie nur schon mal putzen und aufräumen will, aber ich weiß, das ist eine Ausrede. Eigentlich will sie, dass ich Kassy gestehe, was ich gemacht habe, und mich dafür entschuldige. Und das möchte ich auch tun, ehrlich. Aber Mann, das ist verdammt schwer.

Kassy fällt eine Haarsträhne ins Gesicht, und sie streicht sie wieder hinters Ohr. Die blau gefärbten Spitzen leuchten richtig auf ihrem nachtschwarzen Haar. Das Blau ist neu, und es steht ihr super. Kassy hat ständig einen neuen Look, einer abgefahrener als der andere. Sie ist wirklich mutig, aber mit ihren asiatischen Gesichtszügen steht ihr der Comic-Look auch wirklich gut. Ich würde total bescheuert aussehen, wenn ich so was versuchen würde.

Ich habe ein Buch dabei, aber Kassy sagt: »Ich hab noch was für dich«, und kramt ihr abgeschrammeltes iPhone hervor. »Neuer Song, der wird dir gefallen.«

Sie reicht mir einen Ohrstöpsel und steckt sich den anderen ins Ohr, bevor sie durch ihre Playlist scrollt.

»Zieh dir das rein«, sagt sie und grinst.

Ihr Atem riecht nach quietschiger Blaubeere von den Kaugummis, die sie nur so lange kaut, bis der Geschmack raus ist, und dann in hohem Bogen ausspuckt oder heimlich unter einen Stuhl klebt. Die erste Packung ist schon leer.

Ich quetsche mir den Stöpsel ins Ohr, obwohl die Dinger bei mir nie halten. Regengeräusche ertönen, akustische Gitarre und ein Cello, über dem sich langsam eine weibliche Stimme erhebt: »*What's left to say ...?*« Es zieht mich sofort in den Bann, wie Musik das immer tut. Ich rutsche dichter an Kassy ran und mache es mir auf dem Sitz bequem. Der Song gefällt mir. Ich weiß nicht, wie sie das macht, aber Kassy findet immer die besten Songs, alte und neue. Sie hat einfach einen spitzen Musikgeschmack, und wir können Stunden zusammen bei Marie verbringen, im Schneidersitz auf ihrem Bett mit voll aufgedrehten Boxen, während wir Kassys unerschöpfliche Songsammlung durchstöbern.

And nothing you do can seem to break through
This darkness smothering you
When it takes hold, your heart turns cold
The very soul seeps out of you

Es ist *Till the clouds clear* von LAMB, und die Stimme der Sängerin schlägt von unschuldig und kindlich zu gebrochen und wütend um, während im Hintergrund ein Sturm aufzieht und das Cello anschwillt. Ich kriege eine Gänsehaut. Früher habe ich selber Cello gespielt.

»Und?«

»Love it!«

Wir rutschen noch dichter zusammen, damit das kurze Kabel reicht, bis unsere Köpfe zusammenkrachen. Wir müssen lachen. Wenn ich jetzt was sage, dann mache ich alles kaputt. Also schweige ich. Ist bestimmt besser so.

Ich lehne meine Schläfe kurzerhand an ihre Schulter, und Kassy legt die Füße hoch. Sie spielt den Song mir zuliebe bestimmt hunderttausendmal, während am Fenster Wiesen und Bäume vorbeifliegen und wir in das trügerische Blau des Himmels hinaufstarren.

Vom Bahnhof Timmendorf aus müssen wir noch mit dem Bus Nummer 19 nach Nienbrook und dann ein ganzes Stück weit laufen, bis zu dem Haus dicht an den Klippen mit Blick über das Meer. Das kleine reetgedeckte Fachwerkhäuschen steht ein wenig abseits der Siedlung.

An der Bushaltestelle kann ich das Salzwasser sofort riechen. Während wir warten, wirft Kassy einer Gruppe Jungs Blicke zu, die auf einer kleinen Mauer herumlungert. Möwen fliegen über uns hinweg. Der Bus rückt an. Ich bin ganz froh, dass wir nicht länger hier rumstehen müssen. So wie ich Kassy kenne, hätte sie die Jungs sonst bestimmt noch zur Party eingeladen.

»Komm jetzt, steig ein«, sage ich und ziehe sie am Ärmel.

»Was'n?« Sie macht eine Schnute.

Die Party heute war Maries Idee. Seit Wochen redet sie davon, dass sie mit uns im Ferienhaus ihrer Mutter ihren Abschied feiern will. Kassy und ich waren sofort begeistert. Es klang einfach nach der perfekten Gelegenheit, ein Wochenende ohne störende Eltern zu verbringen, nur wir drei, Marie, Kassy und ich. Vielleicht die letzte Gelegenheit vor den Sommerferien, wenn Marie nach Australien fliegt, wo sie das kommende Schuljahr als Austauschschülerin verbringen soll. Davor graut mir jetzt schon: ein ganzes Schuljahr ohne Marie.

Kassy hat sofort vorgeschlagen, ein paar Leute aus der Klasse einzuladen und richtig Party zu machen, während ich eher dafür war, dass wir unter uns bleiben. Aber Marie hört eigentlich immer auf Kassys Vorschläge, und so ist aus unserem gemeinsamen Wochenende zu dritt inzwischen eine richtige geheime Party geworden. Ich bin ein bisschen unruhig deswegen. Partys sind nicht so mein Ding. Ich mag nicht tanzen und weiß nicht, wie ich mich mit Leuten unterhalten soll, die ich kaum kenne. Ich hoffe, dass es nicht so krass wird, denn es kommen nur ein paar aus der Klasse, sodass wir es uns gemütlich machen können, vielleicht mit einem Lagerfeuer am Strand oder so. Einfach zusammensitzen, quatschen und Musik hören. Wie bei unseren Mädelsabenden bei Marie.

Der Bus ist leer. Kassy legt ihren Rucksack auf einem freien Platz ab, obwohl wir es nicht weit haben.

Ich musste ein klein wenig flunkern, um mich für dieses Wochenende loseisen zu können, und habe ein schlechtes Gewissen deswegen. Aber was soll man sonst machen, wenn man eine übervorsichtige Glucke zur Mutter hat, die einem nie und nimmer erlauben würde, achtzig Kilometer allein mit der Bahn an die Ostsee zu reisen, obwohl man schon fünfzehn Jahre alt ist? Also habe ich behauptet, dass ich das ganze Wochenende bei Marie übernachten werde, was ich tatsächlich sehr oft tue. Das kontrolliert meine Mutter schon gar nicht mehr, sie geht automatisch davon aus, dass das für Maries Mutter, Ilsa, in Ordnung ist. Und Marie hat gesagt, wir seien bei mir. Ilsa fragt nie irgendwas nach, und Kassy macht sowieso, was sie will.

»Rutsch mal, Em«, sagt Kassy, und ich quetsche mich auf den Platz am Fenster, meine Tasche auf dem Schoß.

So ganz gelogen ist das nicht, ich übernachte ja wirklich bei Marie. Ich lüge meine Eltern nicht gerne an, aber irgendwie ist es auch aufregend, unterwegs zu sein, ohne dass sie wissen, wo ich bin. Kassy postet was auf Facebook. Ich schaue aus dem Fenster und halte mein Gesicht in die Sonne.

Nach nur drei Stationen steigen wir aus. Das Fachwerkhäuschen, das einmal Maries Großmutter gehört hat, taucht erst nach einer ganzen Weile hinter einer Wegbiegung unter Pappeln vor uns auf. Ich zerre meinen Trolley hinter mir her und fluche über die Kiesel und Steine auf dem schmalen Sandweg. Das Haus ist zweigeschossig, aber klein, die Holzfensterläden sind geschlossen. Früher hat Marie mit ihrer Mutter jeden Sommer hier verbracht. Sie kam dann immer ganz sonnenverbrannt aus den Ferien zurück, während ich noch immer käsig war von den sechs

Wochen auf der Couch meiner Großmutter in Halberstadt, wo man rein gar nichts machen kann, außer ein Buch nach dem anderen zu lesen. Eigentlich ist das Backsteinhäuschen ziemlich gemütlich, aber heute strahlt es diese Einsamkeit aus, die selten benutzte Ferienhäuser nun mal an sich haben. Der Garten ist verwildert, die Hecke sieht aus, als wäre sie gerade erst aus dem Bett gestiegen, und der Rasen ist kniehoch. Ich war erst ein einziges Mal hier, das ist Jahre her, da war ich sieben oder acht oder so. Marie hat mir damals die Klippen gezeigt, die hinter den Pappeln am Haus steil abfallen, auch wenn ich totale Höhenangst habe. Marie hat mir erzählt, dass sie gerne dort sitzt und aufs Meer schaut. Von dem Vorsprung aus geht es total steil abwärts bis runter ins Wasser, wo die Wellen gegen die Felsen spritzen. Ich bekomme schon feuchte Handflächen, wenn ich nur daran denke.

Ich stelle mir vor, wie sie da sitzt, ihre Beine baumeln im Nichts, und sie denkt darüber nach, wie es wäre, wenn die Steilküste noch weiter abbricht und eines Tages das Haus mit sich zieht. Ich habe mal ein Foto gesehen, das war auf Sylt aufgenommen, glaube ich, da schwebte ein Haus total über dem Abgrund und stand nur noch zu einem Drittel auf festem Boden und trotzte der Schwerkraft. Eines Tages wird die Steilküste auch Maries Ferienhaus herabreißen, das ist nur eine Frage der Zeit.

Kassy öffnet das Gartentor, steigt die drei Stufen zur Haustür hoch und probiert die Türklinke, ohne zu klingeln. »Wir sind da-ha!«, ruft sie und geht einfach rein.

Das Meer schmeißt sich mit solcher Wucht unten gegen die Felsen, beinahe meine ich, die Vibration unter meinen Füßen zu spüren, auch wenn das Wasser von hier aus nicht zu sehen ist.

Marie sitzt in der Küche und guckt erschrocken, als wir so plötzlich ins Haus poltern. Kassy umarmt sie und quiekt

»PAARTY!«, während ich versuche, meinen Trolley in dem engen Flur irgendwo unterzustellen.

»Schon da? Ich hab gar nicht mitbekommen, wie spät es ist.« Marie befreit sich aus Kassys Armen und streicht ihr langes Haar zurück.

Seit einem halben Jahr trägt sie ihre Haare wasserstoffblond, und es steht ihr super. Richtig edel und viel erwachsener sieht sie damit aus. Seither bekommt sie noch mehr Jobangebote von ihrer Modelagentur. Marie verdient sich damit Geld für ihr Auslandsjahr oder später fürs Studium. Sie ist schön wie immer, auch wenn sie noch nicht zurechtgemacht ist und mit zerzausten Haaren und schlabberigen Jogginghosen herumläuft. Sie hat Dreck auf ihrem T-Shirt, als hätte sie in der Erde gewühlt. Rosafarbene Spritzer wie ausgedünntes Blut ziehen sich über ihre Klamotten.

»Kommst du aus einem Massaker?«, frage ich.

Sie lacht: »Erdbeerpflücken. Wollt ihr welche?«

»Klasse, da können wir Cocktails mit machen«, sagt Kassy und stopft sich eine ungewaschen in den Mund. Ich nehme ihr die Schale weg und stelle sie unter den Wasserstrahl.

Mein Herz verkrampft sich, als Marie mich ansieht, und ich kann ihrem Blick nicht standhalten. Sie hat mich nicht einmal umarmt. Ich will nicht, dass sie noch sauer auf mich ist. Ich weiß, dass sie denkt: Hast du es ihr gesagt?

Kassy knallt ihren Rucksack auf den Küchenstuhl und reckt sich. »Was gibt's sonst zu futtern?«

»Chips und Cola für heute Abend. Im Schrank sind noch Nudeln, die können wir uns kochen. Und natürlich die Erdbeeren.«

»Lecker«, sage ich halbherzig, denn eigentlich frage ich mich, was Marie dann seit gestern Abend hier gemacht hat, wenn es jetzt nicht mal richtige Verpflegung gibt.

Marie rafft Stift und Zettel zusammen und macht den Küchentisch frei. Auf ihrer Hand sind mit schwarzem Filzstift Linien und Kreise gemalt. Wenn Marie einen Stift in die Hand bekommt, kann sie nicht anders, sie muss rumkritzeln. Und wenn kein Papier in der Nähe ist, zeichnet sie halt auf sich selbst. Ich sehe, dass sie leicht gerötete Augen hat, so als hätte sie geweint, was aber wohl vom Wind und dem Salz in der Luft kommt. Meine Augen brennen auch.

»Wer kommt eigentlich noch alles?«, frage ich.

»Nur ein paar aus der Klasse.«

»Hast du niemanden eingeladen, Emmy?«

Ich schüttele den Kopf. Außer Marie und Kassy habe ich eigentlich keine Freundinnen, und Kassy weiß das genau.

»Ich finde ja nicht, dass allzu viele Leute kommen sollten …«

»Wo können wir tanzen?«, unterbricht Kassy mich, und Marie zeigt auf die Tür zum Nebenraum.

Wir gehen ins Wohnzimmer. Es ist etwas altmodisch, aber gemütlich eingerichtet, mit den Möbeln, die noch von Maries Großmutter stammen.

»Gibt es Sound?«

Marie zeigt Kassy eine kleine Kompaktanlage, die zwischen Stapeln zerlesener Taschenbücher im Regal kaum auszumachen ist.

»Dann müssen wir aber noch Platz schaffen, wenn wir hier tanzen wollen«, merke ich an.

Kassy zieht die Anlage hervor, um sich die Anschlüsse auf der Rückseite nach einer Möglichkeit anzusehen, wie sie ihr iPhone anschließen kann.

Ich fange an, den Tisch beiseitezurücken.

Marie geht noch mal in die Küche und holt das Buch vom

Küchentisch, in dem sie wohl gelesen hat, bevor wir gekommen sind. Sie räumt es im Wohnzimmer zurück ins Regal.

Ich werfe einen Blick auf den Buchrücken: »Sehnsucht der Albatrosse?«

»Traurige Geschichte«, sagt sie.

Kassy flucht. »Da muss ein anderes Kabel rein, so eins mit einem dicken Stecker. Aber kein Ding, ich hab vorgesorgt und noch eins dabei.«

Sie geht in die Küche und fängt an, den Inhalt ihres Rucksackes auf dem Küchenboden auszukippen. Draußen rufen die Möwen, und durch das offene Fenster höre ich das Meer rauschen.

Marie streicht die Buchrücken glatt und lässt die Schultern hängen. Sie hat mir ein Ultimatum gestellt: Entweder du sagst es Kassy, oder wir sind keine Freundinnen mehr. Aber jetzt scheint sie das auf einmal gar nicht mehr zu interessieren.

»Alles klar?«, frage ich. Ich habe irgendwie das Gefühl, sie ist mit den Gedanken ganz woanders.

Sie dreht mir den Rücken zu. Ich habe Angst, dass sie ihre Drohung wahr macht. Dass ich tatsächlich nicht mehr ihre Freundin bin.

»Marie?«, frage ich zögerlich. Meine Stimme zittert.

Marie fährt hoch. »Hm?«

»Bist du … okay?«

Sie wirft einen raschen Blick zum Türrahmen, vergewissert sich, dass Kassy in der Küche außer Hörweite ist, und flüstert mir dann zu: »Ich glaube, ich habe Ralf gesehen.«

Ich brauche einen Moment. »Hier?«, frage ich erstaunt.

Ralf ist ihr richtiger Vater. Er hat sie und ihre Mutter verlassen, als Marie noch klein war. Marie sieht ihn eigentlich nie.

»Am Bahnhof …«, sagt Marie zögerlich. »Als ich ausgestiegen bin. Ich bin mir aber nicht sicher, vielleicht war er es auch nicht …«

»Wahrscheinlich nicht. Was sollte der hier wollen?«

»Keine Ahnung. Vergiss es.«

»Hast du Angst wegen der Party? Dass er uns hier erwischt? Willst du lieber absagen?«

Sie schüttelt den Kopf.

Kassy poltert in der Küche, und ich bin einfach nur erleichtert, dass Marie gar nicht mehr von dem Ultimatum spricht. Vielleicht hat sie mir verziehen.

Marie strafft ihre Schultern: »Nein, Quatsch. Jetzt gibt es kein Zurück. Komm, ich zeig euch eure Betten, und dann stylen wir uns auf!«

Plötzlich ist sie wieder fröhlich, ganz die alte Marie. Sie zieht mich in die Küche und ruft: »Ich hab mir neue Schuhe gekauft, die müsst ihr sehen. Sooo hohe Absätze.«

»Geil.«

»Hot!«, grinst Kassy.

»Was ziehst du an, Emma?«

Mein Lächeln erlischt. Da ist die Frage, vor der mir graut.

»Na, das, was ich anhab?« Ich zupfe am Saum meines Lieblingspullovers.

»Kommt nicht infrage!«, rufen Kassy und Marie wie aus einem Mund.

Ich lasse zu, dass sie mich ins obere Stockwerk ziehen, wo sie den Inhalt von Maries Koffer auf dem Bett ausschütten und mir Outfits entgegenhalten, die sie extra für mich besorgt hat. Sie wusste, ich würde mich nicht darum kümmern. Irgendwie süß, dass Marie daran gedacht hat. Es beweist, dass sie noch meine Freundin ist, oder?

Ich hasse Mode, weil ich nicht so schlank bin und die hübschen Sachen mir nie passen. Okay, ich bin sogar ziemlich pummelig. Aber was soll ich machen, ich liebe nun mal Schokolade und alles, was süß ist, und im Sport bin ich eine Niete.

Marie überredet mich zu einem türkisfarbenen Oberteil mit tiefem Wasserfallausschnitt, und als ich es nach allerlei Gesträube anhabe, finde ich, es steht mir sogar ganz gut. Ein Vorteil, wenn man fülliger ist, ist nämlich der, dass man auch mit fünfzehn schon eine üppige Oberweite hat. Kassy hilft mir, mich zu schminken, sodass ich mir am Ende sogar ein wenig gefalle, auch wenn ich mich im Vergleich zu der schlanken Marie und der katzenhaften Kassy immer noch fett fühle. Kassy hat irgendetwas mit Haarschaum und meinen Haaren gemacht und meine Augen dramatisch mit schwarzem Kajal umrandet, wie sie es selber manchmal trägt, und ich finde es gar nicht schlecht, auch wenn die Wimperntusche an meinen Augen klebt, was sich komisch anfühlt.

»Da werden die Jungs aber Augen machen«, sagt Marie, und Kassy kneift mir in den Po.

Ich verziehe das Gesicht.

Ich bin fünfzehn Jahre alt und hatte noch nie einen Freund. Mehr als ein paar halb gare Küsse habe ich bisher nicht hinbekommen, und die haben mir nicht einmal sonderlich gefallen. Marie sagt, dass liegt daran, dass ich noch nicht den Richtigen getroffen habe.

Marie zieht ein kurzes, weißes Kleid an, das sie bei einem Fotoshooting abgestaubt hat, und steckt ihre Haare hoch. Vorne auf dem Kleid ist eine fiktive Skyline in schwarzen Linien gedruckt, und es ist schräg angeschnitten. Darunter zieht sie eine dunkelblaue Skinny-Jeans an. An ihren Armen baumeln dünne

Armbänder, darunter eines von meinen, und sie sieht aus … wie ein Model. Na ja, ist sie ja auch. Wenn da nicht noch immer die Kreise und Kringel aus schwarzem Filzstift wären, die sie aus Langeweile bis halb ihren Arm hinauf gezeichnet hat. Sie hat nicht einmal versucht, sie abzuschrubben.

Kassy bleibt bei abgeschnittenen Jeans und Tanktop, aber sie betont ihre Katzenaugen mit flüssigem Kajal und bindet die blauen Haarspitzen zu zwei Mangazöpfen hoch. Marie sprüht Parfüm in die Luft – *Juliette has a gun,* das ich auch gern hätte, mir aber nicht leisten kann – und befiehlt, dass wir durchhüpfen sollen.

»Nur benetzen, Mädels. Ihr wollt doch nicht billig riechen!«, mahnt sie und wedelt mit der Hand durch die Luft.

»Wer sagt das? Deine Modeltussen?« Kassy reißt ihr das Fläschchen aus der Hand und sprüht sich zwischen ihre Brüste. Sie grinst.

»Nur Schlampen sprühen direkt auf die Haut.«

»Selber Schlampe.«

»Bitch.«

Marie guckt auf ihr Handy. »Scheiße, bald kommen die ersten Leute, wir müssen uns ranhalten.«

Die nächste halbe Stunde verbringen wir damit, hektisch durch das Haus zu hetzen, zerbrechliche und/oder wertvolle Gegenstände aus dem Weg zu räumen und die Getränke und die Knabbersachen, die Marie hier im Supermarkt besorgt hat, in der Küche aufzureihen. Kassy hat für Hartalk gesorgt und zieht Flasche um Flasche aus ihrem Trekkingrucksack.

»Lass mal sehen!« Marie geht die Etiketten durch und pfeift durch die Zähne. »Krass. Mix uns doch schon mal was.«

»Aber sehr gern, Mylady.« Kassy holt Gläser und Becher zum

Mixen aus dem Schrank, und Marie stöckelt auf ihren neuen High Heels, die ihre rot lackierten Zehen frei lassen, durchs Haus. Sie knickt gefährlich um.

Ich rufe: »Zieh die doch erst später an!«, doch Kassy und Marie lachen nur.

Kassy arbeitet in einem Café in Hamburg. Sie rührt die Cocktails wie ein Profi und steckt eine Erdbeere als Deko oben an den Rand. Ich möchte mich nützlich machen und wische im Wohnzimmer den Tisch ab, rücke die Möbel beiseite, fülle Chips und Gummibärchen in Schüsseln und sorge für indirektere Beleuchtung. Aber Marie beachtet meine Bemühungen kaum, sie fachsimpelt mit Kassy über Alk. Egal, Hauptsache, diese Party wird ein Erfolg, und Marie ist glücklich.

»Wie wäre es mit Musik?«, frage ich.

»Aber hallo!« Kassy kommt zu mir, stellt die Anlage auf *Aux* klickt auf die Playlist auf ihrem iPhone, das sie mit einem Kabel angeschlossen hat, und dreht voll auf. Sie wackelt mit dem Po in ihrer knallengen schwarzen Jeans vor meinem Gesicht und ruft: »Slap me!«

»Dafür ist dein Arsch zu fett!«

Ich schieße ein Foto von ihr mit meinem Handy, und sie zeigt mir den Stinkefinger. Marie lacht, als ich meinen Kopf an der zu niedrig hängenden Küchenlampe stoße.

Dann muss ich aufs Klo, aber ich finde kein Klopapier. Ich brülle ewig gegen die laute Musik an, bis den beiden endlich meine Abwesenheit auffällt. Sie biegen sich vor Lachen vor der Klotür und schieben mir das Toilettenpapier nur in kleinen Abschnitten unter dem Türschlitz durch.

»Hey, ihr Penner. Reicht mir die ganze Rolle rein!«

»Sag schön Bitte, Bitte.«

»Warum? Bitte, Bitte!«

»Kleine Titte!«, brüllen sie daraufhin und prusten vor Lachen, was echt kindisch ist, aber das ist so ein alter Witz zwischen uns.

Endlich reichen sie mir ein letztes Stück Papier, und ich ziehe die Klospülung.

»Ich muss als Nächste!«, meldet Marie sofort, als sie das Wasserrauschen hört, und ich sage durch die Tür: »Sag schön Bitte, Bitte.«

Kassy prustet, und Marie bettelt: »Bitte, Bitte, ich mach mir gleich in die Hose. Mach auf!«

»Kleine Titte!«, kreischen Kassy und ich, während ich aus dem Bad herauskomme.

Marie drängelt sich an mir vorbei. Wir warten, bis wir hören, wie sie den Schlüssel umdreht, dann rufen wir: »Hast du nicht was vergessen?« Kassy lässt die Klopapierrolle triumphierend auf einem Zeigefinger kreisen. Wir hören Marie im Badezimmer stöhnen: »Oh no …«

Kassy gibt mir High Five, und wir zwingen Marie dazu, »Bitte, Bitte« und »Ich hab euch lieb« zu sagen. Ich weiß nicht, warum wir das so komisch finden, aber ich kann nicht aufhören zu lachen. Alles ist wieder wie früher.

Kassy hat aus Sekt und Campari einen Roten Hugo mit Erdbeeren gezaubert, der jetzt richtig durchgezogen ist, und füllt uns das erste Glas des Abends. »Auf die geilste Party unseres Lebens!«

»Auf ein stürmisches Wochenende!«

»Auf meine BFFs.«

Maries Armbänder klimpern aneinander, als wir anstoßen. Der Alkoholmix ist süß und prickelt ungewohnt auf meiner Zunge. In meinem Bauch breitet sich ein warmes Gefühl aus. Das Licht der Küchenleiste bricht sich blitzend in unseren Gläsern, und für einen Moment fühle ich mich schön. Obwohl die Ringe an meinen Ohren nur aus Plastik sind und mein Oberteil nur geliehen, bin ich glücklich, hier mit meinen beiden besten Freundinnen im Licht der untergehenden Sonne.

Für einen Moment ist es so, als gäbe es keine Geheimnisse, die zwischen uns stehen. Keine Geständnisse, keine Eifersucht, keine Lügen. Nur beste Freundinnen.

Kurz darauf kommen die ersten Partygäste.

Kapitel 2

Die ersten Leute trudeln mit dem Bus Nummer 19 ein und verteilen sich in der Küche. Zuerst ist es ganz nett, wir stehen rum und mampfen Chips. Niemand erwartet von mir, dass ich tanze oder mich unterhalte oder den Gastgeber spiele. Ich entspanne mich und beobachte ein Mädchen, wie es versucht, mit den Jungs zu flirten, und sich dabei mit den Fingern durch die Haare fährt, ihr Lipgloss auffrischt. Aber dann wird es immer voller und voller, und ich frage mich, wer eigentlich alles eingeladen ist. Außer Mareike, die nie jemand fragt, scheint die ganze Klasse da zu sein, ein paar aus dem höheren Jahrgang, aber auch Gesichter, die ich gar nicht kenne. Marie sieht besorgt aus, ich glaube nicht, dass sie so viele Leute eingeplant hat. Die Musik dröhnt aus der kleinen Anlage, gut, dass es hier keine direkten Nachbarn gibt.

»Wer ist das?«, frage ich und deute auf ein Pärchen, das auf der Treppe steht und knutscht. Der Rock von dem Mädchen ist so hoch gerutscht, dass alle, die unten stehen, sehen können, was sie drunter trägt. Ihr scheint das egal zu sein.

Marie zuckt die Achseln. »Keine Ahnung.« Sie spielt nervös mit einer Strähne ihres Haares. »Hast du Tom gesehen?«

»Wen?«

»Meinen Cousin. Er wohnt doch wieder hier in Nienbrook, und ich habe ihm und seinem Freund Ulli gesagt, sie können vorbeikommen.«

Ich runzele die Stirn. »Nein, aber ich bin mir nicht sicher, ob ich ihn überhaupt wiedererkennen würde. Den hab ich nicht mehr gesehen, seit wir klein waren und bei dir auf dem Rasen Fangen gespielt haben. Vielleicht ist er draußen?«

Ich recke den Hals und spähe aus dem Fenster. Die Sonne versteckt sich langsam hinter dem Horizont, und frischer Wind vom Meer drückt die verkrüppelten Büsche nieder. Ein paar Autos halten auf dem Sandweg vor dem Gartenzaun, und mein Bruder taucht aus einem schwarzen Lexus auf. Mit seinen Kumpels aus der Oberstufe. Ausgerechnet. Er klappt den Kofferraum auf und wuchtet einen Kasten Bier heraus.

»Hast du Daniel eingeladen?«, frage ich Marie, und die schüttelt den Kopf. Sie reckt den Hals und schaut ebenfalls aus dem Küchenfenster.

»Das ist auf Kassys Mist gewachsen«, zischt sie ungewohnt aggressiv.

»Was willst du machen?«

»Ihr die Meinung geigen.«

Sie geht aus der Küchentür in den Garten, um Daniel abzufangen. Ich hinterher.

Draußen ist es kühl, es ist halt noch nicht richtig Sommer, die Sonne wärmt die Erde tagsüber noch nicht genug auf, um die Nacht warm zu halten. Daniel kommt uns mit dem Kasten Bier vor dem Bauch entgegen. Mein Bruder ist nur fünf Minuten älter als ich. Wir sind Zwillinge und haben uns früher sehr ähnlich gesehen. Das war, bevor er anfing, in die Muckibude zu gehen und mit diesen Blödmännern aus der Oberstufe rumzuhängen. Das

Training und die ständigen Touren mit seinem geliebten Mountainbike haben ihn verwandelt. Jetzt sehen wir uns eigentlich gar nicht mehr so ähnlich, nur im Gesicht sind wir noch dieselbe Person. Früher hat unsere Mutter uns immer die gleichen Sachen gekauft, sodass sogar unsere Lehrer in der Grundschule uns miteinander verwechselt haben. Aber dann habe ich mir die Haare lang wachsen lassen, weil ich nicht mehr als Junge durchgehen wollte. Und jetzt tut er alles, um mir ja nicht ähnlich zu sehen.

»Wo hast du denn das Bier her?«, frage ich.

»Aus dem Getränkemarkt vielleicht?« Daniel rollt mit den Augen.

Seine Kumpels bleiben beim Wagen, sie lassen ihn allein den vollen Kasten in die Küche tragen, lehnen am Auto und rauchen Zigaretten. Ich frage mich, von wem die so einen teuren Wagen geliehen haben.

Der Kasten ist schwer, ich will mit anpacken, doch Daniel zischt: »Ich schaff das schon. Wo kann ich den abstellen?«

»Küche«, sagt Marie.

Wir folgen ihm.

»Wissen Mama und Papa, dass du hier bist?«

»Dumme Frage, natürlich nicht. Was ist mit dir? Denken Mama und Papa nicht, dass du schön brav bei Marie in Hamburg unter der Decke liegst und ihr euch gegenseitig die Zehennägel lackiert?« Er lässt den Kasten unsanft auf die Küchenfliesen krachen.

»Oh gut, Bier«, höre ich Kassy von hinten. Sie springt in die Küche, rempelt gegen uns und schnappt sich eine Flasche.

Daniel wischt sich den Schweiß, der sich in der Hitze unter dem Rand seiner Wollmütze gebildet hat, von der Stirn und nimmt sich ebenfalls eine Flasche.

Er stößt mit Kassy an, und die beiden lassen den Verschluss ploppen: »Prost!«

Damit ist es offiziell, er darf bleiben.

Die Wollmütze soll wohl lässig aussehen, wie er sie so halb in den Nacken gezogen hat. Sein braunes Haar lugt drunter vor, aber irgendwie ist mein Bruder in meinen Augen nie cool. Für mich sieht er eher aus wie ein zu groß geratener verkleideter Junge. Er ist mir einfach zu ähnlich. Wie ihn andere wohl sehen? Kassy zum Beispiel.

»Auch eins?«, fragt er und bietet mir seine Bierflasche an.

»Nee, ich mag nicht«, sage ich und schüttele den Kopf. Meinen ersten Schluck Bier habe ich mit zwölf getrunken, als Papa beim Grillen eine Flasche unbeaufsichtigt hat stehen lassen. Es schmeckte mir nicht, warm und abgestanden und zu bitter. Hugo ist mir lieber, außerdem ist mir schon von dem einen Glas schummerig.

»Dann nimm wenigstens hier noch was von.« Kassy drückt mir ihren halb leeren Becher mit Sekt in die Hand.

»Kann ich dich mal kurz sprechen?« Marie will Kassy beiseiteziehen.

»Gleich, muss noch den Jungs Hallo sagen«, sagt Kassy und hüpft aus der Küchentür und zum Gartenzaun, wo die Autos stehen.

Die Jungs winken ihr zu, und sie begrüßt jeden von ihnen der Reihe nach mit Handschlag. Ich hab gar nicht gewusst, dass Kassy diese Typen kennt. Die sind alle älter, schon über achtzehn.

Im Haus kracht irgendwas, und Marie sieht besorgt aus. Wenn etwas kaputtgeht und ihre Mutter erfährt, dass wir hier Party gemacht haben, gibt es Ärger. Wer weiß, vielleicht war's das dann mit Australien? Marie stakst auf ihren hohen Absätzen aus dem

Haus über den Rasen zu Kassy und zieht sie von den Jungs weg. Die pfeifen anerkennend, als sie sie in ihrem engen Outfit sehen, aber sie ignoriert es. Ich sehe, wie Kassy und Marie miteinander streiten, kann aber nicht hören, was sie sagen, weil die Musik so laut ist.

Kassy verdreht die Augen. Irgendwie ist es schön, zu sehen, dass Marie auch mal sauer auf Kassy ist. Vielleicht sieht sie ja jetzt endlich ein, dass Kassy nur Probleme bringt. Dass sie immer übertreiben muss und über die Stränge schlägt. Dass es früher, ohne sie, viel schöner war.

Aber plötzlich will ich nicht, dass sie sich ausgerechnet heute in die Haare kriegen, daher gehe ich zu ihnen.

Ich kann hören, wie Kassy sagt: »Mach dich mal locker.«

Bei Kassy ist immer alles locker. Für sie ist das Leben ein Spiel, und man muss sich nehmen, was man kriegen kann, denn irgendwann – *zack* – ist es vorbei. Ich glaube, das ist genau das, was Marie an Kassy so fasziniert. Früher träumten wir davon, was wir nach der Schule machen würden. Gemeinsam in eine WG ziehen, an der Uni Journalismus studieren, so was. Aber seit Kassy da ist, redet Marie nicht mehr davon. Als hätte sie auf einmal keine Pläne mehr. Nur den Plan mit Australien. Als wäre nach Australien alles zu Ende, und sie käme nie wieder.

»Ich weiß nicht, woher die alle von der Party wissen. Ehrlich«, höre ich Kassy. »Wir räumen später wieder auf, jetzt hab mal Spaß, ist doch eine geile Party.«

Zwei der Jungs fangen an, auf dem Rasen zu raufen und sich Bierduschen zu verpassen.

Kassy ruft: »Hey, das gute Bier! Ihr benehmt euch wie Assis! Hier sind Ladys anwesend!«

Marie muss lachen.

Manchmal wünsche ich mir, ich wäre ein bisschen mehr so wie Kassy. Dass ich mutiger wäre und keine Angst davor hätte, was andere von mir denken. Und dann wieder wünsche ich mir, Marie würde endlich einsehen, dass Kassy zu wild für uns ist. Dass sie Ärger anzieht wie Gewitter die Fliegen.

»Keinen Streit, die Damen, seht mal, was ich euch mitgebracht habe.« Daniel zieht eine Schnapsflasche aus seiner Tasche, Wodka oder so was, und schlenkert sie vor Kassys Nase. »Ein Daniel-Special zum Lockerwerden.«

Marie verschränkt die Arme vor der Brust und funkelt ihn an. Dann schnappt sie ihm die Flasche aus der Hand. »Kommt nicht infrage, die bleibt zu.«

»Wenn sie zubleibt, wozu ist sie dann gut?«

»Ich weiß nicht. Zum Spielen? Wie wäre es mit Wahrheit oder Pflicht?«

»Uuuuh«, macht Kassy. »Lassen wir die Flasche sprechen.« Sie springt drei Schritte über den Rasen bis hinter die Hausecke zu der kleinen gepflasterten Terrasse unter dem Küchenfenster.

Marie, Daniel und ich folgen. Die Gartenmöbel sind unter braunen Planen verpackt, und Unkraut hat sich zwischen den Stuhlbeinen ausgebreitet.

Wir stellen uns im Kreis um Marie auf, die die Flasche in der Hand hält.

»Also?«, fragt Marie und guckt jeden von uns dreien einzeln an. »Wahrheit oder Pflicht?«

Ich weiß nicht, was das soll. Das Spiel ist doch was für Zwölfjährige. Aber Marie hat so ein komisches Glitzern in den Augen, und sie schwankt leicht auf ihren hohen Absätzen. Sie hat wohl schon ein paar Gläser intus. Ich nehme noch einen Schluck aus Kassys Becher. Der Sekt ist warm und prickelt kaum noch.

»Du musst die Flasche zuerst kreisen lassen, bis sie auf jemanden zeigt, dann fragst du, Dummbatz«, sagt Kassy.

Marie bückt sich, was in den High Heels gar nicht so leicht zu sein scheint, Kassy muss sie am Ellbogen festhalten. Sie legt die Schnapsflasche auf den Steinfliesen ab und versetzt sie in Schwung.

Die Flasche schwirrt um sich selbst.

Ich starre auf die klare Flüssigkeit. Sie wirbelt durcheinander und bildet Bläschen, während die schlanke Flasche sich immer schneller dreht. Sie verliert an Fahrt, kommt zitternd zum Stehen und zeigt auf Kassy.

Ich atme auf.

Marie stemmt die Hände in die Hüften: »Wahrheit oder Pflicht?«

Kassy zuckt gelangweilt mit den Schultern. »Wahrheit.«

»Okay. Hier kommt deine Frage: Wem hast du alles von der Party erzählt? Wahrheit, Kassy!«

Kassy guckt zerknirscht. »Na ja, ich hab vielleicht dem einen oder anderen Bescheid gegeben … auf Facebook. Die Adresse genannt. Und dann haben es vielleicht andere weiterverteilt …«

»Du hast WAAAAS?«

Marie funkelt Kassy böse an. Kein Wunder, dass so viele da sind, die wir überhaupt nicht kennen!

Ich blicke durch die Küchentür ins Haus. Im Wohnzimmer tanzen so viele Leute, dass durch den kleinen Flur eigentlich schon gar kein Rein- oder Rauskommen mehr möglich ist, und auf dem Rasen haben sich Daniels Kumpel ausgebreitet und versuchen, in einem alten Grill ein Feuer in Gang zu bringen. Irgendwo im oberen Stockwerk kreischt lauthals ein Mädchen.

Keine Chance, dass Maries Mutter hiervon nichts erfahren wird.

»Ich wollte nicht, dass das hier so lame wird! Das ist vielleicht unsere letzte Party zusammen. Unsere Abschiedsfeier für dich, Marie. Da sollten wir was machen, woran wir uns unser Leben lang erinnern werden. Bevor du für ein ganzes Jahr weg sein wirst.«

Marie schweigt, aber sie sieht nicht sauer aus, sondern irgendwie eher … gerührt? Eine Brise vom Meer erfasst ihr Haar und wirbelt die blonden Strähnen um ihr Gesicht. Sie hebt ihre Hand, um sie wegzustreichen. Eigentlich unverständlich, dass sie noch keinen Freund hat. Wäre ich ein Junge, würde ich mich in Marie verlieben.

Über uns beginnen die ersten Sterne am Firmament zu schimmern.

»Unser Abschied …«, sagt sie.

»Komm schon, yolo.« Kassy zieht eine Zuckerschnute, mit der sie uns eigentlich immer rumkriegt.

Marie seufzt. »Du bist verrückt.«

»Verrückt und unwiderstehlich«, grinst Kassy.

Marie lacht. Sie beugt sich runter.

»Jetzt ist Kassy dran, sie hat ehrlich geantwortet«, stoppt Daniel sie.

Marie torkelt zurück, und Kassy lässt die Flasche herumwirbeln. Dabei kalkuliert sie den Schwung genau, sie setzt zweimal an und probiert mit dem Handgelenk, bis die Flasche wieder auf Marie zeigt.

»Wahrheit oder Pflicht?«

»Pflicht«, sagt Marie.

Kassy grinst. »Gib Daniel einen Kuss.«

»Iiieh«, mache ich, da mir die Vorstellung, meinen Zwillingsbruder zu küssen, sehr widerlich vorkommt.

Marie sieht auch nicht begeistert aus, aber Daniel spitzt die Lippen und macht Schmatzgeräusche in die Luft. Sie nähert sich seinem Mund, doch im letzten Moment weicht sie aus und gibt ihm einen Schmatzer auf die Wange.

»Buuuh«, macht Kassy. »Das war doch kein Kuss.«

Daniel sieht auch enttäuscht aus.

»Wie, hast du nicht spezifiziert«, sagt Marie und versetzt die Flasche auf dem Boden wieder in Schwung.

Ich leere meinen Becher in einem Zug. Der Sekt breitet sich warm in meinem Körper aus, bis in die Fingerspitzen. Ich ahne, was passieren wird.

Dreh dich weiter. Nicht auf mich, nicht auf mich. Doch die Flasche wird langsamer und langsamer und kreiselt schließlich wie in Zeitlupe, bis sie als anklagender Finger genau auf mich zeigt.

»Wahrheit oder Pflicht?«, fragt Marie.

Da ich auf keinen Fall meinen Bruder küssen möchte, sage ich sofort: »Wahrheit!«

Maries Stimme klingt hart, als sie fragt: »Was ist das Schlimmste, das du einer Freundin jemals angetan hast?«

Ich werde blass.

Ich kann ihnen nicht in die Augen sehen, weder Marie noch Kassy noch Daniel, ich starre auf meine Schuhspitzen. Mir ist schwindelig.

»Ich hab mal …«, sage ich, und meine Stimme hört sich dünn an. Die Worte stecken in meiner Kehle und drohen, mich zu ersticken. »Ich habe …« Ich schlucke und überlege hektisch, was ich sagen könnte.

»Ich hab mal … was kaputt gemacht, was dir gehört hat, Kassy. Ich hab mir deine Sonnenbrille ausgeliehen, ohne zu fragen, und mich aus Versehen draufgesetzt und dann behauptet, du hättest sie wohl verloren«, sprudele ich hervor. »Du hast wochenlang danach gesucht, weißt du noch? Die mit den verspiegelten Gläsern. Tut mir leid.«

»Meine Ray-Ban?«

»Ja, genau die.«

Für einen Moment liegt ein Schweigen über uns.

Dann lacht Kassy. »Die war eh Fake.« Sie boxt mir auf den Oberarm. »Hättest du mir ruhig gestehen können. Ich reiß dir schon nicht den Kopf ab wegen so 'nem Scheiß.«

Ich ringe mir ein Lächeln ab und reibe meinen Oberarm. Die Stelle, an der sie mich geboxt hat, tut ganz schön weh. Aber noch mehr schmerzt der Blick, den Marie mir zuwirft. Er ist voller Enttäuschung.

Ich kichere nervös. »Jetzt darf ich«, sage ich und greife rasch zur Flasche, bevor jemand anderes es tun kann. Kleine Sandkörner bohren sich in meine Finger, als ich sie auf die Steinfliesen lege und ihr einen kräftigen Schubs gebe. Ich habe nicht gut angesetzt und die Flasche schlittert davon.

»Uuuups.« Meine Hände zittern.

Die Flasche kracht gegen ein Stuhlbein und kommt schlitternd zum Stehen. Der Flaschenhals zeigt auf Daniel.

»Pflicht«, verkündet er.

Alle gucken mich an.

»Äh … Mach zwanzig Liegestütze?«

»Wie schwach.« Daniel rollt mit den Augen, dann krempelt er imaginäre Ärmel hoch, geht in die Hocke und fängt an zu stemmen.

»Fünfzehn, vierzehn, dreizehn ...!«, zählt Kassy laut mit und stellt einen Fuß auf seinen Rücken, während er auf und ab pumpt. Ich muss sagen, mein Bruder ist ganz schön fit geworden, in den vergangenen Monaten. Früher hätte er nicht einen einzigen Liegestütz geschafft.

Ich hatte gewettet, zwanzig wären viel zu viel für ihn, aber auch wenn seine Arme bei den letzten Zügen deutlich angefangen haben zu zittern, zieht er es durch. Kassy klatscht ihm anerkennend auf die Schultern, als er sich verschwitzt wieder aufrichtet.

Daniel wischt sich über die Stirn und dreht die Flasche erneut. Ich bete, dass sie nicht noch einmal auf mich zeigt, denn Daniel würde sich vermutlich fies an mir rächen, aber es erwischt Kassy.

»Pflicht!«, ruft sie fröhlich.

»Zieh deinen Slip aus«, grinst Daniel.

»Ich trage gar keinen! Aufgabe erledigt!«, quietscht Kassy und schnappt sich die Flasche.

Das Glas wirbelt auf dem Steinboden. Wir starren auf den verschwommenen Fleck, vollkommen eingenommen von unserem Spiel.

Die Flasche verliert an Schwung und deutet auf Marie.

»Wahrheit? Oder Pflicht?«

»Pflicht«, sagt Marie.

»Spring von der Klippe.«

Ich traue meinen Ohren nicht. Marie und ich starren Kassy an.

»Du hast Pflicht gewählt.«

Marie strafft die Schultern. »Na gut. Ich springe von der Klippe.«

Kapitel 3

Ich laufe ihr hinterher.

»Das ist nicht dein Ernst!«

»Pflicht ist Pflicht.«

Marie stapft über den Rasen auf die verkrümmten Birken und die dichten Pappeln zu, die das Grundstück begrenzen.

»Da geht's doch bestimmt zehn Meter runter!«

Das Gras ist kniehoch, wir müssen durchwaten, um voranzukommen. Dahinter verläuft ein Uferweg direkt an den Klippen.

»Marie, warte!«

Ein weißes Schild taucht in der Dämmerung auf: »Vorsicht! Abbrechendes Steilufer. Achtung, Lebensgefahr!«

Reste eines Zauns stecken windschief im Boden. Die Erde des Uferwegs fühlt sich trocken und rissig unter meinen Turnschuhsohlen an. Aber Marie läuft einfach weiter. Direkt vor uns beginnt der Abgrund. Büschel aus Dünengras klammern sich an den Rand. In der Dunkelheit ist das Meer kaum zu erkennen, nur eine schwarze Masse tief unter uns, die sich mit Wucht gegen die Felsen wirft. Wir bleiben stehen.

Keinen Meter vor uns geht es hinab.

»Marie, ist doch nur Spaß. Du musst nicht wirklich springen.«

Ich stelle mich neben sie, auch wenn meine Beine zittern und alles in mir ruft, ich solle mehr Abstand halten zu dem Abgrund, der sich da vor uns auftut. »Was ist heute Abend los mit dir? Du bist so komisch.«

Sie dreht den Kopf zu mir und fragt: »Warum hast du gelogen? Findest du nicht, dass Ehrlichkeit unter Freundinnen das Wichtigste ist?«

Ich beiße mir auf die Lippen. »Nein. Die Wahrheit kann nur wehtun, das nützt niemandem.«

Hinter uns brechen Kassy und Daniel lachend durch die Bäume.

Marie geht noch einen Schritt weiter vor, bis direkt an den Rand, und schaut hinab. Der Wind zerrt an ihr und lässt ihr Kleid flattern. »Hier irgendwo ist der Vorsprung. Dort kann man sitzen und aufs Meer schauen.«

Sie versucht, in der Dunkelheit etwas zu erkennen, mein Magen dreht sich um bei dem Anblick, wie sie dort so dicht am Rand steht. Ich habe Angst um sie.

»Wo?«, fragt Kassy und tritt neben Marie, als würde es dort nicht zehn Meter tief runtergehen.

»Leute … bitte«, sage ich.

Mein Bruder macht einen zögerlichen Schritt nach vorne und reckt den Hals. Er hat Höhenangst, genau wie ich.

»Echt jetzt. Kommt da weg.« Seine Stimme zittert.

Kassy lacht. »Schiss?«

Sie tritt wieder vom Abgrund weg. *Mir zuliebe*, denke ich und atme auf. Kassy hat die Wodkaflasche in der Hand, mit der wir dieses unsägliche Spiel gestartet haben. Der Deckel ist abgeschraubt, und sie hält sie mir entgegen. »Na, los, kleiner Feigling. Nimm einen Schluck.«

Ich weiß ganz genau, dass wir nicht in der Dunkelheit an einer Klippe stehen sollten. Ich weiß, dass man Wodka nicht aus der Flasche trinken sollte, wenn man gerade erst einen Cocktail und einen Sekt getrunken hat und Alkohol nicht gewöhnt ist. Ich weiß, dass man sich nicht von seinen Freunden dazu nötigen lassen sollte, etwas zu machen, das man nicht will. Oder weil man nicht Feigling genannt werden will.

Dennoch greife ich zur Flasche und setze die Öffnung an meine Lippen. Der scharfe Schnapsgeruch nimmt mir den Atem.

Mein Bruder sieht mich an, und Kassys »Feigling« klingelt in meinen Ohren. Ich weiß, dass sie mich langweilig findet und naiv. Ich will ja gar nicht so sein. Ich lege meinen Kopf in den Nacken und nehme einen kräftigen Schluck.

Kassy und Daniel applaudieren.

Das Zeug läuft brennend meine Kehle hinab, und beinahe spucke ich es wieder aus. Ich muss husten, Daniel lacht, und die Flüssigkeit breitet sich wie Hitze in meinem Magen aus.

»Bäh!«, sage ich und reiche die Flasche an Kassy zurück. Ich muss mich schütteln. Die grinst. »So gefällst du mir, Remmie-Demmie. Zum Wohl.«

Ich mag's nicht, wenn sie mich so nennt, aber ich sage nichts.

Wir lassen die Flasche kreisen, und nach dem ersten scheußlichen Moment, wenn der Geschmack im Mund ein wenig verfliegt, überkommt einen ein beinahe wohliges Gefühl. Alles ist ein wenig weicher, die Muskeln lockerer, und mir ist ein bisschen so, als würde ich schweben. Den Abgrund neben mir habe ich fast vergessen. Aber nur fast.

»Es ist gar nicht so tief«, sagt Marie, »vielleicht zwei Meter. Man kann locker auf den Vorsprung klettern. Ich habe das schon oft gemacht.«

»Ja, aber bei Tageslicht«, entgegne ich. Meine Zunge ist auf einmal schwer. »Kassy, sag ihr, sie muss nicht springen.«

Daniel trinkt aus der Flasche und lässt einen Rülpser fahren, und ich pruste los, weil er das zu Hause nie wagen würde. Papa würde ihm Hausarrest verpassen, bis er schwarz wird.

Maries Handy klingelt. Sie schaut auf das Display und drückt den Anruf dann weg.

Wir lassen die Flasche kreisen, und ich nehme noch ein paar Schlucke. Auf einmal ist alles leicht und lustig. Ich finde das gerade saukomisch, wie wir hier in unseren schicken Klamotten im Wind stehen.

»Ich muss mich setzen«, pruste ich und lasse mich auf den Uferweg plumpsen. Alles dreht sich. Ich lege den Kopf in den Nacken und starre hinauf zu den Sternen. Die glitzern und drehen sich auch.

Kassy lässt sich neben mich fallen und streckt alle viere von sich. »Du musst nicht springen, aber wenn du deine Pflicht nicht erfüllst, hast du das Spiel verloren«, sagt sie.

»Habt ihr auch manchmal das Gefühl, wenn ihr an einem Abgrund steht, dass es euch hinabzieht?«, fragt Marie.

Sie steht am Rand der Klippe, blickt in die Tiefe, und auch im Sitzen kann ich mir das Schwindelgefühl vorstellen, das das bei ihr auslöst. Über uns strahlen die Sterne. Ich habe gar nicht gewusst, dass es so viele davon gibt. In Hamburg sind sie immer irgendwie hinter einer Wolkendecke verborgen, oder man kann sie nicht sehen, weil es eigentlich nie richtig dunkel wird, wegen all der Straßenlaternen und der Beleuchtung vom Hafen und so. Aber hier ist es richtig tiefschwarz, vom Haus hinter den Bäumen dringt überhaupt kein Licht zu uns, der einzige Schein kommt vom Mond, der aschfahl über dem Meer leuchtet.

»So, als würde einen etwas rufen.« Marie spricht weiter. »Als müsste man sich nur fallen lassen, und dann könnte man fliegen.«

»Ich mach's«, sagt Kassy und steht auf. »Wo ist dieser Vorsprung?«

Sie tritt an Marie heran und hält sich an ihrem Arm fest, um sich noch ein Stück weiter vorbeugen zu können.

»Spinnst du?!« Mir ist auf einmal schlecht.

Die Figuren von Kassy und Marie drehen sich vor mir. Es sieht aus, als würden sie sich von den Sternen im Hintergrund abheben, wie Scherenschnitte. Wie zwei Comic-Superheldinnen. Maries weißes Kleid flattert im Wind. Es ist kalt, und der Wind kriecht meine Hosenbeine hoch und verursacht mir eine Gänsehaut am ganzen Körper.

»Kommt da weg, ihr zwei. Das is nich lustig.«

Ich möchte aufstehen, doch meine Beine gehorchen mir nicht mehr richtig. Mühsam richte ich mich auf.

»Ich sehe den Vorsprung«, sagt Kassy. »Kinderspiel. Das ist nicht tief.«

Kann sein. Aber das Problem ist, der Vorsprung ist schmal, und es ist dunkel, und daneben geht es acht Meter in die Tiefe. Und wir haben getrunken, und wenn Kassy sich genauso schwummerig fühlt wie ich von all dem Zeug, das wir in uns reingekippt haben, dann ist das, was sie da vorhat, echt keine gute Idee.

»Du mussuns nichs beweisen. Wir wissn, dass du 'ne coole Klettersau bis«, sage ich, doch die Worte kommen gelallt heraus.

Kassy ist ein richtiges Äffchen. Sie macht Parkour und kann ein paar echt beeindruckende Moves. Aber das hier ist doch bescheuert. Es gucken ja nicht einmal Jungs zu, nur mein dummer Bruder. Wen will sie hier eigentlich beeindrucken?

»Lass uns wieder zurück ins Haus. Bitte, bitte, mir is kalt«, bettele ich.

Die Wellen brechen mit Wucht unter uns gegen die Klippen, kleine Tröpfchen Gischt sprühen bis zu uns hoch. Das Meer versucht, uns auch hier oben zu erreichen.

Ich zittere.

Kassy peilt den Vorsprung an und macht Anstalten, Schwung zu holen.

»Halt mal«, sagt Marie und drückt mir ihr iPhone in die Hand, dann geht sie wieder direkt an den Rand.

Vor meinen Augen tanzen bunte Flecken. Ich weiß nicht, wo die herkommen. Ich versuche, sie wegzuwischen. Meine Kehle ist wie ausgedörrt. *Das ist Maries Pflicht*, will ich sagen, jetzt wo Kassy tatsächlich kurz davor ist, zu springen. Aber auf einmal weiß ich nicht, wen von beiden ich lieber springen sehen würde: Marie, die sich hier auskennt und schon hundertmal auf dem Absatz gewesen ist, oder die parkourerfahrene Kassy, die über Dächer klettert.

Keine von beiden.

»Dassis nich komisch«, krächze ich, »ich mach da nich mit.«

Und ich drehe um und gehe auf wackeligen Beinen zurück zum Haus. Lasse meinen Bruder und meine beiden besten Freundinnen allein am Abgrund zurück.

Kapitel 4

Ich bin sauer.

Aber im Moment ist mir vor allem schwindelig.

Mein Herz pocht bis zum Hals, weil ich mich frage, ob Kassy wirklich springen wird. Alles dreht sich um mich, und der Boden schwankt, als wäre er ein wildes Tier, das buckelt, um mich abzuwerfen. Ich stürze fast, und beim Haus angekommen, halte ich mich an der Backsteinmauer fest.

Ich habe noch Maries iPhone in der Hand und stecke es in meine rechte Potasche. *Was war das bloß für Zeug, das Daniel uns da zu trinken gegeben hat?*, frage ich mich. So viel hab ich gar nicht davon genommen. Nur zwei oder drei Schlucke.

Von den Klippen erklingt Jubel, gefolgt von Applaus. Kassy ist also tatsächlich auf den Vorsprung gesprungen und heil gelandet, und ich hab's verpasst.

Auf dem Rasen brennt ein kleines Lagerfeuer, ich sehe verschwommene Gestalten drum herumsitzen, höre Lachen und Gegröle. Mit einem Mal stülpt sich mein Magen um, und ich bin mir sicher, ich muss mich jede Sekunde übergeben. Ich stürze ins Haus.

Der Flur ist voller Menschen. Ich muss mich an der Wand entlangtasten, so sehr wackeln meine Beine. Das kleine Badezimmer ist zum Glück nicht besetzt. Ich schaffe es bis zur Toilettenschüssel und auch, mir die Hose herunterzuziehen, ohne mich vorher anzupinkeln, und das ist ein Wunder. Kurz ist mir so übel, dass ich lieber auf der Kloschüssel sitzen bleibe und abwarte, ob ich mich doch noch übergeben muss. Doch nach einer Weile geht es mir besser, sodass ich die Spülung betätigen und aufstehen kann. Am Waschbecken spritze ich mir kaltes Wasser ins Gesicht. Das zerstört zwar komplett das von Kassy sorgsam aufgetragene Make-up, und nun sehe ich aus wie eine Vogelscheuche, aber jetzt geht es mir besser. Von außen hämmert jemand gegen die Tür und ruft: »Hier muss auch mal jemand. DRINGEND!«

Also gebe ich das Bad frei.

Das Wohnzimmer ist sehr dunkel, bis auf das schummrige Licht von einer Leselampe und den Displays der Handys ist alles in Schatten gehüllt. Aber ein Platz auf dem Sofa ist noch frei, und dankbar lasse ich mich darauffallen. Die stickige Luft – Schweiß und Zigarettenqualm – lässt meine Übelkeit augenblicklich zurückkehren, und das Drehen hört gar nicht mehr auf. Komisch, von den paar Schlucken Wodka? Ich muss mich mit irgendwas beschäftigen, also pule ich das Etikett von einer herumstehenden halb leeren Bierflasche, rolle es zu einer kleinen Tüte und streiche es wieder glatt. Ein Mädchen auf der Tanzfläche rekelt sich lasziv um die Beine eines Jungen. Sie sehen aus, als wären sie eine Person. Ich frage mich, wo Kassy und Marie bleiben.

Ist alles in Ordnung?

Ein Auto fährt vorbei und wirft Scheinwerferlicht an die Decke.

Ich habe kein Zeitgefühl mehr, ich weiß nicht, wie lange ich schon hier sitze und den Leuten beim Tanzen zusehe. Alles besteht nur aus Farben. Irgendwann ist Kassy unter den Tanzenden, sie dreht sich so schnell und so heftig, dass sie nur ein verschwommener Fleck ist.

Marie ist nirgends zu sehen.

Und dann geht mit einem Schlag die Musik aus, mitten im Refrain von Adeles »Rolling in the deep«, ihre Stimme gerade auf dem Höhepunkt: *We could have had it aaaaall …*

Für einen Moment erstarrt jede Bewegung.

Dann werden Rufe laut. »Ey – was soll das?!«, und ich lausche auf das Klingeln in meinen Ohren in der plötzlich eingebrochenen Stille, bis mir langsam klar wird, dass da ein uniformierter Polizist und seine Kollegin mitten im Wohnzimmer auf dem Teppich stehen, wie eine Erscheinung.

»Oh Fuck!« Kassys blasses Gesicht in der Menge.

»Guten Abend. Es gab Beschwerden wegen der Musik, die muss ab sofort leiser gestellt werden, und draußen stehen ein paar Autos im Parkverbot. Können wir den Gastgeber bitte sprechen?«, sagt der eine Polizist und lässt seinen Blick über die versammelte Meute schwenken, auf der Suche nach einem Verantwortlichen.

»Äh«, stammele ich und versuche aufzustehen, ohne hinzuknallen. »Das ist … also der Gastgeber … das ist Marie Z-Zander.«

Alle starren mich an. Lalle ich?

Gott, ist mir übel.

Meine Augen huschen durch den Raum und suchen nach Kassy. Sie war eben doch noch da, oder?

»Frau Zander?«

Keine Antwort.

»Gehört ihr das Haus?«

»Ihrer Mutter. Wir sind mit ihrer Erlaubnis hier«, schiebe ich rasch hinterher.

Im Flur nehmen ein paar ihre Jacken und verkrümeln sich unauffällig, jetzt, wo es Ärger gibt. Na toll.

Ich bete, dass Marie auftaucht und das hier löst und dass die Polizisten nicht auf die Idee kommen, unsere Eltern anzurufen. Aber Marie ist nicht da. Nicht im Bad, nicht in der Küche. Auch im oberen Stockwerk nicht. Die Treppe vor den Augen der Polizisten wieder runterzusteigen kostet mich all meine Konzentration. Hoffentlich fragen sie mich nicht, ob ich getrunken habe, ich bin ja noch minderjährig. Weiter kann ich nicht denken. Aus dem Augenwinkel sehe ich, wie die Jungs in den Lexus steigen und ebenfalls abhauen; Daniel ist nirgends zu sehen, ich nehme an, er sitzt bereits im Wagen.

Auf einmal bin ich ganz allein.

Wo, verflucht, steckt Marie?

»Wer hat sie zuletzt gesehen?«, fragt der Polizist und zückt ein Notizbuch.

Ehrlich? Wie bei CSI?

Kopfgeschüttel.

»Hat niemand sie gesehen?«

Mir wird flau im Magen. Ich habe bestimmt eine halbe Stunde auf dem Sofa und im Bad verbracht, oder? Länger? Wenn Marie nicht hier im Haus ist … Auf einmal habe ich das Gefühl, als hätte jemand den Boden unter mir weggezogen.

Jetzt passiert es, denke ich. *Jetzt stürzt das Haus die Klippen runter und reißt uns alle mit sich.* Ich kann die Wellen hören.

»Wir …«, sage ich. »Wir waren zuletzt draußen.« Verdammt, wo ist Kassy hin? Eben war sie doch noch da.

»Dann mal immer voran«, sagt der Polizist.

Ich gehe hinaus. Die Nachtluft begrüßt mich mit kalten Händen. Im Garten ist niemand mehr. Alle sind im Haus oder bereits über alle Berge.

Aus dem Augenwinkel sehe ich am Uferweg einen Typ im schwarzen Kapuzenpullover, der sich aus dem Staub macht, die Hände in die Taschen gestemmt. Keine Ahnung, wer das ist.

Der Polizist und seine Kollegin mit dem blonden Pferdeschwanz beachten ihn nicht, sie haben Stablampen dabei und leuchten den Garten und die angrenzenden Büsche ab. Hinter den Bäumen warten die Klippen.

Das weiße Schild mit der Aufschrift »Achtung, Lebensgefahr!« blitzt im Lichtstrahl unheimlich auf. Ich stolpere durch das kniehohe Gestrüpp. Die Sterne sind auf einmal hinter Wolken verschwunden. Ohne ihren Schein ist es viel einsamer. Ich schlinge die Arme um mich, als ich mich, so dicht es geht, den Klippen nähere. Ein teuflisches Lachen kreist in der Nachtluft. Die Schreie aufgeschreckter Möwen. Niemand ist zu sehen, doch im rissigen Untergrund des Uferwegs sind Fußabdrücke zu erkennen, wo wir vorhin gestanden haben. Marie ist nicht im Haus, Marie ist nicht tanzen, ich habe Marie nicht mehr gesehen, seit …

Es ist nicht nur der Wind, der mir Tränen in die Augen treibt. Mein Herz hämmert.

Ich sage: »Können Sie nach unten leuchten? Da … da ist ein Vorsprung … vielleicht … vielleicht ist sie dort, sie klettert manchmal da runter …« Ich bringe den Satz kaum zu Ende.

»Vorsichtig«, sagt die Polizistin sanft und hält meinen Arm, als ihr Kollege sich nach vorne beugt und mit der Taschenlampe hinableuchtet.

Und ich bete.

Ich bete normalerweise nicht, aber jetzt tue ich es von ganzem Herzen.

Ich weiß es, bevor meine Augen es sehen.

Der Vorsprung ist leer, ein großes Stück ist davon abgebrochen. Sand und Kalkbrocken sind hinabgestürzt, und der Finger des Lichtstrahls kriecht weiter in die Tiefe, in das schwarze Maul der Dunkelheit hinein. Dort erhaschen meine Augen einen roten Fleck und Strähnen blonden, hellen Haares zwischen den Felsen in der Schwärze.

Ihre Glieder sind verrenkt. Das Wasser leckt nach ihr.

Ich schreie.

Kapitel 5

Die nächsten Minuten fehlen in meiner Erinnerung.

Ich erinnere mich nur noch an laute Rufe, Stimmen, Blaulicht.

Vielleicht war ich bewusstlos, ich weiß nicht. Dann sitze ich in einem Krankenwagen auf einer Bahre. Ein Notarzt leuchtet mir mit einer kleinen Lampe in die Augen und gibt mir eine Spritze. Ich zittere am ganzen Körper und kann es nicht abstellen. Ich habe nur einen einzigen Gedanken: Was ist mit Marie?

Niemand will mir eine Antwort geben.

Aber über die Funkgeräte höre ich Wortfetzen: »Tragischer Unfall«, »Alkohol im Spiel« und »Bluttest«. Meinen Namen: »Emma Richter«, und immer wieder: »Jugendliche«, »Thea Marie Zander«. Ihr vollständiger Name.

Dann sind auf einmal käsebleiche besorgte Gesichter um mich, meine Eltern, sie nehmen mich in den Arm. Mein Papa drückt mich ganz fest, bis mir die Rippen knirschen. Sie fahren mich nach Hause, in unserem Kombi, der nach Buchenharz riecht, von dem Kaminholz, das Papa immer für unseren Kachelofen besorgt. Ich liege auf dem Rücksitz zusammengerollt mit dem Kopf auf Mamas Schoß und weine. Die Tränen fließen einfach aus mir heraus, ich kann sie nicht aufhalten.

Ich weine auch später noch, als Mama mich ins Bett steckt und mich zudeckt und mein Papa auf der Bettkante sitzt und meine Hand hält. Weil ich nicht aufhöre zu zittern, macht Mama mir eine Wärmflasche. Mein Kopfkissen ist nass, ich frage mich, wie viel Flüssigkeit eigentlich noch aus mir herausrinnen kann. Die Wärmflasche spüre ich kaum.

Papa redet mit einem Beamten im Flur und sagt, dass seine Tochter im Moment nicht vernehmungsfähig sei. Ich höre mehrfach die Haustür klappern; Stimmen und Schritte wandern im Erdgeschoss umher.

»Was ist mit Marie?«, frage ich.

»Ach, mein armer Spatz …«, sagt Mama. »Sie konnten nichts mehr für sie tun …«

Und da weiß ich, dass es nicht bloß Einbildung war. Ihre verrenkten Glieder. Dass es keine Hoffnung mehr gibt.

Ich schluchze in Mamas Schoß. Dann schlafe ich ein.

In meinem Traum falle ich. Irgendwo unter mir lauern schwarzes Wasser, blutige Felsen und Strähnen blonden Haares. Ich rase darauf zu.

✢

Ich erwache mit den schlimmsten Kopfschmerzen meines Lebens.

Es muss bereits spät am Mittag sein, denn durch den Spalt unter dem nicht ganz heruntergezogenen Rollo schießt die Sonne einen grellen Strahl auf meine Bettdecke und lässt das Orange wie Flammen aufleuchten. Als ich versuche, mich aufzusetzen, ist es, als würde jemand meinen Schädel mit einer Sense spalten. Ich lege mich lieber wieder zurück auf meine Kissen.

Ich lausche auf die Geräusche von unten, das Klappern von Geschirr in der Küche, wo Mama die Spülmaschine einräumt, leises Gemurmel vom Fernseher aus dem Wohnzimmer und das Gurren einer Taube, die auf der Dachrinne unter meinem Fenster entlangspaziert.

Ich greife zum Handy und will Kassy anrufen, aber sie geht nicht ran.

Ich hole tief Luft: »Mama?« Ich rufe noch einmal nach ihr, lauter.

Sie kommt die Wendeltreppe hoch. »Wie geht es dir, Schatz?« Mama steckt den Kopf vorsichtig durch die Tür, als warte sie erst meine Erlaubnis ab, einzutreten. Sie ist zierlich, ganz anders als Daniel und ich, und das bodenlange Kleid betont noch mehr ihre zarte Erscheinung. Wir sehen unserem Papa ähnlicher. Ihre langen braunen Haare sind mit einem Kamm hochgesteckt, doch einzelne Strähnen hängen unordentlich heraus, so, als hätte sie auch bis gerade geschlafen.

»Ich habe Kopfschmerzen.«

Mamas Kopf verschwindet wieder.

Ich höre Wasser rauschen, dann kommt sie zurück und bringt mir Ibuprofen und ein Glas kaltes Wasser, das ich hinunterstürze.

Ich lege mich seufzend in die Kissen zurück und schließe die Augen, aber das Ibu will nicht helfen.

Nichts kann helfen.

Mama legt mir einen kühlen Lappen auf die Stirn und streichelt mein Haar mit ihren feingliedrigen Fingern, mit denen sie so schöne Klänge aus den Klaviertasten zaubert. Es ist komisch, es ist wahrscheinlich Jahre her, dass meine Mutter mich so behandelt hat, aber auf einmal wünsche ich mir, wieder in ihren Armen zu liegen, wie ein kleines Kind.

»Ach, Emma. Was ist denn nur passiert?«

Ich verkrieche mich tiefer unter der Decke: »Ich weiß es nicht.«

»Wieso wart ihr Mädchen überhaupt an der Ostsee?«

»Wir wollten nur ein bisschen feiern … bevor Marie nach Australien geht. Das Ferienhaus gehört doch ihrer Mutter«, schluchze ich.

»Aber wieso war Marie denn an dieser Klippe?«

»Ich weiß es nicht!«

Sie fragt nicht weiter. Und sie schimpft auch nicht. Sie drückt mich einfach nur samt Decke an sich und lässt mich weinen.

Ich fühle mich wieder fünf Jahre alt, und mein Meerschweinchen Miss Piggy ist gestorben. Nur dass Marie kein Meerschweinchen ist und ihr Tod viel, viel schlimmer.

Ich bleibe im Bett, das Rollo herabgezogen, um das Licht auszusperren, während Mama nach unten geht, weil das Telefon klingelt.

Ich höre ihre gedämpfte Stimme im Flur: »Sie schläft jetzt.«

Ich weiß nicht, ob sie damit mich meint oder Marie.

Ich starre an die mit bunten Tüchern behängte dunkle Dachschräge in meinem Zimmer. Egal ob ich die Augen schließe oder offen lasse, überall sehe ich nur Marie. Sogar in der Holztäfelung, in deren Maserung man mit etwas Phantasie Gesichter und Figuren erkennen kann. Ein Astloch wird zu ihrem Kopf, die hellere Partie zu ihrem weißen Kleid, das im Wind flattert. Wenn ich mich ein bisschen strecke, kann ich das Holz sogar im Liegen berühren. Ich zeichne mit dem Finger den Umriss nach.

Ihr Abbild ist erstarrt in der Bewegung, sie dreht sich zu mir um und lacht. Ich kann ihr leises Lachen hören, so real, als wäre sie im Zimmer nebenan.

Maries Lachen ist das ansteckendste überhaupt.

Schon an meinem allerersten Schultag in der Grundschule, als wir uns zu einem Klassenfoto aufstellen sollten, ein wilder Haufen aufgeregter Kids mit bunten Ranzen auf dem Rücken, fiel mir ihr Lachen auf. Sie war das Mädchen neben mir, ihre Schultüte hielt sie genau wie ich an den Bauch gedrückt. Daniel und ich sahen uns damals noch zum Verwechseln ähnlich.

»Dich gib's ja zweimal!«, hat sie gerufen und glockenhell gelacht. »Ich heiße Marie«, sagte sie dann.

»Ich bin Emma.«

Im Klassenzimmer setzten sich alle einfach irgendwo auf einen Stuhl, aber ich traute mich nicht, mich ungefragt neben jemanden zu setzen. Also hielt ich mich an sie. Ich bewunderte ihr Federmäppchen mit den bunten Stiften, sie hatte sogar einen Bleistift mit Ernie und Bert. Meine eigene Federmappe war rot und enthielt nur einfache Filzstifte aus dem Supermarkt. Ohne etwas zu sagen, schob Marie den Erniebleistift zu mir herüber. Meine ersten Schreibübungen malte ich mit diesem Stift in mein Heft, meinen Namen und Maries in krakeligen Buchstaben nebeneinander.

Ich habe den Bleistift immer noch irgendwo.

Ich krieche aus dem Bett, ignoriere das dumpfe Pochen hinter meinen Schläfen und gehe hinüber zu meinem Schreibtisch, auf dem sich ungelesene Taschenbücher und halbleere Colaflaschen türmen. Ich ziehe die unterste Schublade auf, die ein wenig klemmt und deren Knauf ich durch einen bunten aus Glas ersetzt habe. Ich wühle in den Tiefen. Neben Fotos von der Klassenfahrt und alten Vokabelheften liegt der Ernie-Stift. Er ist nur noch ein kleiner Stummel, ganz abgegriffen, und das Ende ist angekaut. Ich halte ihn fest in meiner Faust umklammert und krabbele zurück ins Bett.

Wenn ich die Augen schließe, kommen die Bilder wieder. Ich ziehe die Decke über den Kopf und presse mein Gesicht in die Kissen, bis ich glaube, zu ersticken, doch immer wieder blitzt etwas Weißes in meinem Kopf auf und Rot, wie Blut, das die Wellen nicht wegspülen können.

Wieso war Marie an den Klippen?

Was ist passiert?

Ich habe doch alle noch jubeln hören. Sie kann da nicht hinabgestürzt sein.

Und wenn sie später noch mal an den Klippen war?

Wieso habe ich sie allein gelassen? Dieses bescheuerte Spiel!

Mein Vater kommt die Treppe hoch. Er klopft zaghaft an den Türrahmen, da die Tür nur angelehnt ist, und fragt: »Kann ich reinkommen?«

Er trägt einen Teller mit klebrigen Pfannkuchen, die er dick mit Nutella beschmiert hat, und setzt sich auf meine Bettkante. »Ich bleibe, bis du was gegessen hast.«

Mir ist immer noch schlecht, aber ich setze mich gehorsam im Bett auf, lehne mich gegen das Metallgestell am Kopfende und balanciere den Teller auf meinem Schoß. Ich rolle einen Pfannkuchen auf und schiebe ihn mir in den Mund. Die Schokolade tut gut, und ich merke, wie hungrig ich eigentlich bin.

»Mehr?«

Ich nicke.

Er sagt: »Du musst morgen früh nicht zur Schule, wenn du nicht willst«, so als wäre das das Großartigste, was ich mir wünschen könnte. Hey, deine Freundin ist tot, du darfst Schule schwänzen!

»Ich will aber hin.«

Papa sieht mich prüfend an.

Ich will nicht zu Hause bleiben. Ich will wissen, was passiert ist.

»Wir sprechen morgen noch einmal darüber.« Papa steht auf und nimmt den Teller mit. »Ich hole dir noch ein paar Pfannkuchen.« Er zieht die Zimmertür nicht ganz hinter sich zu, sodass ein kleiner Spalt Licht vom Flur hereinfällt. Er zögert. »Weißt du, Emma, es tut mir leid. Das ist alles so furchtbar für dich. Aber wenn es dich tröstet, dann denke daran, *wen die Götter lieben, den lassen sie jung sterben*. Sagt Plutarch.« Papa hat diese bescheuerte Angewohnheit, ständig in Zitaten zu sprechen, die niemandem etwas bringen. Blöde Weisheiten von Leuten, die schon lange tot sind und auch nicht wussten, wie man Trost spendet.

»Danke, Papa.«

Er nickt. Ich höre seine Schritte auf der Treppe. Draußen dämmert es bereits wieder, ich habe den ganzen Tag im Bett gelegen. Ich will gerade wegdösen, da schiebt sich ein Schatten vor die Tür, und Daniel schleicht in mein Zimmer.

Weil er das Licht blockiert, kann ich sein Gesicht nicht erkennen, aber er kommt ganz dicht an mein Bett und zischt mir zu: »Sag nicht, dass ich auch da gewesen bin.«

Ich blinzele gegen seine scharf geschnittene Silhouette an: »Was?«

»Sag Mama und Papa nichts! Wenn sie das herausfinden, bekomme ich Hausarrest bis Weihnachten.«

Ich weiß nicht, was ich sagen soll.

»Es haben doch auch noch andere gesehen, dass du da warst.«

»Lass das meine Sorge sein.«

Papa kommt die Treppe hoch, und Daniel verzieht sich aus meinem Zimmer. Er ist wohl zu langsam, denn Papa erwischt ihn im Flur.

»Warst du bei deiner Schwester? Das ist aber toll, dass du sie trösten willst. Es wäre schön, wenn ihr wieder mehr zusammen unternehmen würdet. Sie braucht dich jetzt.«

Daniel murmelt eine Antwort und zieht die Tür zu seinem Zimmer zu.

Mein Kopf bringt mich um. Tausend Gedanken wirbeln darin herum, aber keiner schafft es an die Oberfläche.

Papa kommt herein mit weiteren Pfannkuchen. Er findet auf meinem kleinen Nachttischschränkchen, das Kassy, Marie und ich auf einem Flohmarkt gefunden haben, keinen Platz, also stellt er den Teller kurzerhand oben auf einen Stapel Bücher.

Verdammt. Einfach alles erinnert mich an Marie.

»Hier kommt noch mehr. Und dann versuch zu schlafen, ja? Und wenn was ist, ruf mich. Ich hab dich lieb.«

»Ich dich auch«, sage ich, die Tränen kommen schon wieder.

Er geht und zieht die Tür ganz hinter sich zu.

Ich versuche wieder und wieder, Kassy zu erreichen, und schicke ihr die hundertste Nachricht. »`Was ist passiert?!`«

Es kommt keine Antwort.

✢

Ich bin dann wohl doch irgendwann eingeschlafen, jedenfalls werde ich von meiner Mutter geweckt, die sagt, es sei Zeit für die Schule, aber ich könne in jedem Fall auch zu Hause bleiben. Will ich aber nicht. Ich muss unbedingt Kassy treffen. Ich quäle mich aus dem Bett, meine Glieder schwer wie Felsen, und wanke die Stufen runter ins Badezimmer. Ich sollte duschen, aber mir ist nicht danach.

Vielleicht ist alles nur ein Missverständnis und die Gestalt mit den verrenkten Gliedern unten auf den Felsen war gar nicht Marie. Ich klammere mich an diesen Gedanken, denn alles andere ist unerträglich.

Ich putze mir die Zähne und fahre mir mit den Fingern durchs Haar. In meinem Hinterkopf dröhnt noch immer ein dumpfer Schmerz. Ich klappe den Spiegel auf und wühle zwischen Zahnseide und der Wimperntusche meiner Mutter nach einer Ibu. Ich schlucke sie mit Wasser direkt aus dem Hahn und wische mir den Mund mit dem Handrücken ab, bevor ich das Bad verlasse und zurück in mein Zimmer gehe. Auf der Suche nach etwas zum Anziehen starre ich in meinen Kleiderschrank. Es ist ein Eigenbau aus Fichtenholz von meinem Vater, der an die Dachschräge angepasst und leicht schief geraten ist.

An normalen Tagen ist es mir schon egal, was ich zur Schule trage, heute könnte es mir nicht egaler sein. Leider ist mein Schrank wie leer gefegt, die Klamotten, die auf dem Fußboden und über dem Sessel in meiner Zimmerecke verteilt herumliegen, sind bereits getragen und gehören eigentlich in die Wäsche. Ich schnüffele vorsichtig an einem Pullover. Geht noch. Ich binde meine Haare zu einem Pferdeschwanz hoch. Für mehr habe ich keine Kraft.

Aber es wartet ja auch keine Marie auf mich, die mich wegen meines schlampigen Aussehens kritisieren könnte.

Ich hebe die Jeans von vorgestern auf, um hineinzuschlüpfen, da poltert etwas auf den Boden.

Maries iPhone. Ich starre darauf.

Auf die Rückseite der schneeweißen Hülle hat sie aus dem Apfel-Logo einen Mond gemalt und mit einem Spruch verziert:

Don't worry if you are making waves simply by being yourself! The moon does it all the time!

Ich hab ganz vergessen, dass sie es mir in die Hand gedrückt hatte. Ich hebe es auf. Das Display ist schwarz. Ich will es anschalten, aber anscheinend ist der Akku leer.

Für ein iPhone habe ich kein Ladegerät. Ich muss Kassy danach fragen.

+

Frühstück verläuft bei Familie Richter immer chaotisch. Heute ist es nicht anders, nur dass über allem ein Schweigen lastet. Meine Mutter könnte ausschlafen, da ihre Klavierschüler erst am Nachmittag kommen. Aber sie steht dennoch immer mit uns auf, um Brote für Daniel und mich zu schmieren. Papa muss dreimal geweckt werden, dann sucht er hektisch seine Sachen für den Unterricht zusammen, die auf irgendwelchen Tischen und Stühlen herumliegen. Meistens esse ich einen Toast mit Erdbeermarmelade im Stehen und wärme mir meinen Kakao in der Mikrowelle auf, weil Daniel und ich noch keinen Kaffee trinken dürfen.

»Iss doch was, Schatz«, sagt meine Mutter und drückt mir ein Brot in die Hand.

Ich starre auf den Toast und kriege kaum einen Bissen runter, obwohl Mama sich extra Mühe gegeben hat, mit Frischkäse und Schnittlauch und so. Mir kommt das alles komplett falsch vor, hier zu frühstücken, als sei nichts gewesen.

In der Pause teilen Marie, Kassy und ich uns immer ein Croissant oder ein Franzbrötchen mit Zimt aus der Schulcafeteria, und Marie kauft für uns alle Muffins. Ihre Mutter schmiert ihr keine Pausenbrote, aber sie überweist ihr zu ihrem ohnehin schon üppigen Taschengeld einen zusätzlichen Betrag. Fressgeld, nennen wir das. In der ersten Stunde schauen Marie und ich immer heimlich unter dem Tisch in meiner Brotdose nach, was ich Essbares dabeihabe, und wenn wir mögen, was meine Mutter für mich gemacht hat, teilen wir uns das während des Unterrichts. Das Croissant kauft Marie dann immer trotzdem noch, und für mich und Kassy lässt sie einen Schokomuffin springen und unseren ersten Becher Kaffee des Tages. Wenn Mama wüsste, dass ich bei Marie zu Hause sogar Espresso trinke, würde sie ausflippen.

Ich leere meinen Kakao, nehme die Brotdose von Mama entgegen und stopfe sie in meine bunt geflickte Umhängetasche, die ich im indischen Basar in der Feldstraße gekauft habe und die nach Patchuoli riecht. Der Geruch geht nie weg.

»Willst du wirklich in die Schule?«, fragt Mama.

Ich sehe ihr an, wie gerne sie mich hierbehalten und in eine Decke wickeln würde.

Ich nicke.

Wenn ich heute nicht hingehe, wird es morgen nur umso schwerer.

Oder übermorgen.

Sie sieht aus, als wolle sie noch etwas erwidern, doch Papa kommt in die Küche und legt ihr eine Hand auf den Arm. Er gibt ihr einen Kuss. Mama schließt den Mund. Sie haben das gestern Nacht also diskutiert.

»Es ist richtig, dass du gehst, Emma. Ich habe einen neuen Bildband über geraubte Kunstschätze, vielleicht magst du da mit mir nach der Schule zusammen reinschauen? Das hält die trüben Gedanken fern«, sagt Papa und blickt mich über den Rand seiner Brille an.

Typisch Papa, seine Nase in Bücher zu stecken ist die Antwort auf alles.

»Eher nicht … muss lernen …«, murmele ich als Antwort.

»Das geht natürlich vor. *Ich lerne vom Leben. Ich lerne, solange ich lebe. So lerne ich noch heute.* Otto von Bismarck«, sagt Papa und greift zu den Autoschlüsseln.

Ich rolle mit den Augen, ohne dass es es sieht. Wie kann er nur so tun, als wäre alles noch genau wie vor zwei Tagen? Ich schwinge meine Tasche über die Schulter und folge Papa und Daniel wortlos zum Auto.

Ich habe Bammel, was mich in der Schule erwartet.

Der Himmel ist grau und wolkenverhangen, als hätte die Sonne den Sommer einfach aufgegeben. Papa fährt uns wie jeden Morgen mit dem Kombi, weil wir nicht in Bahrenfeld, wo wir wohnen, zur Schule gehen, sondern in Ottensen, wo die Schulen besser sind. Papa hat sich dafür eingesetzt, dass das möglich war, denn er ist ja selber Lehrer und kennt unseren Direktor. Deswegen sind Daniel und ich jeden Morgen eine halbe Stunde zu früh an der Schule. Die Türen sind dann immer noch zu, und wir müssen uns in den kleinen Windfang setzen, damit wir den Nieselregen nicht abkriegen, während Papa weiterfährt zu seiner Schule am anderen Ende der Stadt. Manchmal fährt Daniel mit dem Mountainbike, um nach der Schule noch mit seinen Kumpels abhängen zu können, während ich von meiner Mutter abgeholt werde, den Bus nehme oder mit Marie mitgehe.

Heute ist der Windfang wieder einmal leer. Daniel und ich lehnen uns gegen die Glasscheibe, bis der Hausmeister kommt und aufschließt, was den Vorteil hat, dass ich gleich reingehen und mich auf meinen Beobachtungsposten setzen kann, bevor die anderen kommen.

Von meinem Platz auf der Heizung aus sehe ich zu, wie die Pausenhalle sich füllt und das Stimmengewirr anschwillt, während sich alle in kleinen Grüppchen zusammenrotten. Die Coolen treffen sich vor der Turnhalle, um schnell noch eine zu rauchen. Daniel raucht mit.

Ich warte auf Kassy. Ich muss sie unbedingt fragen, was vorgestern eigentlich passiert ist, nachdem ich von den Klippen weg bin. Warum sie nicht an ihr Handy geht. Was mit Marie passiert ist. Noch immer kommt mir alles wie ein böser Traum vor. Um mich herum spielt sich der normale Alltag ab, Schüler, die müde zum Unterricht schlurfen, und ich beginne daran zu zweifeln, ob all das überhaupt passiert ist. Habe ich mir das nur eingebildet? Marie auf den Felsen? Wenn ich an die letzte halbe Stunde auf der Party am Samstag denke, traue ich meinen Erinnerungen nicht. Alles liegt wie unter einem Nebel. Und was war das für ein komischer Schwindel und die bunten Flecken. Ich warte darauf, dass jemand zu mir sagt: »Reingefallen. War alles nur ein Scherz.«

Ein paar der beliebten Mädchen begrüßen sich mit Wangenküsschen, als wären sie auf einem französischen Internat, und die aus der Oberstufe überprüfen ihr Make-up mit der Kamera ihrer Smartphones. Normalerweise gehen die meisten einfach nur zu ihren Klassenräumen, ohne sich übertrieben zu begrüßen oder der ganzen Schule zu zeigen. Doch heute versammeln sich alle in kleinen Grüppchen, die Pausenhalle ist viel vollgestopfter als sonst. Alle tuscheln miteinander. Diejenigen, die bei der Party gewesen sind, stecken die Köpfe zusammen. Ich bemerke, wie ihre Blicke zu mir wandern. Ich werde unruhig.

Mareike, die ich von früher kenne, weil wir zusammen im Orchester gespielt haben, kommt auf mich zu, doch sie scheint es sich im letzten Moment anders zu überlegen und wendet sich wieder ab.

Na toll, nicht einmal eine aus dem Orchester will mit mir reden.

Der Gong. Rasch springe ich auf und eile mit gesenktem Kopf zum Klassenzimmer. Unsere Schule ist ein alter, grauer Kasten. Innen wurden die Wände knallgelb gestrichen, damit es fröhlicher aussieht, der Flur hat keine Fenster. Alles ist in das grelle Licht der Kunststoffröhren getaucht. Ich hasse dieses Licht, es tut in meinen Augen weh. Ich versuche, das Getuschel um mich herum nicht wahrzunehmen, als ich mich in die Traube vor dem Klassenzimmer einreihe. Christian und ein paar Jungs vor mir stoßen sich gegenseitig in die Rippen. Sie deuten mit dem Kopf in meine Richtung, aber niemand sagt etwas. Keiner fragt, was passiert ist. Wo Marie ist. Und ich will es ihnen nicht sagen. Ich frage mich das ja selbst. Ich atme auf, als endlich der Lehrer kommt, um die Tür aufzuschließen, dränge mich als Erste hinein und bleibe dann abrupt stehen. Ein Mädchen hinter mir prallt gegen mich und entschuldigt sich sofort.

Maries leerer Stuhl. Ich kann nicht atmen.

Die anderen schieben sich an mir vorbei, als wäre ich ein Fels, der Flusswasser trennt. Langsam lösen sich meine Füße vom Boden, der plötzlich klebt wie Kaugummi, und gehe zu meinem Platz in der Mitte der zu einem U aufgestellten Tischreihen. Ich setze mich. Der leere Stuhl neben mir fühlt sich an wie ein Vakuum. Meine Mitschüler nehme ich kaum wahr. Auch der andere Stuhl bleibt leer, von Kassy keine Spur.

Ich will nicht glauben, dass Marie wirklich tot ist. Vielleicht hängt sie mit Kassy irgendwo in einem Einkaufszentrum ab?

Unser Klassenlehrer Herr Jakobs zieht seine Windjacke aus und hängt sie über seinen Stuhl. Dann stellt er sich vorn an die Tafel und verschränkt die Hände. Er sieht zerknautscht aus in seinem Karohemd, als hätte er noch keinen Kaffee gehabt oder auch schlecht geschlafen.

»Ruhe bitte. Ich habe euch allen eine traurige Mitteilung zu machen.«

Alle verstummen.

»Marie Zander ist dieses Wochenende bei einem tragischen Unfall ums Leben gekommen, wie ihr vielleicht schon gehört habt. Die genauen Umstände sind noch unklar. Das Ganze ist bei einer Party in dem Ferienhaus ihrer Familie passiert. Ein paar von euch waren ja dabei. Jeder, der etwas dazu weiß oder selbst anwesend war, ist aufgefordert, sich bei der Polizei oder bei der Schulleitung zu melden.«

Für niemanden im Raum scheint das neu zu sein, es wissen alle Bescheid. Die Nachricht, was auf der Party geschehen ist, muss sich Sonntag wie ein Lauffeuer verbreitet haben. Trotzdem halten die anderen die Luft an, hängen Herrn Jakobs an den Lippen und beugen sich vor, wie sonst nie im Unterricht. Sie wollen Details erfahren. Mir wird schlecht.

Aber Herr Jakobs enttäuscht sie. Er redet nicht von der Party oder von dem Unfall. Stattdessen spricht er von Marie.

Ich kann ihm nicht zuhören.

Es rauscht in meinen Ohren, es ist, als könnte ich die Wellen hören, die sich an den Klippen brechen.

Jakobs spricht weiter, darüber, was für einen schrecklichen Verlust wir erlitten haben, was für eine tolle Schülerin Marie war und wie furchtbar das alles ist. Und ich denke immer noch, dass das Ganze ein Riesenscherz ist, dass Marie gleich ins Klassenzimmer gestürmt kommt, sich auf den leeren Stuhl neben mich setzt und fragt: »Was guckt ihr denn so? Ist jemand gestorben?« Und dabei ihre Haare lachend hinter sich wirft.

Es knackt in dem Lautsprecher über der Tür, und der Direktor verkündet, dass die ganze Schule nun eine Schweigeminute einlegen wird. In Gedenken an Thea Marie Zander.

Ich sitze noch immer ganz allein neben Maries leerem Stuhl.

Meine Augen füllen sich mit Tränen. Ich bete, dass wenigstens Kassy auftaucht und den anderen Platz besetzt. Meine Mitschüler schweigen und senken ihre Köpfe. Ich weiß nicht, ob ich meine Hände falten soll oder so was. Wir beten zu Hause ja nicht. Auf einmal ist alles so absurd. Ich wünschte mir, Marie würde jetzt meine Hand nehmen und ganz fest quetschen, wie manchmal, wenn ich nach vorn an die Tafel muss. Die Stille ist brutal.

Die Minute fühlt sich an wie ein ganzer Tag.

Als wir wieder reden dürfen, atmen alle auf. Sofort setzt das Getuschel wieder ein.

Herr Jakobs merkt, dass heute kein normaler Unterricht möglich ist, und schlägt vor, dass wir über Marie reden und was sie für uns bedeutete.

Ich bin fassungslos. Nach und nach melden sich meine Mitschüler zu Wort. Alle haben plötzlich etwas über Marie zu sagen, auch die, die sie gar nicht richtig kannten. Einige, die sonst im Unterricht nie den Mund aufbekommen, sind plötzlich total am labern. Viele waren bei der Party – oder behaupten das zumindest. Jeder hat plötzlich einen letzten Moment oder letzte Worte oder eine schöne Erinnerung. Verlogenes Pack.

»Mir hat sie mal ein Busticket geschenkt, weil ich mein Portemonnaie zu Hause vergessen hatte. Sie war nett. Gar nicht eingebildet oder so.«

»Sie hat mich mal ins Basketballteam gewählt, obwohl sie wusste, dass ich keinen einzigen Korb treffe. Sie wollte ja immer Gerechtigkeit und so.«

»Marie war total hübsch.«

»Marie hat auf der Party mit mir getanzt.«

»Auf der Party war ich die ganze Zeit in der Küche, ich weiß nicht, was passiert ist.«

»Marie wäre bestimmt ein berühmtes Model geworden.«

Marie. Marie. Marie. Mir schwirrt der Kopf.

»Emma?«, fragt Herr Jakobs, und ich schrecke hoch. »Möchtest du nach vorne kommen und etwas sagen?«

Mir weicht das Blut aus dem Gesicht. Das ist ganz bestimmt das Allerletzte auf Erden, das ich möchte!

Die anderen starren mich an. Ich schüttele den Kopf und weiß, dass ich dem Getuschel dadurch nur noch mehr Stoff liefere. Die beste Freundin, und sie will nichts sagen? Aber ich will nur, dass endlich alle aufhören. Wo zum Teufel ist denn bitte Kassy? Sie kann mich doch hier nicht alleine lassen!

Meine Mutter hatte recht, ich hätte zu Hause bleiben sollen.

»Ich hab Marie noch gesehen, wie sie zu den Klippen wollte. Hätte ich gewusst, wie gefährlich das ist, hätte ich sie natürlich aufgehalten«, sagt die Scheiß-Sunny, die sich immer in den Vordergrund spielen muss, und quetscht sogar zwei Tränen raus.

»Niemand ist schuld«, mischt sich unser Klassenlehrer ein. »Es war Maries Entscheidung, dorthin zu gehen. Wer sich schuldig fühlt oder etwas anderes hat, über das er reden will, den möchte ich darauf hinweisen, dass ein Schulpsychologe die ganze Woche hier sein wird und ihr ihn in der Pause oder nach Unterrichtsschluss aufsuchen könnt. Sein Büro ist neben dem Krankenzimmer. Einfach klopfen.« Sein Blick wandert zu mir. »Ihr könnt aber auch zu mir kommen, wenn euch das lieber ist. Oder sprecht mit euren Eltern.«

Niemand sagt, es tut mir leid für dich, Emma.

Niemand sagt, es war nicht deine Schuld.

Als endlich die Pausenglocke klingelt, schnappe ich mir meine Tasche und stürme nach draußen.

Kapitel 6

Ich finde Kassy bei dem kleinen Häuschen aus Wellblech, das für die Ersatzspieler am Rand des Fußballfeldes neben dem Maschendrahtzaun aufgebaut ist. Hier verbringen wir drei traditionellerweise immer unsere Pause, vorausgesetzt, dass das Hamburger Nieselwetter es zulässt. Das hier ist unser Platz, denn hier sind wir ungestört. Keine Nervensägen und keine Pausenaufsicht.

Seit Marie herausgefunden hat, wie wir Kassy auf das Dach folgen können, ohne uns zu blamieren, sitze ich sogar ganz gern da oben.

»Hey!«

»Hey.«

Kassy sitzt oben auf dem dünnen Wellblech, raucht und trommelt mit den Beinen. Ich muss den Kopf in den Nacken legen, um zu ihr hochgucken zu können.

»Wo warst du?«

Sie streicht sich fahrig eine Strähne aus dem Gesicht.

»Konnte einfach nicht reingehen. Hab die erste Stunde geschwänzt.«

»Hast du keine Angst, Ärger zu kriegen?«

Sie zuckt mit den Schultern.

Ich stecke die Spitze meines Turnschuhs in eine Lücke im Maschendrahtzaun und ziehe mich zu ihr hoch. Kassy muss nicht einmal rutschen, sie sitzt wie immer so, dass Platz für drei ist.

Zwischen uns klafft eine Marie-große Lücke, als ich mich auf meine übliche Position schiebe und die Beine baumeln lasse.

Wir schweigen. Ich spiele nervös an den Lederbändern an meinem Arm.

»Danke, dass du in die Schule gekommen bist.«

Es tut gut, sie zu sehen. Endlich ein Stück Normalität.

Kassy bläst Rauch aus. »Ich musste.«

»Echt? Meine Mutter wollte mich nicht gehen lassen«, sage ich.

Kassy trommelt so fest mit den Beinen, dass das ganze Wellblechdach vibriert. »Scheiße, Mann.«

»Ja, scheiße.«

Wir starren auf den Sportplatz. Am Himmel ballen sich Wolken zusammen. Die Pause ist bald vorbei, und wir müssen zurück.

»Was ist überhaupt passiert, nachdem ich weg war? Seid ihr gesprungen?«, frage ich wütend.

Ich will nicht, dass es wie ein Vorwurf klingt, aber nachdem ich es ausgesprochen habe, weiß ich, es ist einer.

»Ich bin gesprungen«, murmelt sie. »Aber danach ist Marie ins Haus. Sie ist dir hinterher, wollte gucken, wie's dir geht. Sie war doch bei dir.«

Ich schüttele den Kopf. »Nein, war sie nicht.« Ich erinnere mich, wie schlecht mir war, als ich von den Klippen kam. Wie ich ins Badezimmer gegangen bin und eine ganze Weile auf der Kloschüssel gehockt habe. Mir kaltes Wasser ins Gesicht gespritzt hab, bis jemand an die Tür bummerte. *Hat Marie mich in der Zeit im Haus gesucht?*

»Und danach? Als die Polizisten kamen?«

»Ich hab getanzt. Du hast mich doch gesehen.«

Kassy ist geschminkt wie immer, aber die Linie um ihre Augen ist unsauber, so, als hätten beim Schminken ihre Hände gezittert. »Mann, ich war echt weggetreten. Haben die Bullen dich auf Drogen getestet?«

»Nein, warum sollten sie?«

»Ach nur so … Routine.«

Warum fragt sie das? Ich starre sie an. Hat Kassy auf der Party was genommen? Sie hat ganz normal gewirkt. Ein wenig aufgedreht vielleicht, ja. Aber doch nur vom Sekt und wegen der Leute. Andererseits, wenn ich ehrlich sein soll, dann hab ich keine Ahnung, wie Kassy sich benimmt, wenn sie high ist. Oder irgendjemand, um genau zu sein. Ich habe keine Ahnung von Drogen. Dass ich überhaupt so viel Alkohol getrunken hab, ist Neuland.

»Du hast mich alleine gelassen«, sage ich.

»Ich hab doch schon gesagt, es tut mir leid. Ich hatte die Hosen voll, als die Bullen auf einmal dastanden. Und dann, später, als du geschrien hast und auf einmal die Hölle los war … Ich hatte Angst, die fordern einen auf, die Leiche zu identifizieren oder so was. Ich hätte es nicht ertragen, sie tot da liegen zu sehen.«

Immer verschwindet sie, wenn's brenzlig wird, denke ich.

Sie bläst Rauch aus, der wie ein Gespenst davonschwebt.

Ich sehe Daniel. Er kommt über den Rasen auf uns zu, seine rote Sportjacke leuchtet gegen das künstliche Grün.

»Da kommt dein Bruder«, sagt Kassy. Sie schnippt die Reste ihrer Zigarette hinter den Zaun, wo die Spitze verglüht.

Daniel kommt in der Pause nie hierher, das ist Kassys, Maries und mein Platz. Er hängt normalerweise bei den Muskelprotzen ab, die sich hinter der Cafeteria am Parkplatz treffen oder gammelt mit unseren Klassenkameraden in der Pausenhalle rum. So, wie er rennt, werde ich das Gefühl nicht los, dass er mit Kassy verabredet ist.

»Warum war Marie allein an den Klippen?«

Daniel erreicht uns. Er trägt wieder diese graue Wollmütze, obwohl es zu warm dafür ist, und schaut zu uns hoch. Seine braunen Haare gucken darunter hervor. Seine sind ein bisschen lockig, mehr als meine, ich habe nur leichte Wellen.

»Alles klar?«

»Nein, nichts ist klar«, fauche ich. »Marie ist tot. Wieso hab ich sie an den Klippen gefunden, wenn sie angeblich im Haus war?«

»Woher soll ich das wissen«, faucht Kassy zurück. »Ich hab mit den Jungs und Daniel auf dem Rasen rumgeblödelt. Danach war ich tanzen. Du hast mich doch gesehen. Aber Marie war da nirgends. Stimmt's Daniel?«

Mein Bruder nickt und tritt gegen das Häuschen, sodass das ganze Gestell wackelt.

»Genau so war's. Ich hab mich mit den Jungs auf dem Rasen betrunken. Marie war da nicht. Sie wollte ins Haus oder so …«

Kassy nickt.

»Ich hab euch jubeln gehört …«, sage ich.

»Ja, weil Kassy gesprungen ist. Voll krass war das. Im Dunkeln auf den Vorsprung. Marie war beeindruckt.«

»Das hätte sie sich nie getraut«, sagt Kassy mit Stolz in der Stimme.

Wir schweigen.

»Hört mal«, fährt Daniel fort. »Wenn unsere Eltern erfahren, dass ich auf der Party war, bekomme ich Hausarrest und darf nie im Leben zu dem Wettkampf im August. Und ich will auch nicht, dass die Jungs da reingezogen werden. Also, ihr müsst ja nicht unbedingt rumerzählen, dass wir da waren.«

»Und wenn die Polizei fragt?«, sage ich.

»Du kannst ja Mama erzählen, dass du nicht verhört werden willst. Sie hat sowieso schon einen Anfall bekommen, als die Bullen Sonntag dauernd bei uns waren. Sag einfach, du bist unter Schock und nicht vernehmungsfähig.«

Kassy nickt, und ich kann es nicht glauben, dass sie seiner Meinung ist. »Wollt ihr denn nicht auch wissen, was passiert ist?«

»Das werden wir wohl nie erfahren«, sagt Daniel.

Kassy stimmt ein: »Nur Marie kann uns sagen, was in ihren letzten Minuten passiert ist.«

»Ich weiß nicht …«, murmele ich.

»Willst du den Bullen was von unserem kleinen Spiel sagen? Ich meine, macht ja nicht gerade einen guten Eindruck. Wenn Maries Eltern davon hören, dass Marie von der Klippe springen sollte … Dann denken sie, wir haben sie dazu angestiftet oder so.« Daniel sieht mich durchdringend an.

»Aber das blöde Spiel war doch ihre Idee! Wir haben keine Schuld!« Ich weiß nicht, was ich noch sagen soll. Wieso ist Marie zurück an die Klippen? Hat sie nach mir gesucht und ist ausgerutscht auf ihren idiotischen High Heels? Wollte sie sich etwas beweisen und ist doch gesprungen?

Die Schulglocke ertönt in einem lang gezogenen Ton, der über den Sportplatz dröhnt. Kassy springt vom Dach und kommt leicht federnd auf dem Rasen auf. Ich klettere umständlich am Maschendraht hinab.

»Also«, sagt Daniel und stellt sich mir in den Weg. »Wir sind uns einig. Kein Wort darüber, dass wir an den Klippen waren oder dass wir dieses Spiel gespielt haben. Niemand von uns. Klar, Emster?«

Ich weiß nicht, was das soll, ich weiß gar nichts mehr. Aber so, wie er da vor mir steht, mit verschränkten Armen, wird er mich sicher nicht gehen lassen, bis ich nicht einwillige.

Nur weil er Angst hat um seinen blöden Sportwettbewerb.

»Okay«, sagt Kassy und reicht ihm die Hand.

Ich zögere. Dann reiche ich ihm ebenfalls die Hand. »In Ordnung«, sage ich. Und frage mich, was ich da gerade versprochen habe.

✢

In der dritten Stunde zieht die Mathelehrerin den Unterricht durch, als sei nichts gewesen, und ich bin ihr echt dankbar dafür. Zum ersten Mal in meinem Leben bin ich dankbar für Mathe.

Alles erscheint mir heute unwirklich. Als wäre da eine Glaswand, die mich von der Welt trennt, und ich schaue nur zu. Sogar die Farben sind gedämpft.

Unter dem Tisch zücke ich mein Handy und öffne Facebook. Ich habe Hunderte von Benachrichtigungen, aber ich ignoriere sie und klicke auf Maries Profil. Ich will nur ihr Foto betrachten, sie fehlt mir so sehr. Auf ihrer Pinnwand sind lauter neue Beiträge irgendwelcher Leute. Ich scrolle durch die Statusnachrichten und Bilder, die von der ganzen Schule geschickt wurden.

»Du wirst mir so sehr fehlen.«

»Ein Sonnenschein ist von uns gegangen.«

»Es trauert die ganze Klasse 11 b«, mit einem Bild von einem traurigen Teddybären.

Ekelhaft. Alle tun auf einmal so, als hätten sie Marie gekannt, als würden sie unglaublich unter ihrem Tod leiden und als wüssten sie, was vorgestern Nacht passiert ist.

»Das Schicksal ist manchmal ein mieser Verräter.«

Einen Scheiß wisst ihr.

Kassy neben mir scheint auch nicht zuzuhören, sie pult an dem blauen Lack auf ihren Fingernägeln.

Meine Gedanken kreisen. Was ist an den Klippen passiert? Wissen Kassy und Daniel mehr, als sie zugeben?

Es klingelt, aber ich bin nicht erleichtert. Ich habe keine Lust auf die Pause, ich will mit niemandem reden, niemanden sehen. Ich will nachdenken. Ich spüre, wie zittrig ich bin. Mein mitgebrachtes Brot ist unberührt. Es fehlt Marie, die zusammen mit mir den Essbarkeitsfaktor checkt.

Ich folge Kassy in die Pausenhalle.

Mein Magen meldet sich rumpelnd, ich lechze nach einem Schokomuffin mit Nougatfüllung.

»Muffins und Kaffee?«, frage ich Kassy.

»Hell, yes.«

Wir machen uns auf den Weg zur Schulcafeteria, so wie wir es um diese Zeit immer tun.

Marie kann so viele süße Sachen verputzen, wie sie will, ohne sich Gedanken um ihre Figur machen zu müssen. In der Pause isst sie Croissants und trinkt Milchkaffee in den gleichen Mengen wie wir, aber sie hat trotzdem Modelmaße. Sie hat so viel positive Energie, sie verbrennt einfach alles.

Wir stellen uns in der langen Schlange vor der Theke an. Die Cafeteria wurde vor zwei Jahren renoviert und erstrahlt nun in einem hellen Türkis mit weißen Bistrotischen, was einen französischen Eindruck erwecken soll. Es wirkt aber eher wie die billige Kulisse zu einem Schultheaterstück. An der Stirnwand hat sogar eine AG einen etwas schief geratenen Eiffelturm und eine Dächerlandschaft gemalt, die Paris darstellen soll.

Hier wird vorgedrängelt, die Pause ist viel zu kurz. Manchmal klingelt es, und man war noch gar nicht dran. Nichts ist ätzender, als wenn man mit leeren Händen und grummelndem Magen zurück in den Unterricht muss, während alle anderen um einen herum belegte Brötchen in sich reinstopfen. Ich schiebe mich Schulter an Schulter mit Kassy vor.

»Wie normal?«, fragt Kassy und reckt den Hals, um in der Auslage zu spähen, was bereits ausverkauft ist. Es gibt immer zu wenig Franzbrötchen.

Ich nicke.

Sie bestellt zwei große Becher Kaffee mit Milchschaum und zwei Nougat-Schoko-Muffins. Ich will ihr die Becher abnehmen, doch sie wendet sich ebenfalls gerade ab. Ich laufe rot an. Mein Taschengeld ist zu Hause, ich bin total blank. Marie zahlt sonst immer mit ihrem Fressgeld. Ich hab nie Geld mit in der Schule, das war bisher nicht nötig. Hastig durchwühle ich meine Umhängetasche. Ich finde ein Lakritzbonbon und zwanzig Cent auf dem Boden des Stoffbeutels unter der Taschenbuchausgabe von *Hüter der Erinnerung*, aber mehr nicht.

»Schon gut«, sagt Kassy, als sie meine Verlegenheit sieht und zieht ein paar Münzen aus ihrer Jeans. »Ich mach das.«

Ich nehme ihr mit gesenktem Kopf meinen Becher ab und greife nach Zuckertüten und Rührstäbchen für uns beide. Kassy jobbt zwar, aber sie kriegt eigentlich noch weniger Taschengeld als ich.

»Ich geb's dir morgen wieder.«

»Vergiss es.«

Wir gehen nach hinten zu den Tischen. Es ist voll, und wir

finden keine freien Stühle mehr, also lehnen wir an einer Säule und pusten in unsere Becher. Überall um uns herum sind Schüler, die sich lautstark unterhalten und mich anrempeln, beinahe verschütte ich meinen Kaffee. Am liebsten wäre ich gerade unsichtbar. Der Lärm in der Cafeteria ist enorm, und die albernen Gespräche über Schulnoten und Kinofilme regen mich auf. Als wäre die Welt nicht zusammengebrochen. Aber dann fällt das Wort *Party*, und ich spitze die Ohren.

»Habt ihr von dieser wilden Party am Wochenende gehört?«

»Die, bei der dieses Mädchen aus der Zehnten gestorben ist?«

»Ja, die ist eine Klippe runtergestürzt und hat sich den Schädel zertrümmert.«

»Krass.«

Mir steigt Hitze ins Gesicht. Wie gefühllos kann man sein? Kassy hat ebenfalls aufgehört, in ihren Becher zu pusten, und starrt konzentriert in die Richtung dieser Idioten.

»Ja, krass«, fährt der eine aus der Gruppe fort. Ich glaube, er ist in der Parallelklasse. »War das nicht Luxus-Zander? Ist die *gesprungen*?«

»Ohmeingott, du meinst Selbstmord?«

Mein ganzer Körper ist auf einmal wie unter Strom. Ich kann nicht glauben, was ich höre. Ich blicke Kassy an. Ihr Mund steht offen, und ihre Hände zittern leicht vor Empörung. Unsere Blicke treffen sich, und da sehe ich es in ihren Augen. Sie denkt: *Ist das möglich?* Der Kaffeegeschmack in meinem Mund stößt mir bitter auf.

»No way«, flüstere ich.

Die Idioten labern weiter:

»Ich hab gehört, sie war Model.«

»Die war bestimmt magersüchtig.«

»Sind die doch alle.«

Kassy fährt herum: »Ey! Halt's Maul, du sprichst da von meiner Freundin!«

Der Typ wird blass und hebt die Hände zur Abwehr, als hätte er Angst, sie würde ihn schlagen.

Ich wünschte, sie würde es tun.

Ich lege meine Hand auf Kassys Schulter. »Komm, wir gehen.«

Sie schmeißt ihren Kaffeebecher weg, und ich ziehe sie hinter mir her. Sie folgt mir, sich leicht sträubend, nach draußen in die Pausenhalle. In meinen Ohren rauscht das Blut.

»Penner!«, schimpft Kassy.

Da war dieser eine Moment, dieser Ausdruck in ihren Augen. »Glaubst du, was der Typ gesagt hat …?«

»Geht's noch!?«, keucht Kassy. »Auf gar keinen Fall!«

Ich muss schlucken, und Kassy legt den Arm um mich.

Ich erinnere mich, wie wir einmal in der Schlange vor einem Konzert standen und darauf warteten, dass endlich die Türen geöffnet wurden. Kassy und Marie trugen kurze Röcke und knappe Oberteile und einen Haufen Make-up. Meine Mutter hatte mir ausnahmsweise mal die Erlaubnis erteilt, dass ich bis nach zehn draußen sein durfte, und ich war total aufgedreht. In den Docks spielte eine echt super Band, von der ich wenige Tage zuvor noch nie was gehört hatte, bis Kassy sie uns auf ihrem iPod vorspielte und uns dazu überredete, zu diesem Auftritt zu gehen. Sie waren bloß die Vorband für eine andere Gruppe, die ich auch nicht kannte, und typisch Kassy war sie wegen der Vorgruppe aufgeregter als wegen des Hauptakts. Sie stand auf den Frontmann, glaube ich, war total zappelig, ihn jetzt live zu sehen, und wollte die Bandmitglieder nach dem Gig am Hinterausgang abpassen.

Mir gefiel einfach die Musik. Die Schlange vor den Docks

bewegte sich nicht mal einen Millimeter nach vorn. Besoffene Touristen strömten an uns vorbei auf den Hamburger Kiez. Und dann wurden die Türen geöffnet, und Kassy kreischte vor Aufregung, genau wie die anderen Mädchen, was ich normalerweise nervig finde, aber an dem Abend nicht, da war es ansteckend.

Ein warmes Kribbeln stieg in meinem Bauch hoch, und die Schlange rückte vor, bis wir endlich beim Türsteher ankamen. Kassy war noch aufreizender angezogen als sonst, sie sah toll aus. Viel älter als sechzehn. Deswegen wurde sie natürlich durchgewunken, während der Türsteher mich prompt rauspickte. »Ausweis dabei?«

Ich wurde rot. Ich werde erst im November sechzehn, Marie und Kassy waren es da schon. Sie hatten mir stolz ihre glänzenden neuen Ausweise gezeigt, mit denen sie von nun an in die brutalen Actionfilme, in Bars und Clubs gehen konnten. Marie war auch schon durch die Kontrolle, und ich bekam Panik, dass sie mich allein draußen stehen lassen könnten.

Ich stotterte: »… mein Ausweis … ich glaub, ich hab ihn zu Hause vergessen …«, und kramte zum Schein in meiner Tasche. Kassy und Marie blieben stehen.

»Tut mir leid, ohne Nachweis, dass du sechzehn bist, kann ich dich nicht reinlassen«, sagte der Türsteher, das war so ein Muskeltyp in einer blauen Bomberjacke mit der Aufschrift *Hamburg Docks*. An manchen Stellen war die Schrift abgeblättert, sodass nur *H m Bur Do k* zu lesen war. Er verschränkte die Arme vor der Brust. Hinter mir fingen die Leute an zu drängeln und zu schieben.

Da packte Kassy mich am Arm und zog mich zu sich. »Die gehört zu mir. Das ist meine kleine Schwester.«

Was absurd war. Kassy und ich sehen uns nicht mal ansatzweise ähnlich. Kassy hat asiatische Vorfahren, ihr Ururgroßvater ritt zusammen mit Dschingis Khan über die Steppen oder so was, jedenfalls hat sie diese mangamäßigen Katzenaugen.

Aber Kassy schmiss ihr 4000-Watt-Lächeln und den Wimpernaufschlag an. Sie zog mich einfach mit sich, und – oh Wunder – der Türsteher sagte nichts. Er glotzte Kassy nur auf den Arsch.

Marie fing an zu kichern, und ich zischte: »Halt die Klappe!«, meinte es aber nicht so. Kassy und Marie wären in ihren Outfits wahrscheinlich schon mit vierzehn in Clubs gekommen. Aber eingehakt zwischen beiden fühlte ich mich gleich besser. Wir stolzierten hocherhobenen Hauptes in den noch fast leeren Konzertsaal, wo es nach abgestandener Luft, Schweiß und Bier roch, und unsere Hüften stießen aneinander. Nichts konnte mir passieren, solange die beiden bei mir waren. Wir schritten auf die leere Bühne zu und sicherten uns Plätze in der ersten Reihe. Das Scheinwerferlicht blendete und zauberte goldene Flecken auf Maries Haare.

Ich wünsche mir nichts sehnlicher, als dass Marie jetzt bei mir ist, während Kassy den Arm um meine Schultern legt und mich durch die Pausenhalle eskortiert, vorbei an den Blicken unserer Mitschüler. Es ist so leer auf meiner anderen Seite – mit nur einem Arm um mich.

Ich werde diesen schrecklichen Gedanken einfach nicht mehr los: Was ist, wenn Marie sich umgebracht hat?

Kapitel 7

Meine Mama besteht darauf, dass ich Frau Zander am Mittwoch einen Kondolenzbesuch abstatte, und sie ruft auch Kassys Mutter deswegen an. Es ist, glaube ich, das erste Mal, dass unsere beiden Mütter miteinander telefonieren.

Ich greife zum Handy und schicke Kassy eine WhatsApp: `Hilfe!!!!` Kassy weiß hoffentlich, wenn sie mich hierbei im Stich lässt, bin ich auf ewig sauer.

Mama fährt mich mit dem Kombi zum Haus der Zanders, das in einer ruhigen Wohngegend mit breiten Vorgärten und viel Abstand zu den Nachbarhäusern nahe der Elbchaussee liegt. Nicht so wie bei uns, wo der Rasen im Vorgarten die Größe eines Handtuchs hat und man praktisch vom Küchenfenster aus gucken kann, was die Nachbarn gerade zum Mittagessen kochen. Ich steige aus. Sie wendet in der breiten Auffahrt, wo ein riesiger Ahornbaum steht. Dann fährt sie weg, und ich gehe an den gepflegten Buchsbäumen vorbei ganz allein zur Haustür. Rechts neben der Tür hängt ein Schild mit der Aufschrift *Ilsa und Thea Marie Zander & Udo Pieper* aus poliertem Messing. Ich habe einen Strauß Blumen in der Hand, den Mama besorgt hat, und zupfe nervös an dem Farn herum. Mir ist schleierhaft, was ich zu

Maries Mutter sagen soll. Ich hoffe, sie ist nicht da. Oder macht einfach nicht auf. Ich kann mir nicht vorstellen, dass sie uns sehen will. Schließlich ist es unsere Schuld. Wenn wir diese Party nicht geschmissen hätten, wär das sicher alles nicht passiert und Marie wäre noch am Leben.

Gerade spiele ich mit dem Gedanken, den Blumenstrauß einfach vor der dunklen Eingangstür liegen zu lassen und zu behaupten, es sei keiner da gewesen, als Kassy um die Ecke gerannt kommt. Sie hat wohl den Bus genommen, sie sieht abgehetzt aus.

»Hier bin ich!«, keucht sie, ziemlich außer Atem und hält sich die Seite, »hat deine Mutter mit Ilsa gesprochen?«

»Die beiden haben ein paarmal miteinander telefoniert, und jetzt findet meine Mutter, es sei an der Zeit, dass wir uns auch bei ihr melden.«

»Heilige Scheiße.«

»Ja … Wollen wir?«

Kassy verzieht das Gesicht, aber ich nehme all meinen erwachsenen Mut zusammen und drücke auf die Klingel. Im Haus ertönt ein tiefer Gong, und Kassy und ich treten von einem Bein auf das andere, bis wir Schritte hören, die sich der Tür nähern. Oh Gott, ich will am liebsten abhauen, aber da öffnet sich die Tür, und eine Frau, die Maries Mutter sehr ähnlich sieht, blickt uns fragend an. Anstatt eines Businesskostüms trägt sie eine weite Bluse mit aufgesticktem Ethnomuster und ist barfuss. Ihre Haare sind zu einem Wust hochgesteckt und an ihren Armen klimpern bunte Armreifen.

»Öhm, Guten Tag. Ich bin Emma Richter, und das ist Kassy Jakobi. Wir wollten zu Frau Zander und … unser Beileid bekunden.«

Die Frau mustert mich für eine Sekunde, ihre Augen huschen über mein Gesicht. Dann strahlt sie auf einmal. »Emma, natürlich. Schön, dich zu sehen. Gott, bist du groß geworden.«

Sie umarmt mich und drückt mich fest, wie einen lang verlorenen Freund, und mir wird klar, dass das Maries Tante Conny sein muss, die ich früher ein paarmal gesehen habe. Einmal haben wir im Sommer hier mit ihr im Garten gespielt. Conny hat ein Planschbecken aufgebaut und Marie und mich geschminkt wie zwei wilde Indianer und uns Federn ins Haar geflochten. Es war immer lustig, wenn Maries Tante zu Besuch war. Aber es ist sehr lange her, dass ich sie in Hamburg gesehen habe, sie ist nach Bayern gezogen oder so etwas. Marie war traurig deswegen. Seit Kurzem ist sie wieder zurück und wohnt jetzt an der Ostsee, gar nicht so weit von dem Ferienhaus entfernt. Marie hat sie dort ein paarmal besucht.

Ich löse mich aus ihrer Umarmung. »Es tut mir so leid, was passiert ist.«

Sie lässt von mir ab und wischt sich eine Träne aus dem Gesicht. »Für euch Mädchen muss das ja auch ganz schlimm sein.«

Ich nicke, weil ich nicht weiß, was ich sonst tun soll, und deute auf Kassy: »Das ist Kassy.«

»Ja, natürlich. Marie hat so viel von dir erzählt«, sagt Conny und umarmt auch Kassy, die das verlegen über sich ergehen lässt.

Conny lächelt, und für einen Moment ist die Familienähnlichkeit unverkennbar. Marie hat ebenfalls dieses Lächeln, bei dem sich kleine Grübchen bilden. Es versetzt mir einen Stich.

»Ich sage meiner Schwester, dass ihr hier seid.« Conny deutet auf die Küche, und wir nehmen das als Einladung und treten ein.

Das Haus der Zanders ist krass. Alles ist weiträumig und edel und modern eingerichtet. Die Küche allein ist größer als meine

Höhle zu Hause unter dem Dach und hat eine Theke, die offen zum Wohnzimmer führt. Edelstahlpfannen und Arbeitsgeräte hängen über dem Gasherd, und auf der Arbeitsplatte aus Edelholz thront die riesige italienische Profikaffeemaschine, mit der Marie mir immer herrlichen Espresso zaubert und für sich Berge von Milchschaum. Ich liebe diese Maschine, nur wegen ihr habe ich überhaupt angefangen, Kaffee zu trinken. Zu Hause aus unserer Billigmaschine schmeckt er wie Spülwasser, aber meine Eltern könnten sich so ein Ding niemals leisten. Das ist ein Grund, warum ich Marie so mag. Sie hat all das hier, sie kann sich kaufen, was immer sie will, aber ihr ist das alles egal. Sie bildet sich nichts drauf ein. Manchmal ist das komisch, wenn sie alles für uns bezahlt, aber Marie sagt dann immer, mit dem Schweigegeld ihrer Mutter könnten wir es uns schließlich wenigstens schön machen …

Zur Seite hin ist die Küche offen, und dort beginnt das Wohnzimmer, wo eine riesige Fensterfront auf den Garten und den kleinen Teich hinauszeigt, dann knickt rechts das Esszimmer ab. Wir hören, wie Tante Conny gedämpft mit jemandem spricht, der ausgestreckt auf der weißen Ledercouch liegt. Ilsa, Maries Mutter, muss es richtig schlecht gehen, wenn sie sich mitten am Tag hinlegt. Mein Herz verkrampft sich. Ich kenne Ilsa nur als ständig arbeitende Powerfrau, die stets auf Achse ist. Als Rechtsanwältin in einer großen Kanzlei hatte sie nie Zeit für ihre Tochter.

Jetzt kann sie sich auf einmal freinehmen.

Um Ilsa nicht anblicken zu müssen, suche ich eine Vase, in die ich die Blumen stellen kann. Kassy setzt sich auf einen Barhocker an der Küchentheke und kaut nervös an ihren Fingern. Ihr blauer Nagellack ist völlig abgeplatzt.

Ich tauche in die unteren Schränke ab, wo ich eine Vase vermute, und stoße mir vor Schreck den Kopf beim Aufstehen, als vom Kücheneingang eine Stimme ertönt: »Na, wen haben wir denn da?«

Udo, Maries Stiefvater, lehnt im Türrahmen. Im Licht der Neonröhren unter den Küchenschränken sieht sein Haar schütterer aus, als es ist, und seine Haut käsig. Er trägt Hemd und teure Jeans mit verzierten Nähten, wie immer sehr korrekt, aber das Hemd ist zerknittert, und die oberen Knöpfe stehen offen, sodass helle Brusthaare hervorgucken.

»Guten Tag. Wir wollten Ihnen unser Beileid aussprechen.« Ich deute dümmlich auf die Blumen. Obwohl ich so viel und so oft hier gewesen bin, dass ich fast ein Familienmitglied sein könnte, spreche ich Maries Stiefvater und ihre Mutter immer noch mit *Sie* an.

Meine Mutter hat Marie schon vor Jahren das *Du* angeboten: *Sag Hannah zu mir, das ist doch albern.*

»Das ist sehr nett von euch«, sagt Udo und kommt einen Schritt näher. »Aber Ilsa geht es nicht so gut, also, ich glaube, es wäre besser, wenn ihr erst mal wieder geht …« Er lächelt, wobei er seine geweißten Vorderzähne zeigt.

Ich weiß nicht, ob ich enttäuscht oder erleichtert sein soll. Ich habe Angst davor, Maries Mutter zu begegnen. Angst vor ihren Fragen. *Was ist auf der Party passiert? Wo wart ihr, als Marie gestürzt ist? Warum habt ihr es nicht verhindert?* Und ich habe Angst, dass Maries Mutter denken könnte, wir hätten mit dem Sturz ihrer Tochter etwas zu tun. Erst recht wenn sie hört, dass wir dieses dumme Spiel gespielt haben.

Kassy springt sofort aufbruchbereit von ihrem Stuhl.

»Klar, wir gehen!«

Da kommt Tante Conny um den Küchenblock herum aus dem Wohnzimmer.

»Wartet noch, Emma, Kassy.«

Sie und Udo tauschen rasche Blicke. Conny räuspert sich.

»Ich habe mit Ilsa gesprochen. Sie hat jetzt nicht die Kraft, euch zu sehen, ich hoffe, ihr versteht das. Aber ich habe eine Bitte: Das Bestattungsunternehmen möchte, dass wir ein Kleid raussuchen, in dem Marie … ihr wisst schon … beerdigt werden soll.«

Kassy starrt mich an.

»Es soll etwas Hübsches sein. Vielleicht ihr Lieblingskleid? Etwas, worin sie sich wohlgefühlt hat. Also, könntet ihr zwei das vielleicht übernehmen? Ihr wart doch ihre besten Freundinnen.«

Für einen Moment kräuseln sich mir die Nackenhaare. Weiß Ilsa nicht, welches das Lieblingskleid ihrer Tochter ist!

Tante Conny scheint meine Verwunderung zu spüren, denn sie fügt hinzu: »Es ist nämlich so … meine Schwester bringt es im Moment noch nicht über sich, das Zimmer zu betreten.«

Ich atme aus und klammere mich an diese Erklärung: Ilsa braucht jemanden, der das Geisterzimmer für sie betritt.

»Ich dachte nur, dass nicht unbedingt Udo die Kleiderwahl übernehmen sollte«, sagt Conny und grinst schief.

Udo schnaubt und lacht dann gezwungen. Sein Lachen ist mir unangenehm.

»Und ich muss heute Abend wieder zurück«, fügt Tante Conny hinzu. »Tom ist ganz allein zu Hause.«

»Kein Problem, wir machen das schon«, sage ich und stupse Kassy an, damit sie endlich auch mal was sagt. Small Talk mit Eltern war noch nie ihr Ding. Ich kann das eigentlich ganz gut, ich weiß, wie man sich höflich gegenüber Erwachsenen benimmt, aber das hier ist hunderttausendmal schlimmerer Small Talk als jeder zuvor. Einschließlich dem mit der Zahnarzthelferin, als ich beim Kieferorthopäden auf das Ergebnis meiner Röntgenbilder gewartet habe.

Kassy ist wie versteinert.

Ich schiebe sie aus der Küche.

»Danke, ihr zwei«, sagt Conny. »Ihr seid eine große Hilfe.« Sie folgt uns in den Flur, bleibt jedoch am Fuß der Treppe stehen.

Kassy und ich gehen nach oben.

Maries Körper liegt seit vier Tagen im Kühlhaus und wartet auf seine Beerdigung. Es ist komisch, sich das vorzustellen. Wie Marie in so einer Metallschublade liegt. Ob sie ihren Leichnam untersuchen? Aber was gibt es denn da bitte zu untersuchen? Ihre Schädeldecke ist aufgeplatzt, als sie aus einer Höhe von beinahe zehn Metern auf Felsen im Meer stürzte.

Conny ruft uns hinterher: »Ihr könnt euch etwas aussuchen. Wenn ihr etwas haben wollt, meine ich, von ihren Sachen. Als Erinnerung. Sie braucht sie ja nicht mehr.«

Ich murmele »Danke«, auch wenn ich mich gar nicht so fühle, als hätte man mir gerade etwas geschenkt. Ich bin mir auch nicht sicher, ob Ilsa damit einverstanden wäre oder ob Conny sie gefragt hat.

An der Tür von Maries Zimmer klebt ein Plakat von einem Künstlerfestival, auf dem sie nie gewesen ist und das sie nur aufgehängt hat, weil ihr die Zeichnung darauf so gut gefällt. Ich lege meine Hand auf die Klinke und wünsche mir, Kassy würde als Erste gehen. Aber die bewegt sich keinen Millimeter. Ich hole tief Luft, wie beim Tauchen. Dann schiebe ich die Tür auf und trete ein.

In Maries Zimmer ist alles weiß. Die Wände, die Decke, die

Möbel, selbst die Bettwäsche. Wenn die Sonne reinscheint, glaubt man sich im Himmel. Marie ist seit einer Woche tot, und ihr Bett sieht aus, als hätte sie nie darin gelegen. Die Kissen sind sorgfältig am Kopfende gestapelt, das Laken und die Überdecke glatt gezogen wie bei einem Hotelbett. Ich frage mich, ob die Putzfrau hier gewesen ist oder ob Frau Zander Anweisung gegeben hat, nichts anzurühren. Wahrscheinlich Letzteres, aber da hatte Olessia wohl bereits alle Spuren von Maries Anwesenheit weggeräumt, wenige Stunden nachdem Marie zur Ostsee gefahren war.

Mich würde das stören, wenn jemand regelmäßig in meinem Zimmer aufräumen und meine Sachen anfassen würde. In meinem kleinen Zimmer mit den Dachschrägen kann sich alles ansammeln, ohne dass jemand sich darum kümmert, selbst Staubmäuse. Aber hier ist alles sauber und steril, wie in einem Möbelkatalog. Dieser Raum hat eigentlich bloß so richtig gelebt, wenn Marie hier war. Oder wenn wir drei uns bei ihr getroffen haben.

Ein Foto auf dem Schreibtisch zeigt Marie. Eine professionelle Aufnahme, die auf ihren Fotoshootings entstanden ist. Auf dem Bild ist sie wunderschön. Ich kann nicht hinsehen. Ich sehe lieber zur anderen Wand. Die ist komplett und über und über mit Linien und Formen und Figuren mit Kugelschreiber bemalt.

»Das da hat sie zuletzt entworfen«, sage ich und zeige auf eine Kritzelei, Linien und undeutliche Gestalten auf herausgerissenem Karopapier, die sie an die Wand geheftet hat, wohl um sie später zu übertragen. Die Skizze hat sie letzte Woche in Erdkunde in ihr Heft gezeichnet, anstatt dem Monolog des Lehrers zu folgen. Marie konnte sich das leisten, nicht zuzuhören, während ich mich anstrengen muss, um meinen guten Notendurchschnitt zu halten.

Letzte Woche – seltsam. Mir kommt es vor, als wäre das tausend Jahre her.

Kassy setzt sich nicht gleich aufs Bett und zerstört die geordneten Laken, wie sie es sonst immer tut. Sie bleibt genau wie ich unschlüssig im Raum stehen.

Es fühlt sich so verkehrt an, hier zu sein, wenn sie nicht da ist. Dabei ist Maries Zimmer wie unser zweites Zuhause. Das Bett ist riesig, groß genug, dass wir alle drei massig Platz haben. So oft haben wir uns alle zusammen unter die Decke gekuschelt, auf ihrem 70-Zoll-Flatscreen Liebesfilme und Actionstreifen geguckt und die weißen Laken mit Chipskrümeln verziert. Wenn es spät wurde, bin ich oft bei Marie geblieben und hab bei ihr übernachtet, eine Zeitlang fast jedes Wochenende. Dann, als Udo endgültig bei ihnen einzog, wollte sie für eine Weile lieber mit zu mir.

Auch wenn mein Zimmer klein und überfüllt und unordentlich ist, mit Marie darin war es viel schöner. Es hat ihr nie etwas ausgemacht, dass sie auf einer Luftmatratze auf dem Fußboden schlafen musste. Natürlich hab ich ihr andauernd mein Bett angeboten, aber sie bestand darauf, als Gast auf dem Boden zu schlafen. Also machte ich es ihr mit Decken, Stofftieren und Hunderten Kissen so gemütlich wie möglich. Am Ende war mein Zimmer dann immer ein richtiges Nest, der Fußboden so einladend, dass ich am liebsten mit Marie auf den vielen Decken geschlafen hätte.

»Können wir das schnell hinter uns bringen?« Kassys Stimme reißt mich aus meinen Gedanken. »Mich gruselt's hier drinnen.«

Ich begreife, dass ich seit einer Weile vor dem Kleiderschrank stehe, ohne ihn geöffnet zu haben, und die Tür anstarre. Für Kassy ist das alles auch krass, ich kann das Zittern in ihrer Stimme hören.

»Wie wär's mit dem blauen Kleid?«, frage ich. »Das mit dem offenen Rücken? Das sah toll aus.«

Kassy setzt sich auf den Fußboden und umschlingt ihre Knie. Sie zuckt mit den Achseln.

Ich schiebe die Schranktüren auf. »Oder das, was wir vor ein paar Wochen zusammen gekauft haben. Das aus dem kleinen Laden, weißt du noch? Das hatte sie nur einmal an.«

Maries Sachen hängen akkurat aneinandergereiht auf Bügeln, wie bei einer Modenschau. Ich schiebe die Kleider auseinander.

»Wo ist es denn? Es muss ja nicht schwarz sein oder so was. Oder? Ich meine, für den Anlass …«

»Ist doch egal, was sie anhat.«

»Hallo? Das ist wichtig!« Ich ziehe ein rotes Kleid mit aufgedruckten weißen Vögeln hervor. »Das hier?«

Kassy kaut auf einer Haarsträhne und zuckt wieder mit den Achseln.

»Nicht hilfreich!«, schimpfe ich.

»Du bist diejenige, die ihrer Tante gesagt hat, wir machen das schon. Halt mich da raus.«

»Denkst du, ich bin scharf auf den Job?«, fauche ich und zerre so heftig an einem Faltenrock, der sich an einem Bügel verfangen hat und einfach nicht aus dem Schrank will, dass ein ganzer Schwung Kleidung herunterfällt und auf dem Boden landet.

»Ganz toll.« Mir kommen die Tränen.

Kassy steht auf. Sie hebt einen Arm voll Klamotten wieder auf und schmeißt ihn aufs Bett. Dann fängt sie an, die Bügel wieder in den Schrank zu hängen, mehr oder weniger ordentlich, aber sie hängen wieder. Ich stehe stumm daneben.

»Da ist das blaue«, sagt sie.

Ich nehme es heraus. Ein schwacher Geruch geht davon aus,

ein Hauch von *Juliette has a gun* – dasselbe Parfüm, durch das wir vor der Party gesprungen sind. Meine Finger verkrampfen sich in dem Stoff.

»Nehmen wir das?«

Ich nicke und wische mir eine Träne weg.

Kassy nimmt mir das Kleid aus der Hand und legt es aufs Bett.

»Ohrringe?«

Ich nicke wieder und beobachte, wie Kassy die Schubläden und Fächer der Kommode herauszieht und in Maries Schmuck kramt. Sie kennt sich aus, die beiden haben die Kästen und Kartons so oft nach einem passenden Accessoire für irgendein H&M-Teil durchsucht, das sie sich nachmittags gekauft hatten. Oder Kassy hat Altes mit Neuem kombiniert, wie nur sie es kann. Ein Schal vom Flohmarkt, ein Rock vom Secondhandladen und ein Billigoberteil von New Yorker. Ich saß bei diesen Aktionen immer im Schneidersitz auf dem Bett, sah zu und stimmte ab, weil ich eh nicht in Maries Klamotten passe und auch gar nicht mitmachen wollte. Ich kürte lieber die Gewinnerin.

»Was willst du anhaben, wenn du tot bist?« Ich weiß nicht, warum ich das frage, vielleicht, um das Schweigen zwischen uns zu brechen.

Kassy wirft ein Seidentuch mit Fransen auf das Bett. »Schwerter und Kettenhemd.«

Ich lächele. Kassy als Kriegeramazone in ihrem Sarg, bereit für die Auferstehung. Das gefällt mir.

Jetzt zieht sie die Schubladen an Maries Schreibtisch auf.

»Was tust du?«

Sie ignoriert mich und fährt fort, in den Schubfächern und danach in der Kommode zu wühlen.

»Was suchst du denn da? Du bringst ja alles durcheinander.«

Ich lege Hefte und Stifte zurück, die Kassy hervorgekramt und durchgeblättert hat.

»Ich will nur was gucken. Finde du doch Schuhe für sie oder so.«

Kassy rückt den Stuhl vom Schreibtisch weg und steigt drauf, um oben auf dem Schrank nachzusehen.

»Was machst du da?«

Kassy zieht einen Ordner mit Zeichnungen herunter und blättert ihn, noch immer auf dem Stuhl stehend, durch. Warum schnüffelt sie in Maries Sachen?

»Was suchst du denn?«

»Hatte Marie nicht ein Tagebuch?« Kassy tastet mit der Hand auf dem Schrank herum.

Ja, Marie hatte ein Tagebuch, sie schreibt, seit sie zehn war. Auch Briefe und Postkarten. Ich habe einen ganzen Karton mit Briefen von Marie, aus den Sommerferien bei ihrer Tante oder von einem Wochenende in einem Hotel bei Fotoshootings.

Kassy steigt vom Stuhl und macht sich wieder daran, den Schreibtisch zu durchwühlen.

»Lass das, ihr Tagebuch geht uns nichts an.«

»Bist du nicht neugierig, was sie über uns schreibt?«

Das macht mich wütend. »Nein, bin ich nicht«, sage ich, aber meine Worte kommen nicht so überzeugend heraus, wie sie es sollten.

In Wahrheit will ich unbedingt erfahren, was sie zuletzt gedacht hat. Ob sie sich auf die Party mit uns gefreut hat. Ob sie noch sauer auf mich war. Aber … in Maries privaten Aufzeichnungen zu lesen, nur um herauszufinden, wie gern sie uns hatte, das geht zu weit. Das macht man nicht.

Kassy scheint jedoch wild entschlossen, sie steigert sich richtig in die Suche rein, und von Sekunde zu Sekunde habe ich mehr Angst, dass sie fündig wird. Erstens finde ich es nicht richtig. Zweitens habe ich das Gefühl, ich wäre es Marie schuldig, ihr Tagebuch vor fremden Blicken zu schützen – selbst vor denen ihrer besten Freundinnen. Und drittens … drittens habe ich auf einmal höllische Angst davor, dass Marie in ihrem Tagebuch darüber geschrieben haben könnte, was sie auf meinem Handy gefunden hat.

Ich will auf gar keinen Fall, dass Kassy davon erfährt!

»Kassy, ich glaube, wir sollten das lassen …«, setze ich schwach an. »Marie würde nicht wollen …«

»Marie wollte auch nicht von der Klippe stürzen. Vielleicht erfahren wir hier etwas, das uns weiterhilft.« Kassy hebt die Tagesdecke und späht unter Maries Bett.

Ich überlege fieberhaft, was ich tun kann.

Mein Blick fällt auf die weißen Lautsprecher und den MP3-Player, der noch immer daran angeschlossen ist.

Ich gehe hin und hebe den Player auf, wie um ihn mir anzusehen. Dabei drehe ich beiläufig den Regler der Boxen auf volle Pulle. Und schalte die Anlage ein. LORDE erschallt in voller Lautstärke, Kassy zuckt zusammen, aber ich versuche, keine Miene zu verziehen, und rufe gegen die Musik an.

»Dies ist der letzte Song, den sie sich zu Hause angehört hat!«, brülle ich.

»Mach leiser!«, schreit Kassy, doch ich kann jetzt keinen Rückzieher mehr machen. Ich stelle mich breitbeinig vor die Boxen, breite die Arme aus und wiege mich in den Hüften.

»Bist du völlig bescheuert!«, brüllt Kassy und versucht, an mir vorbei den Lautstärkeregler zu erreichen. Ich greife nach ihrem Arm, als wolle ich mit ihr tanzen, was in einem grotesken Gerangel endet. Doch ich höre bereits polternde Schritte auf der Treppe und habe erreicht, was ich wollte.

»Tanzen!«, schreie ich. Kassy muss glauben, ich sei verrückt geworden.

Udo reißt die Tür zu Maries Zimmer auf und brüllt uns an: »Macht das LEISER!«

Obwohl ich es erwartet habe, zucke ich zusammen. Das ist so peinlich. Aber irgendwie musste ich Kassy aufhalten. Ich beeile mich und mache die Musik aus. Schlagartig ist es still.

Udos Blick wandert durch das Zimmer, über die unordentlich auf dem Bett verstreuten Klamotten, die herausgerissenen Sachen und die halb geöffneten Schubladen.

»Was ist bloß in euch gefahren!?«

Wir blicken betreten zu Boden. Mein Gesicht ist heiß vor Scham.

»War ein Versehen …«, sage ich leise.

»Das, was ihr hier veranstaltet, ist das Letzte, was Ilsa jetzt gebrauchen kann!«, donnert er, und auf seiner Stirn kann ich eine Wutader pochen sehen.

»Wir räumen das wieder auf«, sagt Kassy, aber Udo schüttelt den Kopf.

»Nein, ihr geht jetzt.« Er zeigt zur Tür.

»Tut uns leid«, sage ich und gehe die Treppe hinab zur Haustür, bevor Kassy es sich anders überlegen kann.

Maries Tagebuch ist erst einmal sicher.

Kapitel 8

Der Donnerstag in der Schule zieht sich quälend langsam hin. In der letzten Stunde habe ich Französisch. Kassy hat das nicht belegt, und Marie fehlt mir deswegen umso mehr. Ich hasse es, neben ihrem leeren Stuhl zu sitzen.

Es ist komisch: Man isst und schläft und geht aufs Klo und trinkt Wasser, als würde der Körper ohne einen einfach weitermachen. Als wäre man an alldem gar nicht beteiligt. Als wäre die Welt nicht zusammengebrochen.

Als ich nach Hause komme, ist es bereits vier Uhr, und ich habe einen Bärenhunger. Ich steige die Wendeltreppe hinauf. Die Lehrer haben uns einen Berg voller Hausaufgaben aufgegeben, aber ich glaube nicht, dass ich heute noch etwas davon anrühren werde. Mama ist einkaufen und Papa noch bei der Arbeit. Ich überlege, mich einfach vor den Fernseher zu setzen.

Oben auf Höhe von Daniels Zimmer steigt mir ein eigenartiger Geruch in die Nase. Ich bleibe stehen und schnuppere. Ich kann's nicht glauben: Daniel kifft in seinem Zimmer! Ich erkenne den komischen Geruch nach verbrannten Kräutern und Tabak. Daniel hat schon mal gekifft, als Mama und Papa auf diesem Literaturabend und wir die halbe Nacht allein zu Hause waren.

Mein erster Impuls ist, seine Tür aufzureißen und ihm den Joint wegzunehmen.

Ich werfe einen Blick auf die Uhr. Mama ist in einer halben Stunde mit dem Auto vom Supermarkt zurück, Maximum.

Selbst wenn ich jetzt zu Daniel reinstürme, er hat bestimmt schon halb aufgeraucht, und er würde ausflippen.

Ich muss etwas gegen den Geruch machen.

Ich drehe um und gehe im zweiten Stock ins Bad, durchwühle das Schränkchen nach Duftkerzen. Dann lasse ich Wasser in die Wanne laufen und quetsche so viel Badezusatz hinein, dass der Schaum sich hoch auftürmt. Ich zünde die Kerzen an, verteile sie auf dem Badewannenrand und im Flur. Ein Duft nach Vanille und Duschgel verbreitet sich im zweiten Stock und wabert ins Erdgeschoss. Ich wedele mit der Badezimmertür, damit der Geruch sich noch verbreitet, und lege mich dann rasch in die Wanne.

Als Mama nach Hause kommt, stehe ich mit nassen Haaren in der Küche und reibe sie mir demonstrativ mit einem Handtuch trocken.

Mama lächelt mich an und stellt die Einkaufstüte auf den Küchentisch. »Hast du gebadet?«

»Hmhm.«

Sie fängt an, die Einkäufe auszupacken, während ich in die Tüten spähe. »Schon wieder keine Cola?«

Mama schnüffelt. »Das ist aber ganz schön stickig hier. Hast du das Fenster im Bad nicht geöffnet?«

»Oh, hab ich wohl vergessen.«

»Geh bitte nach oben und mach das noch. Ich will nicht, dass wir Schimmel kriegen. Wie oft soll ich euch das sagen?«

»Ja, Mama. ’tschuldigung.«

Ich gehe nach oben, reiße alle Fenster auf, sodass Durchzug entsteht, und hänge das Handtuch über den Wannenrand. Dann gehe ich in mein Zimmer. Hoffentlich hat Daniel Mamas Auto gehört und seine Fenster ebenfalls geöffnet.

Noch mal werde ich ihn jedenfalls nicht decken, wenn er so 'ne Nummer abzieht. Was ist mit ihm in letzter Zeit nur los?

Ich lege mich auf mein Bett und starre an die dunkel getäfelte Holzdecke. Meine Haare sind noch feucht.

Ein Luftzug unter der Tür bewegt sanft das alberne selbst gebastelte Mobile aus Dinosauriern, das dort hängt, seit ich fünf bin, und die bunten, tibetischen Gebetsfahnen, die sich quer durchs Zimmer spannen. Kassy findet, dass ich mein Zimmer dringend mal neu gestalten müsste. Aber ich mag es, von all den alten Sachen umgeben zu sein. Ich bringe es einfach nicht über mich, etwas wegzuwerfen. Vielleicht bin ich später einmal froh, es zu haben.

Unten gibt Mama einem ihrer Klavierschüler Unterricht, und das Do-re-mi-fa-so schwebt leise durch das Treppenhaus zu mir herauf. Wenn Mama Schüler im Haus hat, dürfen Daniel und ich keine Musik anmachen, so ist die Regel, deswegen schieben wir uns nachmittags meist Kopfhörer über die Ohren, um den ewigen verpatzten Tonleitern zu entgehen. Doch heute habe ich keine Kopfhörer auf, LORDE hallt durch meinen Kopf, und Maries Lachen mischt sich geisterhaft darunter und übertönt das Klaviergeklimper.

Ich sehe sie wieder an der Klippe stehen.

Was der Typ in der Schulcafeteria gesagt hat, geht mir nicht aus dem Kopf. *Meinst du, sie ist gesprungen?*

Als ob Marie irre gewesen sei oder so was.

Ich hole Maries iPhone aus der Schublade und lehne mich

ans Kopfende meines Bettes. Das schwarze Metallgestell bohrt sich in meine Schulterblätter, es ist mit einer bunten Lichterkette umwickelt, und am Eckpfosten hängen Lederbänder, die ich aus Fundsachen selber bastele. Ich knüpfe gern Steine und Metallteile und so zu kleinen Schmuckbändern zusammen. Marie mochte meine Kreationen, sie hat einen Traumfänger, den ich für sie gebastelt habe und in den viele kleine Perlen eingeflochten sind, über ihrem Bett hängen.

Wenn Marie Selbstmordgedanken gehabt hätte, dann hätte ich davon doch gewusst?

Ich starre auf das weiße Handy in meiner Hand. Wenn ich nur ein Ladegerät hätte, der USB-Anschluss von meinem ist zu groß. Ich probiere es trotzdem – vergeblich.

Ich muss meine Hausaufgaben machen, aber ich kann mich nicht konzentrieren. Marie hätte nie im Leben auf so eine Art und Weise sterben wollen – *nie im Leben.*

Mein Blick fällt auf den Cellokasten, der in einer Ecke meines Zimmers Staub ansammelt. Ich hab mit zehn aufgehört zu spielen, weil die Jungs in der Schule mich immer so gehänselt haben, wenn ich mit dem Kasten auf dem Rücken an der Bushaltestelle wartete. Am liebsten würde ich jetzt wieder zum Cellounterricht in den Musikraum der Grundschule gehen. Einfach nur, um einen Ort zu haben, an dem Leute sind, mit denen ich über Sachen reden kann, die nichts mit Marie zu tun haben. Dann würde ich über Tonleitern und Grifffolgen nachdenken und das Vibrieren des Holzkörpers in meinen Händen spüren, wenn der Bogen über die Saiten streicht.

Aus Daniels Zimmer nebenan dringen Schreie, gedämpfte Schüsse und epische Musik. Ich würde am liebsten zu ihm rübergehen.

Mich in dem warmen Jungenmief seines Zimmers vergraben und auf die flimmernden Bilder starren, während er spielt. Das wäre jetzt genau das Richtige, zuzugucken, wie er als »Sackboy« durch die Level hüpft.

Ballerspiele mag ich nicht, aber ich gucke gern zu. Ich habe die Angewohnheit, ihn beim Spielen anzuschreien: »Du Kacknoob, hinter dir!«, wenn er bei einem Egoshooter in einen Hinterhalt gerät oder die Orientierung verliert. Abgesehen von den gelegentlichen verbalen Ausrutschern bin ich aber ein guter Kopilot, ich finde immer alle Extralevel und helfe, alle Items zu sammeln. Ich mag vor allem die Rätsel und kapiere, wie die Level aufgebaut sind. Aber jedes Mal kriegen wir uns dabei in die Wolle. Hinterher ist er trotzdem stolz, wenn er neue Trophäen eingesammelt hat, die seine Freunde nicht haben.

Ich habe schon lange nicht mehr mit Daniel gespielt.

In letzter Zeit weiß ich kaum noch, was er so treibt.

Ich lege das unnütze iPhone zurück in die Schublade, stehe vom Bett auf und ziehe den Schuhkarton mit Maries Briefen aus dem Regal. Marie schrieb immer von der Ostsee, kaufte die Umschläge in dem kleinen Kiosk in Nienbrook. Ich wollte ihr zurückschreiben, aber mir fiel nie was ein, was ich ihr hätte berichten können.

Ich blättere die bunt bemalten und tausendfach bekritzelten Briefumschläge durch und die Fotos, die in dem Karton durcheinandergeworfen sind. Marie und ich auf dem Jahrmarkt, dem Hamburger Dom. Beim Autoscooter und Marie im Freibad in dem neuen gestreiften Bikini, den sie so mochte und der dann gerissen ist und ohne sie davonschwamm. Marie und ich auf dem Rücksitz im Auto, als meine Eltern uns vom Zahnarzt abholten und ich beinahe eine Zahnspange bekommen hätte.

Ich schnappe mir meinen Laptop und setze mich damit auf den Fußboden mit dem Rücken ans Bett gelehnt.

Als der Rechner mit einem leisen Schnurren hochfährt, öffne ich den Ordner mit Fotos und meinen Photoshop-Kunstwerken. Ich will unsere gemeinsamen Bilder betrachten, doch ich kenne sie auswendig, daher öffne ich den Browser und rufe Facebook auf. Maries Profil ist voller neuer Beileidsbekundungen, und auch auf meinem eigenen sammeln sich einige, was mich ärgert. Ich lösche die meisten und stelle mein Profil auf privat, sodass niemand mehr ungefragt auf meine Pinnwand schreiben kann. Diese Idioten tun so, als wären sie Maries beste Freunde gewesen. Ich wünschte, ich würde ihr Passwort kennen, damit ich ihr Profil sperren kann. Ich klicke mich durch ihre Fotos. Pure Selbstquälerei, auf jedem zweiten Bild sind Marie, Kassy und ich und grinsen breit in die Kamera. Sie und ich im letzten Sommer in der Eisdiele, die Sonnenstrahlen bilden einen Heiligenschein um unsere Köpfe. Kassy und Marie in schrägen Ponchos mit tausend Fransen werfen Kussmünder zu der Person, die das Foto macht – also zu mir. Marie in der Schlange bei dem Konzert.

Noch während ich mich durch die Fotos klicke, ploppen neue Benachrichtigungen in meinem Facebook-Account auf.

Sunny will einen Beitrag auf deiner Seite posten – zulassen? Sicher nicht.

Markus hat dich in einem Foto markiert, gehe zu deinem Aktivitätenprotokoll.

Nö.

Und dann noch eine neue Freundschaftsanfrage und im Postfach ein einfaches *Hi*.

Ich will die Nachricht ignorieren, da fällt mir auf, dass das *Hi* von jemandem stammt, den ich gar nicht kenne. Es kommt von einem gewissen Tobi, und derselbe Tobi hat mir zehn Minuten zuvor die Freundschaftsanfrage geschickt.

Auf das *Hi* folgt ein zweites: »Hi. Ich heiße Tobi, und ich kenne Marie von früher«, so als hätte er sich nach dem ersten *Hi* erst überlegen müssen, was er eigentlich schreiben will.

Jetzt behaupten schon irgendwelche scheißwildfremden Typen, Marie zu kennen. Ich schiebe den Mauszeiger auf *Freundschaftsanfrage ablehnen*, aber vorher schreibe ich noch: »Hi. Ich heiße Emma, und ich kenne Marie so gut, dass ich weiß, dass sie nie einen Tobi kannte. Also verpiss dich und stalke jemand anderen.« Ich drücke auf *Senden*.

Fünf Sekunden später kommt die Antwort: »›Emme ist die beste Zuhörerin der Welt, aber wehe, jemand greift sie an, dann wird sie zur Furie.‹ – Das hat Marie über dich gesagt, und ich kannte sie wirklich gut. So gut, dass ich genau verstehe, wie sehr einen die Heuchelei der anderen nervt, wenn man wirklich trauert.«

Ich starre auf die Chatnachricht. Emme. So hat eigentlich nur Marie mich genannt, in der Grundschule. Ich klicke zum Profil von diesem Tobi. Das Foto zeigt einen Jungen mit wuscheligen braunen Haaren, der frech in die Kamera grinst. Ich habe ihn noch nie gesehen. Aber sein Lächeln ist nett. Sein Titelbild ziert eine Comicfigur, Obito aus Naruto, der auch Tobi genannt wird. Sehr witzig. Weniger witzig ist, dass das Facebookprofil erst seit ganzen zwei Tagen besteht und dass es für Außenstehende gesperrt ist.

Ich nehme die Freundschaftsanfrage an.

Ich weiß, sobald ich das tue, kann er mein Profil angucken, genauso wie ich seines gerade, aber ich hab nichts zu verbergen, und ich will wissen, wer der Typ ist. Ob er Marie wirklich kannte.

Seltsam. Ich finde keine Freunde, keine Fotos, keine Einträge.

Emma Richter: was soll der scheiß, wer bist du?
Tobi: tut mir leid, ich hab den account gerade erst erstellt, weil ich dich finden wollte. ich bin sonst nicht auf fb.
Emma Richter: also, was willst du?
Tobi: reden
Emma Richter: worüber?
Tobi: marie

Ich starre auf den Bildschirm. In meinem Kopf rattern die Gedanken. Wer zum Teufel ist dieser Typ? Vielleicht ist das gar kein Typ, sondern irgendein Mädchen aus meiner Stufe, jemand der mitbekommen hat, dass Marie mich früher mal Emme genannt hat, jemand, der mich verarschen will.

Emma Richter: woher kennst du marie?
Tobi: nienbrook. hab da früher gewohnt.

Hm … Das kann natürlich schon stimmen. Marie hat mal in dem kleinen Ferienort bei ihrer Tante Conny und ihrer Oma gewohnt. Als sie noch ganz klein war und ihre Eltern sich getrennt hatten. Das war aber, bevor ich mich in der Grundschule mit ihr anfreundete. Marie hat eigentlich keine Freunde mehr aus der Zeit in Nienbrook. Oder? Sie hat jedenfalls nie was erzählt … Aber sie war jedes Jahr mit ihrer Mutter in dem Ferienhaus, in den Sommerferien, und seit einem halben Jahr oder so wohnt ihre Tante auch wieder da, Marie hat sie öfter besucht. Schon möglich, dass sie da wen von den Einheimischen kennengelernt hat. Woher soll dieser Tobi den Ort sonst kennen? Obwohl, vermutlich stand das in der Zeitung.

Aber hätte Marie es mir nicht erzählt, wenn sie da Freunde gehabt hätte? Ihre Briefe aus der Zeit erwähnen auch nichts.

Emma Richter: marie hatte keine freunde in nienbrook.
Tobi: stimmt. sie hatte dich.

Was soll denn der Scheiß?!

Emma Richter: klar. verarschen kann ich mich alleine. sag jetzt, was du willst, oder ich melde dich als spam!
Tobi: ich will wissen, warum marie sich umgebracht hat.

Ich klappe den Laptop zu.

Zum Abendessen gibt es Wiener Schnitzel, die Papa aus einem Restaurant in der Nähe mitgebracht hat. Das macht er manchmal, wenn er spät nach Hause kommt. Mama möchte, dass wir immer zumindest beim Abendbrot zusammen sind, aber Daniels Sport und meine Abende bei Marie und Kassy machen es immer schwieriger, das einzuhalten.

Jetzt sitzen wir alle am Küchentisch, und Mama scheint es zu genießen. Sie vergisst wohl, dass ich einfach keine Freundin mehr habe, zu der ich abhauen könnte. Es kotzt mich echt an, dass alle einfach so tun, als wäre alles gut und das Leben ginge ganz normal weiter.

»Wie geht es Kassy?«, fragt Mama fröhlich und verteilt lauwarme Tiefkühlerbsen auf unsere Teller.

Ich zucke die Schultern. Ohne Marie treffen auch Kassy und ich uns anscheinend nicht mehr.

»Willst du sie nicht mal zu uns einladen? Sie kann ruhig mit uns zu Abend essen.«

»Vielleicht …«, murmele ich.

»Sie könnte auch mal kommen und auf dem Klavier üben. Sie hat so eine schöne Stimme, aber sie trifft noch nicht jeden Ton. Ein Klavier könnte ihr helfen.«

Haha … Guter Scherz. Als ob Kassy so etwas Uncooles mit mir zusammen machen würde.

»Ich werd's ihr sagen …«

Papa räuspert sich: »Die Schule hat heute das Budget für das Musikfest beschlossen, und es sieht so aus, als könnten wir uns einen neuen Flügel leisten.«

»Oh, wie schön«, sagt meine Mutter.

Ich fülle mir noch mehr Kartoffelbrei auf.

Ein Flügel ist ihr Traum, seit sie siebzehn Jahre alt ist, doch sie hat sich nie einen leisten können. Selbst wenn wir das Geld dafür zusammengespart bekämen, so hätten wir in unserem schmalen Reihenhaus dafür ja keinen Platz.

Unsere Eltern wollen, dass wir es später mal besser haben. Dafür sind gute Noten unerlässlich, betont Papa andauernd. Früher habe ich mir Mühe gegeben, meinen Notendurchschnitt zu halten, aber in den letzten Tagen ist der Unterricht ziemlich an mir vorbeigerauscht. Jetzt, da Marie nicht mehr bei mir ist, ist eh alles egal.

»Kann ich zum Training?«, fragt Daniel.

»Heute? Es ist schon nach acht«, sagt Papa.

»Na und?«

»Ich will nicht, dass du dich so spät noch auf der Straße herumtreibst.«

Daniel schaufelt Kartoffelbrei in sich hinein und schmollt.

Mamas versucht, beiläufig zu klingen, als sie fragt: »Was passiert mit dem alten Flügel?«

»Der wird wohl in Zahlung gegeben.«

Das Strahlen in Mamas Augen erlischt, so als hätte sie sich für eine Winzigkeit der Illusion hingegeben, den alten Schulflügel aufzukaufen und hier ins Wohnzimmer zu stellen.

In Gedanken sehe ich sie die Möbel beiseiteschieben und die Couch auf die Terrasse in den Regen zerren, damit das schwarz glänzende Ungetüm, auf dem schon Generationen von Schülern sich abgemüht haben, auf dem Teppich Platz hat. Ich sehe sie inmitten übereinandergestapelter Regale und Stühle an ihrem Flügel sitzen, glücklich und in die Tasten versunken.

In einem anderen Leben wär das vielleicht so. In einem anderen Leben, in dem sie nicht jung mit Zwillingen schwanger geworden wäre.

In einem anderen Leben hätte ich auch Marie nie kennengelernt, wir hätten keine Party zu ihrem Abschied gegeben, und sie wäre nicht von der Klippe gestürzt.

»Ach, und Emma darf aber immer alles, oder was?«, mault Daniel.

»Es reicht, junger Mann!«

»Wenn ich nicht zum Training kann, ist mein ganzer Muskelaufbau-Plan bald im Arsch.«

»Wenn du weiter solche Worte verwendest, bekommst du so lange Hausarrest, bis du garantiert Muskelschwund kriegst«, sagt Papa, und ich muss grinsen.

Marie war immer ein bisschen neidisch darauf, dass ich

einen Zwillingsbruder habe. Sie hat ja keine Geschwister, nur ihren Cousin Tom, der ein bisschen wie ein Bruder für sie gewesen ist, als sie als kleine Kinder in Nienbrook zusammengewohnt haben. Aber auf Daniel muss man nun echt kein bisschen neidisch sein. Ich würde ihn jederzeit gegen alle Cousins der Welt eintauschen.

Gerade als ich mir das letzte Stück Schnitzel nehmen will, pikst Daniel mit seiner Gabel rein und schnappt es mir vor der Nase weg. Demonstrativ beißt er hinein.

Er ist echt biestig heute. Beinahe bereue ich, ihn wegen des Joints gedeckt zu haben.

Ich stehe ruckartig auf, sodass der Stuhl über die Fliesen schrappt. »Kann ich rauf?«

Mama sieht mich an. »Willst du nicht noch ein wenig mit uns fernsehen? Es gibt *Gemanys next Topmodel.*«

Dass meine Mutter diesen Vorschlag macht, zeigt, wie besorgt sie um mich ist. Denn GNTM darf ich eigentlich nicht gucken, wegen des schlechten Einflusses, den die Sendung angeblich auf die Entwicklung junger Mädchen hat.

Die Vorstellung, dass ich mit meinen Eltern Topmodels gucke, ist völlig absurd. Als ob ich jetzt Lust darauf hätte, mir einen Haufen halb nackter Mädchen mit meinen Eltern anzuschauen. Wie kommt man denn auf so was? Haben sie das in irgendeinem Ratgeber gelesen?

»Nein, danke«, sage ich. Ich will nur hoch in mein Zimmer, die Tür zuziehen und allein sein.

»Na gut, Spatz. Du kannst ja später noch einmal nach unten kommen, wenn du es dir anders überlegst.«

In der Küche quietscht ein weiterer Stuhl über die Fliesen, Daniel folgt mir.

Im zweiten Stock auf Höhe des Schlafzimmers meiner Eltern hält er mich auf. Er drückt mich gegen die Wand.

»Ey!«

Das Blut schießt mir in den Kopf.

»Was soll das?«, keuche ich.

»Dein kleiner Partyausflug zur Ostsee vermasselt mir meinen ganzen Trainingsplan. Wegen dir darf ich nach Sonnenuntergang nirgendwo mehr hin.«

»Dafür kann ich doch nichts …«, zische ich.

»Wehe, du plauderst aus, dass ich auch da war, und versaust mir noch die Erlaubnis für den Wettkampf im August!«

»Mach ich nicht!«

Er lässt von mir ab, aber nicht ohne mich noch einmal in den Rücken zu boxen.

Ich starre ihm nach, wie er die Stufen hinaufstampft. Unter seinem T-Shirt zeichnen sich deutliche Muskeln ab. Was ist nur aus meinem Zwilling geworden?

Ich verziehe mich in mein Zimmer und sperre die Tür hinter mir ab. Dann falle ich ins Bett und drücke mein Gesicht in die Kissen. Ich könnte schreien, so scheiße ist gerade alles. Ich habe nicht nur meine beste Freundin verloren, sondern auch irgendwie meinen Bruder.

Hinter dem Mansardenfenster färbt sich der Abendhimmel rosa. Mein Laptop blinkt mich vorwurfsvoll vom Fußboden aus an. Ich klappe das Display wieder hoch, und Facebook erscheint. Der Cursor leuchtet weiß im Chatfenster. Mein Rücken tut weh, da, wo er mich geboxt hat, Scheiß-Daniel. Ich tippe:

Emma Richter: sie hat sich nicht umgebracht.
das würde sie nie tun.

Das ist das Letzte, was ich an diesen Vollidioten schreibe, schwöre ich mir, doch als wenige Sekunden später eine Antwort kommt, weiß ich, er hat die ganze Zeit, während ich unten beim Essen war und hier im Bett gelegen hab, auf meine Antwort gewartet.

Tobi: ich glaub das auch nicht. deswegen finde ich es so schlimm, dass alle das behaupten.
Emma Richter: wer behauptet das?
Tobi: die, die sie nicht kannten.

Ich tippe hastig:

Emma Richter: sie war glücklich, und jeder, der etwas anderes behauptet, ist ein arschloch.
Tobi: danke. das wollte ich von ihrer besten freundin hören.

Und plötzlich wird mir klar, dass auch ich das von jemandem hören wollte. Und auch wenn es von einem anonymen Tobi auf Facebook kommt, so tut es mir doch gut.

Wir schweigen.

Nach einer Weile ploppt eine Nachricht auf:

Tobi: muss jetzt leider weg. können wir morgen weiterreden?

Ich zögere. Nach allem, was ich weiß, kann sonst wer hinter diesem Profil stecken. Aber dieser Tobi macht mich neugierig. Anscheinend kennt er Marie wirklich. Und ist auch traurig.

Ich schreibe:

Emma Richter: du kannst mir ja schreiben, aber ich hab nicht gesagt, dass ich antworte.

Ich weiß, dass ist Grundschulniveau. Aber ich befinde mich im Ausnahmezustand.

Tobi: cool.

Dann ist er offline.

Ich starre noch eine Weile sein Foto an. Habe ich ihn schon mal irgendwo gesehen? Er kommt mir nicht ansatzweise bekannt vor. Er sieht ganz süß aus. Genau die Art von Typ, auf die Marie stehen würde: schlaksig, braune, wuschelige Haare und große dunkle Augen.

Warum hat Marie ihn nie erwähnt?

Ich nehme mir noch einmal ihre Briefe vor, vielleicht hat sie irgendwo irgendwann von einem Tobi geschrieben, aber ich kann nichts finden. Marie hätte mir doch von jedem tollen Typen erzählt, den sie in Nienbrook getroffen hat.

Wir konnten immer über alles reden – auch über Sex. Und darüber, dass wir noch keinen hatten. Ihr Tagebuch fällt mir ein, und ich frage mich, ob darin etwas steht, was sie mir nicht gesagt hat. Der Gedanke, dass sie nicht alles mit mir geteilt haben könnte, macht mich traurig. Aber darin zu schnüffeln, nur um meine Neugierde zu befriedigen? Ich schäme mich über mich selbst.

Sie hat *immer* über *alles* mit mir reden können. Was ist nur an den Klippen passiert?

Kassy und Daniel wollen es scheinbar auf sich beruhen lassen, aber ich kann nicht aufhören, mich zu fragen, was in den letzten Minuten bei der Party passiert ist.

Wollte sie ihre Pflicht erfüllen und es Kassy zeigen, aber der Vorsprung ist abgebrochen?

Warum war sie allein da?

Oder war Kassy bei ihr?

Ich rufe Kassy an, aber sie geht nicht ran. Ich versuche, mich abzulenken. Weil ich keinen Fernseher habe, surfe ich im Internet, aber das ist langweilig, wenn niemand, den man kennt, online ist, und nach einer Weile klappe ich den Laptop zu und ziehe meinen Pyjama an.

Ich kann nicht schlafen.

Ich liege stundenlang wach und wälze mich hin und her. Ich habe Angst, die Augen zu schließen und wieder diese Bilder zu sehen, von Marie an der Klippe.

Ich habe angefangen, davon zu träumen, dass ich zu ihr laufe, durch meterhohes Gras, das mich stolpern lässt, aber bevor ich sie erreichen kann, dreht sie sich von mir weg, breitet die Arme aus und springt.

In meinem Traum stürzt sie nicht, sie schwebt einfach über dem Abgrund, wie ein Geist.

Irgendwann höre ich im Halbschlaf, wie die Tür zu Daniels Zimmer leise aufgeht und wieder zugezogen wird, dann schleichende Schritte auf der Treppe. Ich werfe einen Blick auf mein Handy.

Es ist zwei Uhr nachts.

Ich gleite aus dem Bett, öffne leise meine Zimmertür und stecke den Kopf hinaus. Im dunklen Flur kann ich hören, wie Daniel die Wendeltreppe bis ganz nach unten schleicht, er ist also nicht bloß auf dem Weg ins Bad. Kurz darauf klickt die Haustür leise ins Schloß. Ich schließe meine Zimmertür wieder und beeile mich, ans Fenster zu gelangen. Von meinem Winkel aus kann ich nur einen kleinen Teil der Straße sehen, aber nach ein paar Sekunden erscheint Daniel auf seinem Mountainbike. Er radelt Richtung Stadtpark. Wo will er um diese Zeit hin?

Er bleibt in der Woche manchmal länger weg, hängt mit seinen neuen Freunden ab, ohne anzurufen. Er hat schon viel Ärger deswegen mit Papa bekommen, weil er eigentlich, genau wie ich, um zweiundzwanzig Uhr zu Hause sein soll. Aber dass er sich jetzt sogar nachts heimlich rausschleicht, ist neu.

Ich will gerade zurück in mein Bett kriechen, als ich sehe, wie ein Typ in einem schwarzen Hoodie Daniel die Straße hinunter folgt. Er hat die Kapuze über den Kopf gezogen, sodass ich sein Gesicht nicht erkennen kann. Er kann mich in dem Mansardenfenster in meinem dunklen Zimmer unmöglich sehen, dennoch läuft mir ein Schauder über den Rücken, als der Mann seinen Kopf dreht und zu meinem Fenster hochguckt. Ich halte die Luft an.

Dann stemmt der Fremde die Hände in die Taschen und folgt meinem Bruder in die Richtung, in die er auf seinem Mountainbike verschwunden ist.

Kapitel 9

Der Freitag beginnt mit einer Doppelstunde Sport.

Für andere mag das eine willkommene Abwechslung vom monotonen Sitzen und Zuhören sein. Aber für mich ist es die Zeit der Folter. Ich hasse Sport. Im Unterricht lassen mich die Lehrer seit Neuestem in Ruhe und erwarten keine Beteiligung mehr. Aber beim Sport kann ich mich nicht einfach in die letzte Reihe setzen und in mein Buch starren. Ich versuche, nicht im Weg zu sein. Ich senke meinen Blick auf die Schnürsenkel, laufe nach Luft schnappend meine Runden und wünsche nur, dass es endlich vorbei ist.

Nach den Aufwärmrunden werden die Mannschaften für Basketball aufgeteilt, und ich verdrücke mich nach hinten an die Mattenwand, denn ich weiß, ich werde eh wieder als Letzte gewählt. Doch da macht der Lehrer Kassy zum Mannschaftskapitän, und sie geht nach vorn und lässt ihren Blick über die Reihen der Mädchen und Jungs in ihren verschwitzten T-Shirts wandern. Sie findet mich, und prompt ruft sie mich als Erste auf. Shit.

Gestern hat sie sich gar nicht mehr gemeldet. Nicht mal eine Gute-Nacht-Nachricht geschickt, wie wir es eigentlich immer tun. Ich habe meine weiterhin verschickt. Auch an Marie. Auf ihrem Handy müssen sich die WhatsApps inzwischen türmen. Ich gehe nach vorne und stelle mich zu ihr, doch während die Auswahl weitergeht, höre ich die anderen zischeln: »Wieso wählst du denn die? Emma fängt doch nie einen Ball.«

Christian, der die gegnerische Mannschaft aufstellen darf, gratuliert ihr hingegen: »Glückwunsch! Mit der in der Mannschaft könnt ihr gleich einpacken.«

Und dann wählt er Markus in seine.

Er hat ja recht. Ich würde mich auch nicht in meiner Mannschaft haben wollen. Kassy wählt noch Sunny und ein paar andere gute Spielerinnen, aber das wird uns als Team auch nicht mehr retten.

Anpfiff, und obwohl Kassy sich alle Mühe gibt, mich einzubeziehen, läuft es grottenschlecht.

»Gib doch an Emma ab, sie steht frei!«, schreit sie Sunny an und lässt mir einen Pass zukommen, den ich prompt vergeige. Ich weiß, Kassy meint es nur gut, aber es nützt ja nichts, ich fange trotzdem keinen Ball. Ich tue mir höchstens dabei weh.

»Heute noch!«, ruft Christian, als ich dem Ball hinterherlaufe, der ins Aus gerollt ist.

Mein Kopf wird gleich noch röter, aber ich senke nur den Blick und halte die Klappe. Bringt ja nichts.

»Halt's Maul!«, zischt Kassy ihn an. »Oder ich mach mit dir gleich ein paar Dunkings.«

Die Jungs grinsen. »Uuuuh! Jetzt haben wir aber Angst!«

Ich bin richtig froh, Kassy als Freundin zu haben. Sie steht immer für einen ein und geht dazwischen, wenn man es selber nicht kann. Es ist ihr egal, was andere denken.

Obwohl, das stimmt nicht ganz. Als diese Fotos damals von

ihr auf Facebook aufgetaucht sind, war ihr das ganz und gar nicht egal.

Ich hatte schon gar nicht mehr daran gedacht, aber in diesem Moment steigt die Scham darüber, was ich getan habe, wieder in mir hoch. Meine Knie fühlen sich ganz schwach an, und ich lasse den Ball fallen, als ich versuche, ihn wieder einzuwerfen.

Alle lachen.

Meine Schuldgefühle bringen mich fast um, als Kassy Christian kurz darauf auch noch »aus Versehen« eine Kopfnuss verpasst und die anderen Jungs sich vor Schadenfreude auf die Schenkel klopfen.

Ich weiß, es ist Zeit, dass ich reinen Tisch mache. Aber ich habe Angst, Kassy zu verlieren.

Dann wäre ich ganz allein.

Ich sehe zu, wie sie am Korb hochspringt und beinahe einen Treffer versenkt. Der Ball kullert am Rand entlang, geht aber nicht rein, und Markus schlägt ihn weg, bevor wir einen Punkt machen können.

Kassy ist in der neunten Klasse nach Hamburg gezogen, ich glaube, sie hat vorher in Berlin gewohnt und davor in einer ganzen Reihe anderer Städte. Sie spricht nie davon. Als ich wegen einer Erkältung zwei Tage verspätet zum neuen Schuljahr kam, da war Kassy einfach da.

Als Neue in der Schule wurde sie von allen beäugt, aber Kassy hätte auch Aufmerksamkeit erregt, wenn sie nicht neu gewesen wäre. Mit ihrem asiatischen Einschlag, der *Bad-Bitch*-Lederjacke und der abgebrühten Fuck-you-Haltung einer Schulwechsel-Veteranin, die diesen Neu-sein-Status schon oft durchgemacht hatte. Anstatt sich unsichtbar zu machen und sich erst einmal einzureihen, tanzte Kassy ins Rampenlicht.

Ich erinnere mich, wie ich das erste Mal mit ihr geredet habe. Wir waren unten auf dem Hof, Marie und ich.

Marie sagte: »Scheiße, ich hab meinen Schlüssel oben in der Klasse liegen lassen«, und ich überlegte, ob es okay wäre, sie alleine die Stufen in den ersten Stock hinaufgehen zu lassen. Ich war noch ausgelaugt und müde von meiner Erkältung.

»Klingel doch zu Hause«, versuchte ich einen Kompromiss.

»Dann muss ich mir von Udo wieder einen Sermon anhören, das Eigentum anderer nicht zu gefährden, indem ich Einbrechern die Schlüssel zu unserem Haus aushändige.«

»Welcher Klassenraum isses denn?«, fragte dieses fremde Mädchen mit der Lederjacke und deutete auf ein Fenster, das sperrangelweit offen stand. »Da oben?«

Ich glotzte sie an, mit ihren zerrissenen Jeans und Chucks.

»Emma, das ist Kassy.«

Marie hatte Kassy an ihrem allerersten Tag aufgegabelt und führte sie nun herum und zeigte ihr die Schule.

»Hi.«

Marie nickte. »Kassy, siehst du, wir sind eben die Treppe runtergekommen und in einem Bogen durch die Pausenhalle, und jetzt stehen wir wieder genau unter dem Fenster, wo eben Mathe war.«

»Alright.«

Kassy nahm plötzlich Anlauf und sprang an der Mülltonne hoch bis zu dem kleinen Dachvorsprung der Pausenhalle. Mit einer geschmeidigen Bewegung zog sie sich daran hoch. In Windeseile war sie bei dem offenen Fenster und grätschte über den Rahmen ins Klassenzimmer. Kurz darauf tauchten ihre beiden Zöpfe wieder auf. Triumphierend baumelte ein Schlüsselbund zwischen ihren Fingern.

Marie war einen Moment sprachlos. »Wow.« Dann klatschte sie vor Begeisterung.

Flink wie ein Kapuzineräffchen sprang Kassy wieder an der Fassade herab und übergab mit einer Verbeugung Marie ihren Schlüsselbund. »Mylady? At your service.«

»Krass. Danke. Bist du Profieinbrecherin, oder so was?«

»Nö. Eher Profi-Ninja.«

Marie lachte.

»Ich mach nur ein bisschen Parkour. In Berlin sind wir dauernd irgendwo hochgeklettert. Das hält fit.«

»Cool.«

Und dann fragte Marie sie: »Hast du Lust, mit zu mir nach Hause zu kommen? Emma und ich hängen nach der Schule meist ein bisschen bei mir ab.«

Von da an verbrachte Kassy die Nachmittage mit uns.

Wir gewinnen knapp gegen die andere Mannschaft, aber das liegt nicht an meinen Leistungen. Kassy hat mit ein paar Sprüngen den Gegnern den Ball abgeluchst, sodass sogar die harten Jungs sich nicht mehr trauen, ihr in die Quere zu kommen, auch wenn Markus, der Angeber, es versucht. Mir ist alles egal, ich schiele nur zu der großen Uhr am Ende der Halle, wo der Zeiger viel zu langsam vorankriecht.

Endlich ertönt der Gong.

»Okay, geht euch umziehen!«, entlässt unser Sportlehrer uns. »Kassy, räum die Bälle weg.«

Wir stürmen zu den Umkleidekabinen und ziehen unsere nass geschwitzten Klamotten aus.

Ich hasse es, mich vor allen anderen Mädchen auszuziehen. Vor Kassy und Marie macht es mir nichts aus, aber hier habe ich das Gefühl, alle starren auf meinen Bauchspeck oder die Dellen an meinen Beinen.

Die meisten verzichten genau wie ich auf die Dusche und verbrauchen dafür lieber so viel Deospray, dass ein einziger Funke genügen würde, um die enge Umkleide in die Luft zu jagen. Das Gemisch aus Schweiß, Pubertät und blumigen Fa-Deos bringt mich zum Würgen. Ich beeile mich und schlüpfe rasch in meine Jeans, damit ich hier rauskomme.

Draußen drücke ich mich in den Eingang zum Geräteraum, und warte auf Kassy. Den ganzen Tag schon checke ich meinen Messenger, ob Tobi sich auf Facebook wieder gemeldet hat. Aber er schweigt. Vielleicht hab ich ihn mit meiner schroffen Ansage vergrault? Fast tut es mir leid. Ich scrolle zu seinem Profilbild. Er sieht nicht wie jemand aus, der schnell beleidigt ist.

Die Tür zur Umkleidekabine geht auf, und ein paar der Mädchen kommen heraus. Sie gehen an mir vorbei, und die Tür schwingt nicht ganz wieder zu.

Ich höre drinnen das Schnattern, ein rasches, hohes Geplapper: »… keinen Abschiedsbrief hinterlassen oder so.«

Ich halte die Luft an.

Die Mädchenstimmen reden weiter: »… sie war schon immer irgendwie in sich gekehrt, oder …?«, und: »Ich glaube, sie hat mit niemandem richtig gesprochen …«, und: »… wie krass, sich von der Klippe zu schmeißen.«

Meine Handflächen fangen an zu schwitzen, während ich lausche, unsicher, wie ich mich verhalten soll.

»Was ist mit Emma? Die beiden hockten doch immer zusammen«, sagt eine hohe Stimme, Sunny, diese blöde Kuh.

»Tolle Freundin«, sagt jemand anderes. »Bekommt nicht einmal mit, dass es ihrer BFF schlecht geht.«

Das Blut rauscht mir in den Ohren. Ich warte darauf, dass jemand etwas sagt. Dass jemand sagt, dass Marie nicht depressiv war, dass Marie nie und nimmer Selbstmord begangen hätte. Dass ich gar nichts hätte bemerken können, weil es nichts zu bemerken gab. Aber keiner sagt das.

Kassy ist noch in der Halle und sammelt die Bälle ein. Sunny sagt etwas anderes: »Emma kapiert doch nie was.«

Das Nächste geht im Gemurmel, dem Rauschen von Wasser und dem Wummern meines Herzschlags in meinen Ohren unter. Erst als ich Turnschuhgequietsche höre, das sich mir nähert, kann ich mich aus der Eisesstarre, die mich überfallen hat, lösen. Ich drücke mich noch tiefer in den Türrahmen zum Geräteraum. Die Mädchen gehen an mir vorbei, ohne mich zu bemerken, und ich starre ihren Rücken und wippenden Pferdeschwänzen hinterher.

✢

Den Rest des Vormittags versuche ich, so zu tun, als wüsste ich nicht, was die Blicke und das Getuschel hinter vorgehaltener Hand bedeuten. Sie reden über mich. Ich gebe im Biounterricht vor, unter dem Tisch auf meinem Handy herumzutippen, und vermeide jeglichen Blickkontakt.

Keine Nachrichten.

Jetzt ploppt doch auf einmal etwas auf. Als hätte er nur darauf gewartet, dass ich online bin.

Tobi: hey
Tobi: bist du da?

Ich war noch nie in meinem Leben so froh, eine Nachricht zu erhalten.

Rasch tippe ich:

Emma Richter: kann sein.
Tobi: ich weiß, du willst mir nicht antworten.
aber es gibt einfach niemanden, mit dem ich reden kann. alle tun so, als sei nichts gewesen. sie machen weiter, reden, essen, schlafen, so als wäre marie gar nicht gestorben, als wäre die sonne nicht untergegangen. ich kann einfach nicht aufhören, an sie zu denken.
Emma Richter: weiß genau, was du meinst.

Meine Finger schreiben, ehe ich darüber nachdenken kann. Tobi ist klasse, anstatt zu feixen, weil ich meinen Vorsatz, nicht mit ihm reden zu wollen, so rasch gebrochen habe, schreibt er nur:

Tobi: du warst dabei, du bist ihre beste freundin. was ist in der nacht passiert?

Meine Finger schweben über dem Display. Was soll ich ihm antworten?

»Wem schreibst du da?«, flüstert Kassy. Sie beugt sich zu mir rüber.

Vorne an der Tafel schwafelt Herr Jakobs etwas von der mendelschen Vererbungslehre, und alle sind damit beschäftigt, die roten und weißen Punkte abzumalen, die Blüten darstellen sollen, die auf komplizierte Weise miteinander gekreuzt werden.

»Niemandem.«

Ich verberge das Display und kann nicht verhindern, dass meine Wangen sich röten.

Kassy wirft mir einen misstrauischen Blick aus ihren Mandelaugen zu und widmet sich dann wieder ihren roten und weißen Kreisen.

Marie hätte echte Blüten daraus gemacht und ihr Heft mit dornigen Rosenranken verziert, denke ich wehmütig und schaue wieder auf mein Handy. Tobi will eine Antwort.

Das Schlimme aber ist ja: Ich habe keine Ahnung, was passiert ist. Marie ist zu den Klippen gegangen, aber ich weiß nicht, wieso. Sie kannte den Steilbruch besser als jeder andere, sie kannte den kleinen Vorsprung, der zwei Meter unterhalb herausragte. Sie ist oft da runtergeklettert. Sie hätte auch im Dunkeln gewusst, wo es gefährlich ist, wo man seinen Fuß hinstellen kann und wo besser nicht. Ob sie jemandem etwas beweisen wollte? Aber wem? Kassy? Es ergibt keinen Sinn, dass ausgerechnet sie hinabgestürzt ist. Und umbringen wollte sie sich ganz sicher nicht. Sie hat sich so auf Australien gefreut. Auf die Party. Also, was ist ihr an den Klippen zugestoßen?

Dieses Scheißspiel. Wahrheit oder Pflicht. Wenn es kein Selbstmord war und kein Unfall … was dann?

Emma Richter: ich habe keine ahnung. ich war nicht bei ihr. ich werde nie wissen, was passiert ist. und das macht mich fertig.

Es klingelt. Verdutzt schaue ich auf. Ich räume schnell meine Sachen zusammen und stopfe alles in die Tasche. Die Tragegriffe sind schon ziemlich ausgefranst, ich könnte echt mal eine neue brauchen.

»Kommst du noch mit in die Stadt oder so? Wir könnten shoppen. Oder Asiate?«, fragt Kassy.

Ich zögere. Irgendwie wäre es komisch, nur mit Kassy einkaufen zu gehen. Ich war noch nie ohne Marie mit ihr unterwegs. Es würde die Lücke nur größer machen.

Aber nicht nur deswegen sage ich ihr ab.

»Kann nich …«, murmele ich und sehe schnell weg.

»Okay«, sagt Kassy und wirft sich ihren Rucksack über die Schulter.

Nebeneinander gehen wir die Treppe hinab Richtung Ausgang.

»Was meinst du«, frage ich auf einmal, »warum war Marie an den Klippen?« Mein Herz klopft.

Kassy blickt stur geradeaus. »Vielleicht hat sie ihr Handy gesucht.« Die Antwort kommt schnell, so als hätte sie sie sich zurechtgelegt. »Hat sie es nicht dir gegeben?«

Was meint Kassy denn damit? Dass ich schuld bin, weil ich ihr iPhone hatte?

»Neee …«, sage ich. »Sie muss es irgendwo im Haus liegen gelassen haben.« Warum lüge ich denn? Jetzt kann ich sie nicht mehr nach einem Ladegerät fragen. Wir erreichen den Treppenabsatz, und Kassy wendet sich nach links.

»Du …«, hebe ich an.

Sie bleibt stehen.

Ich zögere, doch dann gestehe ich: »Ich habe gehört, was die anderen in der Umkleidekabine über mich gesagt haben …«

»Scheiß doch auf die!«, fährt sie sofort hoch. »Die haben doch keine Ahnung!«

Ich bin erleichtert. Aber auch ein wenig aufgewühlt, weil Kassy anscheinend mitbekommen hat, was die anderen reden.

Ich bin sauer über das, was hinter meinem Rücken über Marie

und mich gelästert wird. Aber ich weiß nicht, wie ich sie davon abhalten könnte.

»Ignorier die einfach«, sagt Kassy, hebt die Hand zum Abschied und wendet sich zum Gehen.

Ich winke zurück.

Ich beeile mich, das Schulgebäude zu verlassen. Im Gang werden von den Lehrern Flyer verteilt. Jemand drückt mir einen in die Hand, und ich sehe ihn mir an.

Fühlst du dich traurig, niedergeschlagen,
müde und verzweifelt?
Fühlst du dich ungebraucht, missverstanden
und in die Ecke geschoben?
Fühlst du dich wertlos, dumm
und zu nichts nutze?
Fühlst du dich überflüssig und hast das Gefühl,
es wäre besser, wenn du tot wärst?

SPRICH MIT DEM VERTRAUENSLEHRER oder
DEM SCHULPSYCHOLOGISCHEN DIENST!

Wir unterliegen der Schweigepflicht, d. h.,
alles, was wir besprechen, bleibt unter uns.

Ich starre auf das Blatt. Wollen die mich verarschen?

Ich könnte jede dieser Fragen mit JA beantworten. Aber das geht doch wohl jedem beschissenen Teenager auf diesem Planeten so!

Der Lehrer, der mir den Flyer in die Hand gedrückt hat, sieht mich an, und neben der offen stehenden Tür zum Krankenzimmer steht ein grauhaariger Mann in blauem Hemd und Anzug und beobachtet die zum Ausgang strebenden Schüler. Sein Blick fällt auf mich. Das muss dieser Schulpsychologe sein. Ein ungutes Gefühl überkommt mich. Jetzt bloß nichts anmerken lassen.

Ich stopfe den Flyer achtlos in meine Tasche und fummele an meinem Handy herum, während ich mit gesenktem Kopf an dem Mann vorbei zum Ausgang gehe.

»Emma Richter?«, fragt der Mann tatsächlich, als ich auf gleicher Höhe mit ihm bin.

Ich tue so, als würde ich ihn nicht hören.

Das Letzte, worauf ich jetzt Lust habe, ist ein Gespräch mit einem Seelenklempner. Der kann Marie auch nicht wieder von den Toten auferstehen lassen. Dafür bräuchte es einen Nekromanten.

»Emma Richter? Einen Moment bitte …«

Wie ein fähiger Nekromant sieht der Typ in seinem langweiligen Anzug nicht aus, also eile ich weiter, halte mein Handy vors Gesicht und tue so, als würde ich Musik hören, auch wenn keine Kabel unter meinen Haaren herausgucken. *Shit, ich wünschte, ich hätte Stöpsel drin.* Einige Mitschüler drehen sich zu mir um.

Ich stoße die Doppeltüren nach draußen auf, und frischer Wind weht mir entgegen. Ich trete einfach ins Freie.

»Emma, warte!«

Keine Kopfhörer der Welt könnten verhindern, dass ich höre, wie das Gemurmel hinter mir anschwillt.

✢

Anstatt nach Hause zu gehen, schlage ich den Weg zu Marie ein. Ich brauche endlich etwas Gewissheit.

Der Ahorn in der Auffahrt bekommt seine Samen und einige segeln wie kleine Propeller auf den Boden herab, obwohl sie noch grün sind, und landen auf dem makellosen Rasen.

Ich habe keine Ahnung, ob jemand da ist, um diese Uhrzeit arbeiten Maries Mutter und Udo normalerweise. Aber was ist noch normal? Ich drücke auf die Klingel, vielleicht macht die Haushaltshilfe mir ja auf.

Ilsa öffnet zu meiner Überraschung selbst die Tür. Sie trägt wieder einen schicken, grauen Bleistiftrock und eine weiße Bluse und begrüßt mich mit den Worten: »Emma. Das passt nicht so gut, ich bin gerade auf dem Sprung, ich muss noch mal zur Kanzlei.«

Unter ihrem sorgfältig aufgetragenen Make-up kann man tiefe Augenringe erkennen. Ich bin überrascht, dass Ilsa schon wieder zur Arbeit geht, nur eine Woche nach dem Tod ihrer Tochter. Aber vielleicht kann sie sich auch einfach nicht länger freinehmen.

»Guten Tag, Frau Zander. Tut mir leid, dass ich nicht angerufen habe, aber ich wollte … also, ich wollte mich entschuldigen, wegen des Chaos, das wir neulich veranstaltet haben. Und ich wollte anbieten, jetzt ein Kleid für Marie rauszusuchen.«

Sie sieht mich an, und einen Moment lang glaube ich, sie wird mich abweisen. Aber dann sagt sie: »Komm rein«, und hält die Tür für mich auf.

Sie umarmt mich nicht, als sie mich reinlässt. Nicht, dass sie mich früher so begrüßt hätte, aber nach allem, was war, hätte ich gedacht, dass sie die Freundin ihrer Tochter, die viel Zeit in ihrem Haus verbracht hat, vielleicht einmal in den Arm nehmen möchte. Dass sie froh wäre, mich zu sehen. Wenn ich tot wäre und nie wiederkäme, würde meine Mutter Marie in die Arme nehmen und sie nie wieder loslassen. Quatsch, sie würde sie adoptieren!

Aber Frau Zander sieht mich nur an, ihr Gesicht wie eine Maske, aus der ihre Augen mich abschätzig mustern. »Du weißt ja, wo du alles findest. Du kennst dich ja aus.« Ihre Kälte jagt mir einen Schauder über den Rücken.

Und dann frage ich mich, ob die Gerüchte zu ihr durchgedrungen sind. Die Behauptungen, ihre Tochter habe sich umgebracht. Es ist, als ob in ihren Worten ein unausgesprochener Vorwurf liegt: *Hast du es gewusst? Hast du gewusst, dass meine Tochter sich umbringen wollte?*

Ich starre sie mit großen Augen an. Ich will ihr sagen, dass das nicht stimmt, dass das eine Lüge ist. Aber ich kriege kein Wort heraus.

Sie mustert mich noch einen Moment, als wolle sie etwas hinzufügen, doch dann ruft sie zu meiner Erleichterung nur nach hinten, wo ich Udo irgendwo rumoren höre: »Schatz! Emma ist da. Sie geht in Maries Zimmer!«

»Ist gut!«

Sie nimmt eine schwarze Aktentasche und den Autoschlüssel von der Anrichte neben der Tür und sagt im Gehen: »Wir können leider noch nicht sagen, wann die Beerdigung stattfindet. Die Polizei hat Marie … noch nicht freigegeben.«

Ich nicke nur dümmlich. Dabei habe ich keine Ahnung, was das bedeutet. Wird Marie etwa obduziert oder so etwas? Ich stelle mir vor, wie ihr Körper irgendwo in einem Kühlhaus liegt oder nackt auf einem kalten Edelstahltisch. Bedeutet das, dass sie sie aufschneiden werden und ihre Eingeweide herausholen, wie Schlachter, die eine Kuh ausnehmen? Die Bilder von ihren verrenkten Gliedern auf den Felsen blitzen wieder in meinem Kopf auf, und ich muss schlucken. Wie sie so hilflos und zertrümmert daliegt, wie eine Puppe, die man weggeworfen hat, während die kalten Wellen sie hinabziehen wollen in die Tiefe.

Ich will mir nicht vorstellen müssen, wie ihr Körper jetzt aussieht. Ich will sie so in Erinnerung behalten, wie ich sie kannte. Liebenswert und wunderschön.

»Ich muss los. Nimm dir ruhig, was du willst. Spielt ja keine Rolle mehr«, sagt Ilsa und geht hinaus.

Sie geht die Auffahrt hinunter zu dem silbergrauen BMW, der vor der Garage im Schatten des Ahorns parkt. Sie geht schleppend, als kämpfe sie gegen unsichtbare Gewichte an. Ich drücke die schwere Haustür hinter ihr zu und steige die Treppe hoch.

Maries Zimmer ist wieder wie unberührt. Irgendjemand, wahrscheinlich die Haushaltshilfe, hat alle Klamotten, die Kassy und ich herausgezerrt hatten, wieder fein säuberlich in den Schrank geräumt. Nur das blaue Kleid mit dem freien Rückenausschnitt liegt zum Anziehen bereit auf dem Bett, und der Anblick ist so normal, als wäre Marie nur schnell ins Bad gehuscht. Mir wird schwindelig.

Ich habe Marie seit sechs Tagen nicht mehr gesehen. Es kommt mir wie tausend vor.

Ich vermisse sie so sehr, mir steigen Tränen in die Augen. Am liebsten würde ich mich auf ihr Bett legen und mich unter ihre Decke kuscheln. Einschlafen und an nichts mehr denken.

Ich setze mich auf ihren Sessel in der Ecke. Neben dem Sessel und über dem Bett beginnt das Kugelschreiber-Wandgemälde, das die halbe Wand einnimmt und sich wie eine Explosion in feinen Linien ausbreitet. Marie war echt talentiert, ich habe immer gedacht, sie würde eines Tages auf eine Kunsthochschule gehen. Mit dem Modeln verdiente sie ja nur Geld dazu, sie war keins von diesen dummen Mädchen, die glauben, gutes Aussehen sei alles im Leben. Marie hätte nach Australien gehen und mit Modeljobs Geld verdienen sollen, um dann später Kunst zu studieren oder Journalismus oder Menschenrechte.

Ich habe immer geglaubt, dass sie diejenige von uns sein würde, die eines Tages etwas richtig Großes macht. Für mich geht es nur darum, mich durch die Schule zu schlagen und das Abitur zu schaffen, damit ich eine Ausbildung bekomme. Mein Papa will, dass ich was Kaufmännisches lerne, bei dem es Aufstiegschancen gibt, zum Beispiel Speditionskauffrau oder so.

Eigentlich würde ich gern was mit Musik machen, aber wenn ich mir Mama so angucke, glaube ich, dass das keine gute Idee ist. Mama ist zum Vorspielen an einer Musikhochschule gegangen, als sie siebzehn war, also ungefähr in meinem Alter. Sie war so gut, sie hat die Jury begeistert, die Schule hätte sie genommen. Aber meine Großeltern waren dagegen, weil man mit Musik kein Geld verdienen kann, selbst wenn man es studiert hat. Also hat meine Mutter meinen Vater geheiratet, und als sie mit uns Zwillingen schwanger wurde, nahm mein Vater einen Kredit auf und kaufte das Reihenhaus. Jetzt gibt Mama den Kindern aus der Nachbarschaft für zwanzig Euro die Stunde Klavierunterricht. So viel vom Traum der Konzertpianistin …

Ich hätte gern mit Marie irgendwo studiert, Journalismus oder so, vielleicht in Berlin. Aber als sie anfing, von Australien zu reden, wurde meine Angst immer größer, sie könne für immer dort bleiben. Und als Kassy dann begann, für den Flug nach Down Under zu sparen, und meine Eltern gesagt haben, dass ich nicht mitdarf, weil ich noch zu jung bin, bekam ich Angst, Marie würde nach der Schule lieber mit Kassy zusammenziehen. Ich habe immer Angst gehabt, eines Tages als Einzige zurückzubleiben.

Mein Blick wandert über die Kritzeleien an der Wand.

Wo mag Maries Tagebuch nur sein? Ich weiß mit Sicherheit, dass sie eines hatte. Ich habe sie sogar einmal darin schreiben sehen: so eine DIN-A5-Kladde mit dunkelgrünem Einband.

Wir haben über etwas im Fernsehen gelacht, und ich hab gesagt: »Wenn ich eine eigene Sendung im Fernsehen hätte, würde ich nur Videos zeigen, in denen Leute auf die Fresse fliegen.« Weil ich einfach nicht an mich halten kann, wenn jemand etwas Blödes anstellt und dabei hinfällt.

Marie zückte einen Kugelschreiber und sagte: »Merke: Niemals peinlich hinknallen, sonst landest du vermutlich in Emmas Show.«

»Die Emma Shame Show.«

»Shame for the lame.«

»Em-Barrassing!«

»Genau!«, prustete Marie los, und wir schmissen uns weg vor Lachen.

Sie schrieb es tatsächlich auf, weil wir die Namen unserer Pannen-Peinlich-Show nicht vergessen wollten, und ich war irgendwie stolz, dass sie etwas notierte, was ich gesagt hatte – auch wenn es nur so ein Blödsinn war.

Ich frage mich, welche Zitate sie sonst noch von mir festgehalten hat. Oder was sie über mich schrieb …

Ich ziehe die Schubladen der Kommode auf und gehe noch einmal durch Maries Unterwäsche, weil das der Platz ist, an dem ich mein Tagebuch aufbewahren würde, wenn ich eines hätte.

Ihre BHs und Panties fühlen sich glatt an unter meinen Fingern. Sie hatte so schöne Unterwäsche …

Ich fahre zusammen, als ich Schritte die Treppe heraufkommen höre. Schnell schiebe ich die BHs wieder rein und werfe ein oder zwei davon aufs Bett, zusammen mit ein paar Unterhosen. Eine verfängt sich an den Lederbändern an meinem Handgelenk und mit hektischen Wedelbewegungen versuche ich, sie loszuwerden. Es klappt nicht, daher setze ich mich rasch zurück auf den Sessel und kurzerhand auf meine Hand samt Slip. Gerade noch rechtzeitig, denn Udo betritt, ohne zu klopfen, das Zimmer.

»Na, Emma? Wie läuft's?«

Mir steigt die Hitze in die Wangen, und ich nicke dümmlich und schlage die Beine übereinander. Das Spitzenunterhöschen klebt noch immer an meinem Handgelenk, und ich schiebe Hand und Höschen tiefer unter meinen Hintern.

Udo trägt heute nicht wie sonst einen Anzug, sondern eine Jogginghose und einen schlichten dunkelblauen Kapuzenpullover. Er lächelt mich an und kommt näher. Er schaut zu der Unterwäsche, die ich auf das Bett geworfen habe und hebt eine Augenbraue. Ich laufe knallrot an. Er setzt sich zu mir auf die Lehne des Sessels.

»Ja, äh, also ich … ich wusste nicht, sie muss doch auch Unterwäsche anziehen unter das Kleid, oder?«, stammele ich einen Erklärungsversuch.

»Ja klar, natürlich. Du vermisst sie sehr, nicht wahr? Ihr wart ja sehr eng miteinander, du und Marie.« Er legt seine Hand auf meine Schulter und streichelt mich sanft mit seinem Daumen.

Ich würde mich am liebsten unter der Berührung wegwinden, aber dann laufe ich Gefahr, dass er sieht, worauf ich sitze.

Also lächele ich zurück.

Die Erinnerung überfällt mich, wie ich ihn einmal gesehen habe, wie er nachts im Dunkeln im Garten stand und zu Maries hell erleuchtetem Badezimmerfenster hochstarrte. Während sie badete …

Marie war außer sich, als ich ihr das erzählte, zum Beweis hatte ich sogar ein Foto von ihm geschossen. Aber als ich es ihr zeigte, fand sie leider auch die anderen Fotos, und dann hatten wir diesen ganz schlimmen Streit …

»Was hat Marie dir eigentlich so alles erzählt? Hm? Habt ihr über Jungen gesprochen?«

»Äh …« Jetzt winde ich mich doch weg und versuche gleichzeitig, das Spitzenhöschen in die Ritze zwischen Sitzpolster und Lehne zu schieben. »Marie hatte keinen Freund.«

Udo lächelt noch immer auf so eine ekelhaft süffisante Art.

»Die Polizei hat übrigens Maries Handy nicht gefunden. Weißt du, wo es ist …?«

»Keine Ahnung.«

»Sie hat dir doch bestimmt immer alles erzählt … auch über ihr Zuhause. Über mich?«

Ich schaffe es, die Unterhose von meinem Armband zu lösen und in die Sesselritze zu schieben und stehe ruckartig auf. »Ich muss jetzt gehen.«

Udo schaut enttäuscht. »Wolltest du dir nicht etwas von Maries Sachen aussuchen? Ich kann dir dabei helfen.«

»Ja, nein … Ich kann nicht«, stottere ich. »Ich muss nach Hause, meine Eltern erwarten mich.«

Mein Herz schlägt schneller, und ich klaube meine Tasche vom Fußboden auf.

»Schade«, sagt Udo. »Welches Kleid würdest du denn nehmen?«

»Das blaue«, sage ich hastig und trete aus dem Zimmer.

»Ich bring dich zur Tür.« Udo führt mich die Treppe nach

unten, seine Hand liegt in meinem Rücken, als müsse er mich dirigieren.

Ich würde sie am liebsten wegschlagen, aber das wäre unhöflich.

»Soll ich dich nicht lieber fahren?«

»Nicht nötig, ich nehm den Bus.«

Ich bin froh, als ich die Haustür erreiche. Ich zerre sie hastig auf, warum ist die nur so schwer?

Er hält mich noch einmal auf: »Emma?«

»Ja?«

»Ich weiß, dass Marie mich nicht immer ausstehen konnte. Aber ich hoffe, du verstehst, dass eine Sechzehnjährige in ihren Geschichten auch manchmal übertreibt, wenn sie ihren Stiefvater aus dem Haus haben will.«

»Sie hat nie etwas Schlechtes über Sie gesagt«, beeile ich mich zu versichern. *Glatte Lüge.*

Udo sieht erleichtert aus. »Gut«, sagt er.

Er lächelt noch immer, als ich die Auffahrt entlanggehe. Dann zieht er die schwere Tür hinter sich zu.

Kapitel 10

Ich haste zur S-Bahn und fahre mit der Rolltreppe an Graffiti vorbei in den muffigen Tunnel hinab. Laut der orangefarbenen Schrift auf der elektronischen Anzeigetafel kommt die nächste Bahn in vier Minuten. Ich bin noch immer ganz durcheinander.

Jetzt wird mir klar, warum Marie ihr Tagebuch so sorgfältig versteckt hat. Sie wollte nicht, dass Udo es in seine dreckigen Grabbel bekommt.

Der Gedanke, dass Marie doch Selbstmordgedanken gehabt haben könnte, lässt mich nicht mehr los. Was ist, wenn ihr die Situation zu Hause einfach zu viel wurde?

Sie hat oft über ihren Stiefvater geklagt, dass er ihr auf die Nerven gehe. Dass sie ihn widerlich finde. Aber erst nach der Begegnung eben wird mir so richtig klar, wie schlimm es ist.

Was, wenn es wahr ist? Wenn Sunny und die anderen blöden Tussen recht haben und ich einfach nicht mitbekommen habe, dass Marie Probleme hatte?

Mir fällt Maries verbissene Entschlossenheit ein, als sie zu den Klippen gegangen ist. *Pflicht ist Pflicht.*

Mein Smartphone vibriert in der Jackentasche.

Tobi: Emme, alles klar bei dir?

Emme. Marie hat immer gewusst, wenn mit mir etwas nicht stimmte, wie Gedankenübertragung. Oft hab ich zum Handy gegriffen, um sie anzurufen, und in genau dem Moment klingelte es, und Marie war am anderen Ende und fragte: »Alles klar bei dir?«

Ohne nachzudenken, schreibe ich.

Emma Richter: nicht so richtig
Tobi: was ist passiert?
Emma Richter: ich glaube, sie hatte geheimnisse, von denen sie mir nichts erzählt hat.
Tobi: wie kommst du darauf?

Ich denke nach. Ich kann Tobi schlecht sagen, dass ich das Zimmer meiner besten Freundin durchwühlt habe, um ihr Tagebuch zu finden. Und dass sie Angst hatte, ihr Stiefvater könnte es finden. Jetzt habe ich da auch Angst vor. Was, wenn Udo gerade Maries Zimmer durchwühlt? Ich ärgere mich, dass ich weggegangen bin. Ich hätte mich nicht so leicht vertreiben lassen sollen.

Mit Tobi zu schreiben ist so nett, es ist, als würde er mich verstehen, als könnte ich ihm alles sagen. Wie Marie.

Emma Richter: manchmal hab ich das Gefühl,
ich kannte sie gar nicht.

Ein Luftzug im Tunnel, der das Kommen der Bahn ankündigt, wirbelt meine Haare auf.

Tobi: hör auf, natürlich kanntest du sie. sie hat dir halt nur nicht alles erzählt, na und? du ihr doch auch nicht, oder?

Ich starre auf das Display und bekomme eine Gänsehaut. Kann er Gedanken lesen, oder was? Einmal mehr frage ich mich, wer Tobi eigentlich ist. Es ist ein bisschen zu schön, dass ausgerechnet ich das Glück haben sollte, den einzig sensiblen Jungen auf Erden als Facebookbekanntschaft zu finden. Mein Herz klopft, während ich sein Foto betrachte.

Er sieht echt nett aus, wie jemand, der Mädchen verstehen würde. Aber wenn er Marie wirklich so gut kannte, warum hat sie uns dann nie von ihm erzählt?

Die Bahn stoppt, und die Leute am Bahnsteig drängeln nach vorn. Ich schiebe mich in den Wagen vor mir und erobere einen Sitzplatz gegenüber einer Frau am Fenster, die einen Döner hinunterschlingt. Das ganze Abteil stinkt nach Knoblauch und warmem Fleisch.

Emma Richter: wo hast du marie eigentlich zuletzt gesehen?
Tobi: ostsee. vor ein paar wochen.

Das könnte stimmen. Marie ist in den letzten Wochen öfter mal zu ihrer Tante gefahren.

Ich starre aus dem Fenster.

Die Bahn fährt an einem Block mit grauen, tristen Hochhäusern vorbei. In so einem Block wohnt Kassy mit ihrer Mutter in einer Zweieinhalbzimmerwohnung im Erdgeschoss mit Blick auf einen lieblosen Hinterhof.

Wir waren nur einige wenige Male bei ihr. Wozu auch, wenn wir in Maries tollem Zimmer sein konnten, wo es einen vollen Kühlschrank, PayTV, tausend Klamotten, Espresso und das gemütlichste Bett der Welt gab. Kassys alleinerziehende Mutter hat, glaube ich, noch weniger Geld als meine Eltern. Komischerweise hatte Kassy aber immer schon Bargeld, ich glaube, sie hat ihrer Mutter was aus dem Portemonnaie gemopst, bevor sie angefangen hat zu kellnern. Jedenfalls will Kassy nicht, dass wir zu ihr kommen, daher hat sie mürrisch reagiert, als wir das erste Mal uneingeladen vor ihrer Tür standen und hineinwollten.

Ihre Mutter machte die Tür auf, und es war sofort klar, dass Kassy ihren asiatischen Einschlag von ihrem Vater haben musste, denn Frau Jakobi hatte weder lange, schwarze Haare noch Mandelaugen, sondern einen modernen blonden Kurzhaarschnitt und mitteleuropäische Gesichtszüge.

»Hi. Ich bin Emma, und das ist Marie«, sagte ich. »Wir wollen zu Kassy, wegen der Hausaufgaben, ist sie da?«

Frau Jakobi starrte uns einen Moment lang an, als wären wir Außerirdische. »Hausaufgaben?«, wiederholte sie, als hätte sie das Wort zum ersten Mal gehört, aber dann gab sie sich einen Ruck und strahlte: »Wie schön! Kommt doch rein. Kassy ist in ihrem Zimmer.«

Kassy war genauso überrascht, uns zu sehen, und ich glaube, am liebsten hätte sie uns gleich wieder rausgeworfen.

Aber Marie bewunderte sofort ihren Schrank: »Der ist aber schön!«, und fuhr mit ihren Fingern über die filigranen Schnitzarbeiten aus dunklem Holz. »Wo hast du den denn her?«

»Vom Flohmarkt.«

»In der Schanze? Ich liiiiebe Flohmärkte, da gibt es die besten Sachen«, sagte Marie, und Kassy stimmte ihr sofort zu.

Marie zog die Schranktüren auf. Im Inneren herrschte eine ziemliche Leere, im Rest des Zimmers dafür ein heilloses Durcheinander.

»Sollten deine Klamotten nicht hier rein?«, lachte Marie.

Kassy streckte ihr die Zunge raus. »Ja, sollten sie, aber der Schrank spuckt alles wieder aus. Da kann man nichts machen, der Vorbesitzer spukt darin.«

»Wie ärgerlich.« Marie grinste, hob eine abgeschnittene Jeans vom Boden auf und hielt sie sich an die Beine. Sie war so kurz, dass ihre Pobacken sicher rausgucken würden, wenn sie nicht eine Strumpfhose drunter anzog.

Das Zimmer war klein, nur wenig größer als meins, aber es gab ein Hochbett, was Platz sparte, und darunter war eine Hängematte quer gespannt, super gemütlich.

»Das Hochbett finde ich toll«, sagte ich. »Ich hätte auch gern eins, aber bei mir geht das nicht, wegen der Dachschrägen.«

Kassy schien sich zu entspannen, weil wir ihr Zimmer lobten, und sie setzte sich im Schneidersitz auf den Fußboden.

»Darf ich mal rauf?«, fragte ich.

Kassy nickte, und ich kletterte auf ihr Hochbett. Das Bett war ungemacht, und die Laken rochen muffig. Ein großer Stofftiger mit abgegriffenem Fell lag am Kopfende, und ich hob ihn hoch: »Dein Lover?«

»Fester Freund.«

»Könnte mir vorstellen, dass er ziemlich schnarcht«, sagte ich und ließ die langen Schnurrbarthaare aus Plastik zurückschnalzen.

»Schon, aber er geht wenigstens nicht fremd«, grinste Kassy.

»Tja, man kann nicht alles haben«, sagte ich und zuckte mit den Schultern. »Lieber schnarchen als furzen.«

»Das erledigt Kassy doch schon!«, lachte Marie.

Weil Kassy eine Laktoseintoleranz hat und Pillen nehmen muss, wenn sie einen Latte macchiato überstehen will, ohne Blähungen zu bekommen. Das hatte sie uns in einem Starbucks eine Woche zuvor gestanden, und seither machten wir uns gern ein klein wenig darüber lustig, nur um sie aufzuziehen.

Sie gehörte noch nicht ganz zu uns, sie war erst wenige Wochen dabei. Dass Marie und ich hier bei ihr aufgetaucht waren und uns ihr Zimmer und ihre Mutter ansahen und wissen wollten, wie sie wohnte, bedeutete, wir checkten, ob wir sie in unserem exklusiven Zweierzirkel aufnehmen wollten oder nicht.

Kassy ließ sich von so was nicht aus der Ruhe bringen.

»Wir spielen gute Duette«, sagte sie, holte eine Ukulele hinter dem Sessel hervor und gab ein Pupsgeräusch-Schnarch-Furz-Lied zum Besten, das es in sich hatte. Wir schmissen uns weg. Dann machte Kassy Musik an und spielte ein Lied von Amy Winehouse und sang fast alle Strophen mit.

»Mann, du bist richtig gut!«, sagte Marie, und wir applaudierten.

»Danke. Irgendwann mache ich meine eigenen Songs und reise durch die Welt.«

»Mach doch einen Youtube-Kanal«, rief Marie.

»Vielleicht …«, lächelte Kassy geheimnisvoll, so als hätte sie schon längst einen.

»Geil. Dann mache ich Promo für dich«, sagte Marie. Ich konnte sehen, wie begeistert sie von Kassy war.

Da war es entschieden. Kassy war nun eine von uns.

Wir hörten noch mehr Musik, alte Lieder und Lieder, die ich nicht kannte. Kassy sang dazu und spielte Ukulele, wir schnipsten den Takt mit den Fingern mit und wiegten unsere Oberkörper. Ich hatte nun *zwei* talentierte Freundinnen.

Kassys Mutter war auch echt cool, sie hat gar nichts gesagt. Sie kam nicht ins Zimmer und ermahnte uns, leiser zu sein oder so. Sie steckte nur einmal den Kopf hinein und sagte: »Ich muss jetzt los zur Arbeit. Tut ihr Mädels mir einen Gefallen und esst nicht den ganzen Kühlschrank leer?«

Kassy schrie genervt: »Ja doch!«, als wäre ihr das Einmischen ihrer Mutter peinlich.

So ist Kassy, manchmal geht sie wegen Kleinigkeiten gleich an die Decke. Aber ihre Mutter schimpfte nicht. Vielleicht hoffte sie, dass ihre Tochter durch den Umgang mit uns zu einer Schülerin wurde, die brav Hausaufgaben machte. Auch wenn unser Gesinge eigentlich jedem Zuhörer im Umkreis von zwei Kilometern klarmachen musste, dass wir unsere Bücher nicht mal geöffnet hatten. Da, wo sie vorher gewohnt hatten, hatte Kassy wohl etwas verbrochen, Ärger in der Schule oder so. Vielleicht war sie auch geflogen. Ich weiß es nicht genau, Kassy erzählt nie von früher. Was mit Kassys Vater ist, weiß ich auch nicht. Ich nehme an, er ist einfach weg, so wie Maries Vater Ralf.

Hatte Marie nicht bei der Party irgendetwas über Ralf gesagt? Ich kann mich nicht mehr erinnern …

Die S-Bahn fährt in einen Tunnel, und ich starre auf die Schwärze hinter den Fensterscheiben.

Mein Smartphone vibriert in der Jackentasche. Ich ziehe es hervor.

Tobi: vielleicht wollte sie nicht, dass du schlecht von ihr denkst.

Ich weiß nicht, wie dieser Junge es macht, aber er trifft immer einen wunden Punkt. Meine Augen füllen sich schon wieder mit Tränen. Auf einmal wünschte ich, Tobi wäre hier und ich könnte richtig mit ihm reden. Ihm dabei in die Augen sehen …

Sie hätte mir alles sagen können, schreibe ich trotzig.

Bei der nächsten Station steige ich aus.

Kassy wohnt nicht weit von der S-Bahn-Station Reeperbahn in St. Pauli. Ihre Wohnung liegt im Erdgeschoss, und als ich klingele, macht Frau Jakobi auf. Sie trägt noch ihr weißes Krankenschwesternoutfit und sieht müde aus. Sie hat sicher wieder Spätschicht gehabt.

»Hallo, Frau Jakobi.«

Sie lächelt mich an. »Hallo, Emma. Kassy ist nicht da.«

»Oh.«

»Sie ist im Café, arbeiten. Wenn du willst, kannst du sie ja dort besuchen.«

»Eigentlich wollte ich mir nur ihr Ladegerät fürs iPhone ausleihen …«

»Kein Problem, hol's dir. Gib's ihr dann in der Schule zurück.«

»Danke.«

Sie lässt mich rein, und ich gehe durch den kleinen Flur an der von Jacken überquellenden Garderobe vorbei zu Kassys Zimmer.

Sie hat aufgeräumt, für ihre Verhältnisse ist ihr Zimmer ordentlich, nichts liegt auf dem Fußboden, und sogar Schreibtisch und Hängematte sind von Kleiderstapeln und Papierkram befreit. Bei mir zumindest sieht es schlimmer aus. Am Schreibtisch lehnt ihre Ukulele, und ihre Chucks sind unter das Bett gepfeffert. Am Bettpfosten hängt ein Foto von mir, Kassy und Marie.

Mein Smartphone klingelt, es ist meine Mutter, sie will wissen, wo ich bin, aber ich drücke sie weg.

Ich sehe das weiße Ladekabel unter einem Karonotizblock herausragen, auf dem sie anscheinend Graffiti-Schriftzüge geübt hat, und ziehe es hervor. Dabei verrutscht der Karoblock und Papierausdrücke von Screenshots kommen zum Vorschein.

Ich erstarre.

Es sind die Bilder, die ich auf Facebook gestellt habe: ein unschmeichelhaftes Foto von Kassy, wie sie in ihren zu knappen Shorts tanzt, und der per Bildbearbeitung vergrößerte Hintern. Dazu dieser gemeine Spruch.

Mir wird heiß vor Scham.

Der Papierausdruck ist mit heftigen schwarzen Eddingstrichen übermalt, so als hätte sie alle Erinnerungen daran auslöschen wollen, das Foto bis zur Unkenntlichkeit durchgestrichen. Aber ich würde dieses Bild überall wiedererkennen.

Ich weiß noch, wie fertig sie gewesen ist, als die halbe Schule über das Facebookprofil gelacht hat und das Foto hundertmal geteilt wurde. Das hatte ich nie beabsichtigt, ehrlich nicht. Ich wollte nur … ich weiß auch nicht … Ich war eifersüchtig, weil Kassy von Marie die ganze Aufmerksamkeit bekam. Ich hatte gedacht, Marie würde auch darüber lachen und vielleicht sehen, dass Kassy gar nicht so die Supertolle ist. Ich hatte gedacht, wir würden zu zweit ein wenig über sie herziehen, und das war's. Ich hätte nie gedacht, dass Kassy sich das so zu Herzen nehmen würde. Dass sie regelrecht zusammenbrechen würde.

Da tat es mir sofort krass leid.

Und als Marie herausfand, dass das Profil von mir war …

Ich dachte, Kassy hätte das längst vergessen. Sie muss die Screenshots gemacht haben, bevor ich das Facebookprofil gesperrt habe. Das ist Wochen her. Wieso hat sie diesen alten Kram jetzt wieder hervorgeholt und geschwärzt?

Maries Tod muss sie ganz schön durcheinandergebracht haben. So wie mich.

Vorsichtig schiebe ich die Screenshots wieder zurück und lege den Karoblock obendrauf.

Dann stecke ich das Ladekabel fürs iPhone in meine Tasche und verlasse rasch Kassys Zimmer.

Kapitel 11

Zu Hause wartet Mama mit einem vorwurfsvollen »Wo warst du? Ich hab angerufen. Dein Essen ist kalt«.

»Dann mach ich's mir halt in der Mikrowelle warm.«

»Ist Emma wieder da?«, ruft Papa aus dem Wohnzimmer, wo klassische Musik aus der Anlage tönt, neben dem Klavier das Teuerste, das wir in diesem Haus haben.

Mama steht im Kücheneingang und verschränkt die Arme. »Es gibt Regeln bei uns, Emma, und an die hast du dich zu halten. Du solltest zum Abendessen zu Hause sein, oder du hättest anrufen müssen.«

»Ich war nur kurz bei Kassy.«

Papa kommt in den Flur: »Wir haben einen Familienrat einberufen. Du hast ihn verpasst.« Er hat einen Katalog in der Hand und hält ihn mir hin. »Wir wollen das zweite Bad im dritten Stock endlich für euch ausbauen. Da du nicht da warst, haben wir die Farben ohne dich besprochen.«

Der Katalog enthält Fotos von Badezimmerfliesen. Einige Seiten sind mit Eselsohren markiert.

»Ist mir egal.«

Papa zieht den Katalog zurück. Er sieht verletzt aus. Für ihn ist diese Familienrat-Sache ungeheuer wichtig, er möchte, dass bei uns alles demokratisch abläuft. Dafür hat er ein Abstimmungsverfahren bei wichtigen Familienentscheidungen entwickelt, das auf der attischen Demokratie des antiken Griechenlands beruht. Dabei werden zunächst einmal durch Los die Stimmen vergeben, sodass man mehrere Stimmen haben kann. Leider ist diese Demokratie dann doch nicht ganz so demokratisch, denn Eltern haben im Richter-Familienrat immer ein Vetorecht, Kinder nicht.

Als Daniel und ich uns deswegen beschwert haben, sagte Papa, das sei *»eine gute Erfahrung in gelebter Demokratie«*.

Als das letzte Mal der blöde Familienrat tagte, haben sie dagegen gestimmt, dass ich nach Australien darf, um Marie zu besuchen. Das war wichtig. Die neuen Badezimmerfliesen sind mir gerade echt egal, ich gehe an Papa vorbei zur Treppe.

»Wer nicht wählt, muss mit den Ergebnissen leben«, zitiere ich ihn.

Aber Mama ist noch nicht fertig. »Und dass wir uns Sorgen gemacht haben, ist dir egal?«

Ich schaue zu Mama und kriege sofort ein schlechtes Gewissen. Sie ist ganz blass. Sie haben sich wirklich Sorgen gemacht. Seit dieser Party haben sie noch mehr Angst als früher. Als würden sie befürchten, ihre Tochter könnte Maries Beispiel folgen.

»Ich will nur ins Bett …«, seufze ich.

Sofort schaltet Mama zu einer anderen Sorge um: »Wirst du krank?«

Sie will mir die Hand auf die Stirn legen, doch da kommt Daniel die Treppe herabgepoltert und fährt mich an: »Ey, wo ist mein Hoodie?«

»Keine Ahnung.«

»Er war aber hier an der Garderobe. Ich wette, du hast ihn genommen.«

»Ich hab deinen Scheiß-Hoodie nicht genommen. Mach halt endlich mal den Berg Wäsche im Keller, dann taucht der schon wieder auf.«

»Emma!«

Ich schiebe ihn und Papa beiseite und dränge mich die Wendeltreppe hinauf. Daniel sieht total sauer aus, aber vor unseren Eltern wagt er es nicht, handgreiflich zu werden.

»Willst du nicht etwas essen, Schatz?«, ruft meine Mutter mir hinterher.

»Keinen Hunger«, murmele ich.

»Lass sie …«, höre ich Papa noch sagen, dann erreiche ich das Dachgeschoss.

In meinem Zimmer schließe ich die Tür ab, was ich früher nie musste. Ich ziehe das Ladekabel aus meiner Tasche hervor und nehme Maries iPhone aus der Schublade meines Nachttischs. Das Display ist schwarz, aber als ich das Kabel in die Steckdose stecke, leuchtet es auf. Der Ladebalken erscheint kurz und dann das Hintergrundbild: ein Selfie von ihr, bei dem Kassy und ich uns links und rechts ins Bild drängeln und Schnuten ziehen. Mir schnürt es die Kehle zu. Ich erinnere mich, wie wir das Bild gemacht haben.

Ich wische das Bild beiseite, doch das Display blockiert. Mist! Die PIN-Abfrage!

Marie hatte ihr iPhone mit einer PIN geschützt.

Ich schmeiße mich aufs Bett.

Wie zum Teufel soll ich Maries PIN herausfinden?

Ich hole die Keksdose aus dem Bettkasten hervor, in der ich immer einen Vorrat an Schokolade und Karamellbonbons aufbewahre, reiße die Verpackung einer leicht angeschmolzenen Tafel Knusperkeks auf und stopfe sie mir in den Mund. Besser als Abendessen.

Ich wickele mich in Daniels geliebten Hoodie, den ich tatsächlich von der Garderobe genommen habe und der die ganze Zeit unter meinem Bett gelegen hat, und grübele.

Tobi hat gesagt, Marie wollte vielleicht nicht, dass ich schlecht von ihr denke, und die blöde Sunny hat gesagt, ich kapiere sowieso nie was.

Als ob Marie etwas vor mir verheimlicht hätte. Wenn ich ihr iPhone knacken könnte, wüsste ich, mit wem sie gesprochen hat. Mit wem sie sich schrieb außer mit mir.

Mein Blick fällt auf den Cellokasten in der Ecke des Zimmers. Er lehnt dort, wie ein alter vergessener Freund.

Ich stehe auf und ziehe den Kasten unter der Dachschräge hervor. Er ist ganz verstaubt, richtige Flocken liegen auf der Rundung. Ich ziehe den Ärmel von Daniels Hoodie über die Hand und wische den Staub ab. Dann öffne ich die Schließen und hole das Cello aus dem Kasten. Ich hatte es so lange nicht mehr in den Händen, es fühlt sich fremd an und doch vertraut. Ich setze mich wie früher auf den Bettrand und klemme es mir zwischen die Beine. Ich bin größer geworden, stelle ich fest, ich kann besser nach den tiefen Tönen greifen. Meine Finger gehen die Tonleiter durch, als hätte ich nie aufgehört zu üben. Ich nehme den Bogen und spanne ihn neu. Dann setze ich an und streiche über die Saiten.

Das Cello ist ultra verstimmt, es dauert an die zwanzig Minuten, bis ich einen geraden Ton herausbekomme. Doch dann ist es auf einmal ganz leicht, die Noten fallen mir alle wieder ein, und die Stücke, die ich früher mühsam auswendig gelernt habe, fließen fast von selbst aus meinen Fingern.

Ich habe das vermisst.

Noch geiler wäre es mit einer Begleitung. Kassys Ukulele fällt mir ein und wie sie *Shine Bright Like a Diamond* singt, laut und leicht schief. Ich möchte sie anrufen und ihr sagen, sie soll herkommen. Aber dann tue ich es doch nicht, denn ich glaube nicht, dass Kassy Bock darauf hätte, mit mir eine Band zu gründen. Sie würde es voll spießig finden, weil ich all diese klassischen Lieder auswendig kenne, und außerdem habe ich freie Improvisationen noch nie probiert. Ich lasse es lieber.

Ich packe das Cello wieder ein und stelle den Kasten zurück.

Draußen wird es bereits dunkel. Papa klopft vorsichtig an meine Zimmertür.

Er fragt: »Soll ich dir etwas zu essen bringen?«

»Nein, danke.«

Er geht wieder.

Die Schokolade ist mittlerweile leer. Ich überlege, noch mal in die Küche zu huschen und mir doch noch mein Essen aufzuwärmen. Ich räume ein bißchen auf und sammle alle Klamotten, die verstreut herumliegen, zusammen. Mit einem Berg Wäsche unter dem Arm mache ich mich auf den Weg in den Keller.

Vom Wohnzimmer fällt der bläuliche Schein des Fernsehers in den Flur, aber ich höre keinen Ton. Wahrscheinlich liest Papa mit angespitztem Bleistift die Tageszeitung und lässt dabei die Öffentlich-Rechtlichen laufen, bis die Nachrichten kommen.

Im Keller quetsche ich mich an Daniels teurem Mountainbike vorbei, das er nie über Nacht draußen stehen lässt, aus Angst, dass es geklaut wird. Er hat monatelang gejobbt, um sich das Teil leisten zu können.

Im Waschraum stehen zwei volle Körbe vor der Maschine, die keiner befüllt hat. Es ist Daniels Woche, deswegen sehe ich nicht ein, warum ich seine Arbeit machen sollte. Aber wenn ich es nicht mache, dann stehe ich das Wochenende ganz ohne was zum Anziehen da. Bei meinen Eltern will ich mich nicht über ihn beschweren.

Neben den Körben mit Schmutzwäsche sehe ich das türkisfarbene Oberteil, das Marie mir mitgebracht hat. Meine Mutter muss es hierhergelegt haben. Ich hebe es auf. Ein schwacher Duft von *Juliette has a gun* schwebt mir entgegen. Darunter kommen Daniels Klamotten zum Vorschein, seine Jeans und sogar die Turnschuhe, die er auf der Party anhatte. Ich gehe in die Hocke, um alles in die Maschine zu stopfen. An den Knien und am Saum der Jeans klebt Erde. Sie bröselt unter meinen Fingern zu Boden. Wieso hat er so viel Erde an der Jeans? Meine Hose war nicht so schmutzig, und ich hab auch auf dem Boden gesessen.

Meine Gedanken rasen.

Ist Daniel an der Klippe herumgeklettert?

Ich habe sie jubeln gehört, Kassy ist gesprungen. Aber, was, wenn es nicht Kassy war? Wenn Daniel gesprungen ist? Oder Marie? Was, wenn sie weitergemacht haben und etwas dabei schiefgegangen ist? Wenn Marie gestürzt ist …?

Daniels eindringliche Mahnung hallt mir wieder in den Ohren. *Wehe, du sagst irgendjemandem, dass ich auf der Party gewesen bin.* Es überläuft mich eiskalt.

Ohne nachzudenken, nehme ich auch noch die Jeans und die Turnschuhe von Daniel und stopfe sie in die Waschmaschine. Ich stelle auf Kurzwäsche und schütte Pulver dazu. Dann schalte ich die Waschmaschine an und verlasse den Keller.

Ich gehe zurück auf mein Zimmer. Mama räumt die Spülmaschine ein, und Papa ist schon im Bad.

Ich lege mich mit meinen Klamotten aufs Bett und starre an die Decke.

Lange liege ich einfach nur so da.

Ich höre, wie Mama und Papa gemurmelt im Bad miteinander sprechen – bestimmt über mich – und dann die Haustür abschließen, ins Schlafzimmer gehen und die Lichter löschen.

Im Haus wird es still.

Kassy schreibt mir: `sweet dreams`

Ich antworte: `N8`

Von Papa kommt bereits ein leises regelmäßiges Schnarchen im Stockwerk unter uns, als Daniel seine Zimmertür öffnet. Darauf habe ich gewartet. Ich bin sofort hellwach und richte mich kerzengerade im Bett auf. Ich höre ihn leise die Wendeltreppe hinabschleichen, greife zu meinen Schuhen und ziehe mir Daniels schwarzen Hoodie über. So schnell wie möglich schlüpfe ich in Jacke und Schuhe, öffne meine Zimmertür und folge Daniel aus dem Haus.

✢

Er geht schnell.

Zu Fuß hastet er die Straße hinunter und durch den dunklen Park. Ich halte genügend Abstand, damit er mich nicht bemerkt, die Kapuze über meinen Kopf gezogen und die Hände in die Taschen gerammt. Von Weitem könnte man mich glatt für ihn halten.

Ich frage mich, warum er nicht sein Mountainbike nimmt, und bin überrascht, als er in den Park geht. Ich kapiere es erst, als ich sie an einen Zaun gelehnt im Park auf ihn warten sehe. Kassy. Sie fummelt an ihren Haaren und kaut Kaugummi.

Und dann sind da noch diese drei Typen aus der Muckibude, mit denen Daniel bei der Party war. Der eine hat rasierte Haare und Tattoos an den Oberarmen.

Daniel geht auf seine Kumpels zu und begrüßt sie mit einem komplizierten Handschlag. Kassy schlägt ihm zur Begrüßung auf die Schulter. Seit wann hängt sie mit Daniels Gang ab?

Ich ducke mich in ein Gebüsch.

Daniel und die Jungs reden, aber ich kann nicht hören, worüber, ich bin zu weit entfernt. Ich müsste dichter ran. Kassy lehnt am Zaun und bläst Kaugummiblasen. Sie sieht so entspannt aus, als wäre sie jeden Abend mit den Jungs hier.

Dass Kassy sich herumtreibt, wusste ich ja, aber ich kapier nicht, was sie mit diesen Typen hier zu tun hat. Außerdem hat sie nie erwähnt, dass sie manchmal auch mit meinem Bruder abhängt. So langsam fühle ich mich, als würden alle mir etwas verheimlichen.

Ich will hören, worüber sie sprechen. Ich rutsche leise rückwärts aus dem Gebüsch, doch ich bleibe hängen. Mist. Ich versuche, mich loszureißen, doch das geht nicht, ohne dass ein Ast mit einem lauten Knacken abbricht. FUCK!

Ich kauere mich zusammen, und der Typ mit dem rasierten Schädel dreht sich um und starrt in meine Richtung. Ich halte die Luft an. Der schwarze Hoodie verbirgt mich hoffentlich im Schatten der Blätter.

Es erscheint mir wie eine Ewigkeit, und meine Knie tun schon weh, bis der Typ sich wieder wegdreht. So leise es geht, laufe ich ein ganzes Stück den Weg zurück, nur um dann in einem weiten Bogen von der anderen Seite wiederzukommen.

Vor mir liegen ein paar Bäume und dichter Rhododendron, das ist perfekt, hier kann ich mich ganz nah ranschleichen.

Kassy und Daniel stehen dicht beieinander.

Daniel flirtet mit ihr. Er fasst sie an die Hüften und versucht, sie zu sich zu ziehen. Er trägt wieder die Wollmütze, mit der er lässig ausehen will. Er sieht tatsächlich ganz gut aus. Meinem Zwillingsbruder beim Flirten zuzusehen ist merkwürdig. Und dass er es ausgerechnet bei Kassy probiert, löst ein komisches Gefühl bei mir im Magen aus. Er beugt sich zu der kleinen Kassy hinunter und küsst sie auf den Hals. Doch die wirft den Kopf in den Nacken, stößt ihn von sich weg und lacht. Daniels Gesicht läuft rot an.

»Jetzt komm schon, du schuldest mir was«, sagt er. »Außerdem treibst du es doch mit jedem.«

Kassy faucht ihn an: »Ich lass mich von dir doch nicht slutshamen!«

Seine Kumpels grölen.

In meinem Hals bildet sich ein Klumpen aus Stacheldraht.

Kassy spuckt das Kaugummi in hohem Bogen davon und holt ein neues aus der Verpackung.

Ich frage mich, ob die beiden mal was miteinander hatten, und der Gedanke kommt mir vor wie Verrat. Nicht, dass Kassy mich hätte fragen müssen oder so. Oder mein Bruder mich. Aber irgendwie hätte ich das doch gern gewusst. Ihre Heimlichtuerei macht mich wütend.

»Yo, Daniel, was is'n mit deiner Schwester? Hält die dicht?« Der Typ, dem der schwarze Lexus gehört, stößt Daniel an.

Ich kenne ihn nicht, er geht nicht auf unsere Schule, und er sieht auch deutlich älter aus. Ich frage mich, wie der an einen Lexus kommt.

»Keine Sorge, ich hab das im Griff. Die sagt nichts.«

»Das will ich hoffen.«

Meine Hände zittern. Warum soll ich nichts sagen? Was wollten diese Typen überhaupt auf der Party? Haben sie etwas mit Maries Unfall zu tun? Vielleicht hatte sie Streit mit einem, die sehen alle ganz schön fies aus.

Oh Gott, was, wenn Daniel und Kassy diese Typen decken? Mein Herz schlägt schneller. Der Tätowierte lässt seinen Blick über die Umgebung schweifen, und auf einmal habe ich eine richtige Scheißangst, entdeckt zu werden. Ich kauere mich noch tiefer auf den Boden, obwohl es hier irgendwie nach Hundekacke riecht, und verstecke meine Hände in den Ärmeln.

Ich sehe, wie der Typ Daniel und Kassy etwas in die Hand drückt, Kassy schüttelt den Kopf, aber Daniel lässt es schnell in seiner Jackentasche verschwinden.

Mein Herz rast. Wenn die mich jetzt finden, ist alles vorbei. Falls diese Typen etwas mit Maries Tod zu tun haben sollten … Scheiße. Denen sollte ich nicht in die Quere kommen.

Ich nutze den Moment, in dem sie beschäftigt sind, und husche aus dem Rhododendron fort zu einem Baum.

Dann sehe ich zu, dass ich so schnell wie möglich wegkomme.

✣

Ich renne den ganzen Weg zurück.

Die Straßenlaternen werfen lang gezogene doppelte Schatten vor und hinter mich. Ich werde gleichzeitig verfolgt und überholt.

Als ich zu Hause ankomme, brennen meine Lungen, und mein Herz trommelt wie verrückt. Ich verliere keine Zeit und gehe hinauf in Daniels Zimmer. Ich muss mir nicht einmal Mühe geben, leise zu sein, Papa schnarcht so laut, dass eine Elefantenherde die Treppe hochtrampeln könnte, ohne dass Mama davon wach werden würde.

Ich lasse das Deckenlicht aus und steige im Mondlicht über die am Boden verstreuten Sachen bis zu Daniels Bett. Die Sporttasche liegt ausgekippt auf dem Boden. Ein dreckiger Teller mit angekrusteten Resten steht neben seinen Schulsachen. Ich schiebe die Controller der Playstation und ein paar Spiele beiseite, um den Bettkasten aufziehen zu können. Das Spiel, das ganz oben liegt, kenne ich noch gar nicht. *SILENCE*, der Nachfolger von *Whispered World*. Wann hat er sich das gekauft? Und warum hat er es mir nicht gezeigt? Er weiß, dass mich das interessiert hätte.

Daniel hat in letzter Zeit dauernd neue Sachen, dabei bekommt er nicht mehr Taschengeld als ich und jobbt wegen des Sports nicht mehr. Früher hat er mir immer alle neuen Spiele vorgeführt.

Ich ziehe den Bettkasten auf. Zwischen schlampig gefalteter Bettwäsche und der Ersatzdecke für den Sommer ertasten meine Finger ein kleines Tütchen. Ich ziehe es hervor. Es sind kleine weiße Pillen darin, etwa in der Größe einer Paracetamol, auf die das Bild eines Smileys gedruckt ist.

Scheiße! Drogen!? Ich hatte keine Ahnung, dass mein Bruder außer Gras auch noch andere Sachen nimmt.

Rasch verstecke ich das Tütchen wieder und schiebe den Bettkasten zu. Ich lege die Controller und die Spielhüllen, so exakt es geht, dorthin zurück, wo sie waren, steige vorsichtig über den Kram auf dem Fußboden. Dann husche ich über den Flur in mein Zimmer und ziehe die Tür zu, gerade noch rechtzeitig. Unten wird leise aufgeschlossen.

Zurück in meinem Zimmer lege ich mich in mein Bett und ziehe die Decke bis über den Kopf. Ich zittere. Auf einmal ist mir ganz kalt, obwohl ich noch immer den dicken schwarzen Hoodie trage und voll angezogen unter der Decke liege.

Haben Kassy und Daniel auf der Party irgendwelche Drogen verteilt, die diese Typen ihnen gegeben haben? Hat auch Marie was genommen? Vielleicht haben sie sie dazu überredet, und sie ist deswegen von der Klippe gestürzt?

Was, wenn davon was in dem Wodka von Daniel gewesen ist?

Mir war ja auch so komisch, nachdem ich davon getrunken hatte. Das war nicht nur Alkohol. Ich erinnere mich an den Geschmack, scharf und irgendwie würzig. Es brannte in der ganzen Kehle, bis hinab in meinen Magen. Ich weiß noch, wie leicht ich mich gefühlt habe, wie die Sterne sich um mich drehten. Als könnte ich fliegen …

Deswegen wollen sie nicht, dass ich irgendjemandem erzähle, dass sie auch da gewesen sind. Deswegen hat Kassy gefragt, ob die Bullen einen Drogentest machen wollten. War Daniel wirklich der Typ im schwarzen Kapuzenpulli, den ich am Rand des Uferwegs wegrennen gesehen hab? Oh Gott, wenn das der Pulli ist, den ich gerade anhabe. Ich richte mich auf und reiße mir den Hoodie über den Kopf. Schleudere ihn in die Ecke des Zimmers. Was soll ich nur tun, wenn Daniel was mit Maries Tod zu tun hat? Mein eigener Zwilling!

Mein Kopf rast, ich versuche, mich an die Nacht zu erinnern, aber alles liegt wie unter einem Schleier, und wenn ich meine Augen schließe, dreht sich alles.

Ich weiß nicht, was ich tun soll. Ob ich meinen Eltern davon erzählen soll? Oder einem Lehrer? Der Polizei? Was ist, wenn ich mir das alles nur einrede, und da war gar nichts? Daniel und

Kassy können einen Haufen Ärger bekommen, vielleicht fliegen sie sogar von der Schule.

Ich brauche Gewissheit.

Ich schnappe mir mein Smartphone.

Emma Richter: hast du Marie Drogen gegeben?

Ich tippe es und starre dann auf die Worte.

Vielleicht gehört Tobi zu diesen Typen. Vielleicht weiß er, was passiert ist, und will nur herausfinden, was ich weiß.

Ich schlüpfe wieder aus dem Bett und schleiche mich noch einmal aus dem Haus.

Ich habe heute Nacht noch etwas zu erledigen.

Kapitel 12

Ich bin eigentlich, bis auf heute, nie allein nachts unterwegs, und es ist unheimlich, im Dunkeln durch die Straßen zu laufen. Die Laternen werfen helle Kreise auf das Pflaster. Als ich vor Maries Haus ankomme, ist es bereits vier Uhr morgens, und ich bin hundemüde, aber gleichzeitig total aufgeputscht. Das Haus der Zanders liegt ruhig und still unter dem Ahornbaum, alle Fenster sind dunkel. Auf einer Wand gegenüber vom Haus leuchtet im Schein der Straßenlaterne ein Graffiti, das früher nicht da gewesen ist. *Mare*. Idiotisches Tag.

Ich gehe über den Rasen der Nachbarn, um keine Geräusche auf der weißen Kiesauffahrt zu verursachen, und schlüpfe durch die Lücke in den Buchsbäumen. Genau diesen Weg benutzt Kassy immer. Die Garage schließt unter Maries Fenster ans Haus an, und wenn man es auf das Flachdach schafft, kommt man von dort ziemlich einfach zu Marie ins Zimmer. Aber verdammt, wie soll ich auf das Dach der Garage gelangen?

Ich habe gesehen, wie Kassy Anlauf nimmt und einfach drei Schritte die Wand hochläuft, bis ihre Fingerspitzen die Dachkante ergreifen und sie sich hochziehen kann. Als ob das für mich infrage käme …

Also sehe ich mich nach etwas um, auf das ich draufsteigen könnte, aber im Garten der Zanders liegt nichts Überflüssiges herum, nicht einmal eine Gießkanne. Mir bleiben nur die schweren Gartenmöbel aus Teakholz, die auf der Terrasse stehen.

Ich schleiche ums Haus und spähe vorsichtig in das Fenster des Wohnzimmers. Niemand zu sehen, alles ist dunkel, der Fernseher ist aus.

Langsam hebe ich eine der Gartenliegen hoch und schleppe sie, so lautlos wie möglich, über den Rasen um die Hausecke. Das Ding ist ziemlich schwer. Ich unterdrücke einen Fluch, als ich mir das Schienbein an dem Holz stoße. Ich schiebe die Liege hochkant unter die Dachrinne der Garage, damit ich möglichst viel Höhe gewinne. Obwohl die Nachtbrise kühl ist, schwitze ich. Das Ding sieht wackelig aus, aber mir bleibt nichts anderes übrig, als trotzdem hinaufzusteigen und mich dabei an der Wand abzustützen. Beim ersten Versuch rutscht mein Turnschuh an der vom Tau feuchten Kante der Lehne ab, aber ich kann mich gerade noch festhalten. Beim zweiten Mal bleibe ich wackelig auf der Lehne stehen. Jetzt reicht mir die Dachkante fast bis ans Kinn, und das muss reichen. Ich stoße mich ab und ziehe mich hoch, dabei kippt die Liege unter mir weg und verursacht ein lautes Poltern. Hoffentlich hat das keiner gehört! Ich hänge in der Luft und versuche mit aller Kraft, mich hoch zu hieven. Ich schaffe es, mich mit dem Bauch auf das schmutzige Flachdach zu ziehen, meine Unterschenkel baumeln über den Rand. Mir klopft das Herz bis zum Hals. Ich ziehe auch meine Beine rauf und lausche auf Geräusche im Haus, aber – oh Wunder! – nichts rührt sich. Ich nehme mir einen Moment, um meinen Atem zu beruhigen, dann schleiche ich auf wackeligen Knien geduckt über das Flachdach zu Maries Fenster.

Es ist geschlossen, aber Kassy hatte einen Trick: Alle Fenster am Haus sind aus Holz und wenn auch gepflegt, so doch schon älter. Maries Zimmerfenster ist vom vielen Öffnen und Schließen so ausgeleiert, das man mit einer Plastikkarte die Verriegelung zwischen der Isolierung und dem Rahmen hochschieben kann. Kassy hat das herausgefunden, als sie einmal stundenlang an Maries Fenster geklopft hat, doch Marie schlief so fest, dass keine hundert Rhinozerosse sie hätten wecken können. Anstatt aufzugeben und sich nach Hause zu trollen, hat Kassy ihren Plastikkinoausweis, mit dem sie Bonuspunkte für freies Popcorn bei jeder Vorstellung sammelt, aus der Hosentasche hervorgezogen und an der Verriegelung herumgestochert. Beim ersten Versuch hat sie einen großen Zacken aus der Plastikkarte gebrochen, aber beim zweiten hat es geklappt, und der Verschluss gab nach.

Marie hat vielleicht gestaunt, als sie morgens aufwachte und Kassy bei ihr im Bett lag und friedlich schlummerte.

Ich ziehe mein Portemonnaie hervor und wähle eine unbedeutende Plastikkarte aus, denn ich sollte vielleicht nicht unbedingt meine Girokarte für diesen Versuch riskieren. Es ist dunkel, die Dämmerung hat noch nicht eingesetzt, mir bleibt nur das Mondlicht, um zu sehen, was ich da eigentlich tue. Es ist fummelig und dauert ewig. Aber irgendwann stößt die Karte in der Gummierung auf einen Widerstand, und als ich drücke, schiebt sich tatsächlich das Fenster auf.

Ich bin drin.

Mein Herz klopft.

Maries Zimmer liegt still und verlassen da. Im Mondlicht nehmen die weißen Möbel eine bläuliche Färbung an, und das ganze Zimmer hat etwas Übernatürliches. Das blaue Kleid und die Unterwäsche liegen unberührt auf ihrem Bett, diesmal hat niemand aufgeräumt. Traurigkeit überfällt mich, weil ich wahrscheinlich zum letzten Mal in ihrem Zimmer sein werde. Besonders, wenn ich erwischt werde …

Ich schwinge meine Beine über die Fensterbank. Meine Fingerspitzen fahren über das glatte Holz an ihrer Kommode, und ich atme den Duft nach Vanillekerzen und Zedernholz ein. Für einen Augenblick schließe ich die Augen. Das letzte Mal, dass wir drei hier zusammen im Bett gelegen und einen Film angesehen haben, ist gar nicht so lange her. Die DVD liegt sogar noch neben dem Fernseher. *Crazy, Stupid, Love.* Ihr Lieblingsfilm, wir haben den bestimmt hundertmal geguckt. Eigentlich nur, weil sie auf Ryan Gosling steht.

Ich betrachte das Cover der DVD, die ich ihr überlassen habe, und Tränen steigen mir in die Augen. Jetzt würde ich alles dafür geben, diesen Film mit Marie zusammen gucken zu können. Nur ein einziges Mal noch. Ryan Gosling hin oder her.

Ich wünschte, sie wäre hier, damit ich ihr all das sagen kann, was ich nicht gesagt habe.

Das Mondlicht glitzert im Spiegel, an dem Marie ihre Ketten und Armbänder aufgehängt hat. Ein paar der Armbänder stammen von mir, ich habe sie für Marie gebastelt. Das mit dem merkwürdig geformten Stein hat sie sogar einmal zu einem Fotoshooting getragen. Das Armband ist auf dem Foto mit drauf, der Stylist hat ihr gesagt, dass sie es anbehalten dürfe, und das Foto ist dann so in einem Magazin gedruckt worden. Das war toll.

Für eine Sekunde ist mir, als würde ich eine Bewegung im Spiegel sehen, und ich zucke zusammen und fahre herum. Aber da ist niemand. Nur der Windhauch aus dem offenen Fenster und ein Schal, der über der Stuhllehne hängt und Leben vorgaukelt, wo keines ist.

»Marie?«, flüstern meine Lippen.

Mir läuft ein Schauder über den Rücken. Doch ich reiße mich zusammen und gehe an ihren Schreibtisch, ziehe die Schubladen auf.

Ich blättere ihre Papiere durch auf der Suche nach einem Notizbuch oder einem offiziellen Schreiben oder einer Handyrechnung, nach irgendetwas, das mir die PIN zu ihrem iPhone verraten kann.

Aber da ist nichts.

Wenn ich ihr Tagebuch finden könnte … Vielleicht hat sie die PIN dort notiert?

Ich wühle durch die Hefte und Ordner in dem kleinen Rollcontainer und dem Regal neben ihrem Schreibtisch, aber das Tagebuch ist nicht aufzufinden.

Es kommt mir total daneben vor, ihre Sachen zu durchwühlen. Aber ich weiß mir einfach nicht anders zu helfen.

»Marie …«, flüstere ich. »Was soll ich tun?«

Ich achte peinlich darauf, nicht schon wieder Unordnung zu machen, und lege alles wieder sorgfältig an seinen Platz. Streiche die Blätter glatt und schiebe sie zurück in ihr Fach.

Da fällt mir ein Zettel entgegen, ein kleines gelbes Post-it, das auf der Rückseite eines Schulhefters mit Erdkundeaufzeichnungen klebt. Eine vierstellige Nummer: 6378.

Könnte das die PIN sein?

Es könnte alles Mögliche sein, aber ich löse das Post-it ab und stecke es mir in die Tasche.

Ich setze mich auf den Sessel und ziehe die Knie an mich heran. Ich umschlinge sie mit meinen Armen und starre in die Dunkelheit. Fast ist es, als könnte ich sie und mich auf der Bettkante nebeneinandersitzen sehen.

Unser letzter Filmabend wäre beinahe ins Wasser gefallen. Weil Marie am Wochenende zu ihrer Tante nach Nienbrook fahren wollte, um sie zu trösten. Es hatte Ärger gegeben, zwischen ihrer Mutter und ihrer Tante, aber ich hab nicht genau nachgefragt, worum es dabei ging. Jetzt fällt mir auf, dass Marie in den vergangenen Wochen ziemlich oft zu ihrer Tante gefahren ist. Ich war deswegen irgendwie genervt, weil ich das Gefühl hatte, dass Marie mir immer weniger Zeit widmete. Die vielen Fotoshoots, Feierngehen mit Kassy, Nienbrook … Ich war in ihrer Prioritätenliste weit nach unten gerutscht … Für mich aber stand Marie immer ganz oben auf der Liste. Wenn sie ausfiel, wusste ich einfach nichts mit mir anzufangen.

Mein Blick wandert über die Kritzeleien an der Wand. Zwischen Vögeln, Häusern, Blumenranken, Augen und Grabsteinen finde ich auch einen kleinen Sessel. Ich beuge mich vor und blicke genauer hin. *Grannys Secret* steht in feiner Handschrift in einer Banderole darüber. Mein Herz fängt an zu klopfen. Der Sessel sieht genauso aus wie der, in dem ich sitze. Marie liebte diesen Sessel, weil er ihrer Großmutter gehört hat.

Ich streiche mit den Fingern über die geschnitzte Armlehne und das abgewetzte Polster.

Grannys Secret.

Einer Eingebung folgend stecke ich meine Hand seitlich in die Ritze zwischen Polster und Lehne.

Der Slip ist noch immer da. Ich ziehe ihn hervor und lege ihn auf der Armstütze ab.

Ich knie mich vor den Sessel, fahre mit den Händen unter die Polsterung, in den Schlitz zwischen Lehne und Sitzfläche und zuletzt unter den Boden. Auf einmal berühren meine Finger etwas. Ich halte den Atem an. Papier.

Da klemmt ein Notizbuch zwischen Boden und alten Spanngurten. Vorsichtig ziehe ich eine DIN-A5-Kladde mit dunkelgrünem Einband hervor. Maries Tagebuch. Die Seiten sind über und über in Maries schöner Handschrift beschrieben.

Ich halte Maries Geheimnisse in meinen Händen, alles, von dem sie nicht wollte, dass irgendjemand es erfährt.

Ich unterdrücke den Drang, das Deckenlicht anzumachen und sofort hier und jetzt zu lesen.

Soll ich es wirklich mitnehmen? Mit einem schlechten Gewissen stopfe ich das Tagebuch unter meinen Pullover und klemme es in meinen Hosenbund. Bevor ich mich über die Fensterbank schwinge und nach draußen klettere, nehme ich noch das Spitzenhöschen und lege es auf Maries Bett. Als Gruß an Udo.

Ich blicke in das mondbeschienene leere Zimmer zurück.

»Verzeih mir, Marie«, flüstere ich.

Dann hebe ich meine Beine über die Fensterbank und schwinge mich raus aufs Garagendach. Doch als ich am Rand stehe und auf den Rasen herabblicke, wird mir schwindelig. Ich hasse Höhen. Ich gehe in die Knie und versuche, nicht herabzusehen, aber es kommt mir unsagbar hoch vor. Kassy springt einfach von der Garage runter. Ich traue mich das nicht. Verdammt, ich werde mich wohl zur Haustür rausschleichen müssen.

Also steige ich zurück über den Fensterrahmen in Maries Zimmer und schließe das Fenster von innen.

Von der Galerie aus kann ich sehen, wie das untere Stockwerk im Dunkeln liegt. Irgendwo tickt eine Uhr, und der Kühlschrank – das Edelstahlungetüm – brummt vor sich hin, aber abgesehen davon herrscht Grabesstille. Die Treppe knarrt unter meinen Schritten, als ich die Stufen hinabschleiche. Keine Ahnung was ich sagen soll, wenn Udo oder Ilsa mich hier erwischen … Ich erreiche den Treppenabsatz, doch hier ist es so dunkel, dass ich mich an der Wand entlang zur Haustür vortasten muss. Ich erreiche die schwere Holztür, die nach draußen führt, und drücke langsam die Klinke herunter. Mist! Abgeschlossen!

Mir wird heiß. Jetzt werde ich wohl doch vom Garagendach springen müssen. Meine Augen versuchen in der Dunkelheit zu erkennen, ob auf der Anrichte neben der Tür die Haustürschlüssel liegen könnten, aber es ist zu dunkel, ich sehe nur einen undeutlichen hellen Schemen. Ich berühre die geschnitzte Holzkante der Anrichte. Mit flachen Händen taste ich die Gegenstände ab, die darauf stehen. Etwas fliegt lautlos zu Boden, Papier?, aber ich ignoriere es, fühle eine Vase, die etwas Stacheliges enthält. Da berühren meine Fingerspitzen Metall: Schlüssel!

Ich hebe den Schlüsselbund so leise wie möglich auf und schleiche zurück zur Haustür. Mit zitternden Fingern probiere ich auf gut Glück. Es ist gar nicht so einfach, das Schloß zu treffen, doch beim dritten Versuch klappt es: Der Schlüssel passt. Ich drehe ihn ganz langsam um und drücke die Klinke hinunter. Die Haustür gleitet auf, und Mondlicht und kühle Nachtluft strömen herein. Der Schein reicht aus, damit ich den Bund zurücklegen kann. Auf dem Boden vor der Anrichte liegt ein weißer Briefumschlag, den ich aus Versehen vorhin herabgewischt haben muss, und ich hebe ihn auf, um ihn ebenfalls zurückzulegen. Der Brief ist an Ilsa adressiert, und eigentlich geht es mich überhaupt nichts an, aber der Absender ist ein gewisser Ralf, und das macht mich stutzig. Ralf ist Maries leiblicher Vater. Ich halte den Brief dichter ans Mondlicht und schaue mir die Absenderadresse an. Seit wann wohnt Ralf denn wieder in Hamburg?

Ich lege den Umschlag zurück auf die Anrichte, schleiche zur Haustür und ziehe sie hinter mir zu. Morgen früh wird Ilsa wahrscheinlich denken, sie hat vergessen abzuschließen. Bevor ich mich aus dem Staub mache, rücke ich noch die Liege zurück auf die Terrasse, um alle Spuren meines Einbruchs zu beseitigen.

Ich kann es nicht erwarten, das Tagebuch zu lesen, das unter dem Pullover gegen meinen Bauchnabel drückt. Ich renne über den Rasen und durch die Lücke in den Buchsbäumen fort vom Haus.

Es dauert eine Ewigkeit, bis der nächste Nachtbus kommt, daher laufe ich, und als ich die stille Straße mit den kleinen Vorgärten und den aneinandergedrückten Reihenhäusern erreiche, dämmert bereits der Morgen. Ich bete, dass meine Eltern noch tief genug schlafen, damit ich die Wendeltreppe ungehört hochkomme, und schließe leise die Haustür auf. Aus dem Schlafzimmer meiner Eltern ertönen tiefe Atemzüge, und ich schlüpfe vorsichtshalber aus meinen Schuhen. Auf Socken schleiche ich nach oben, an der Tür meiner Eltern und der knarrenden Stelle auf der Treppe vorbei. Auch bei Daniel ist alles ruhig. Ich schaffe es, auf Zehenspitzen in mein Zimmer zu gelangen, obwohl ich der Meinung bin, dass mein Herz laut genug trommelt, um alle Nachbarn aufzuwecken.

Ich schließe die Zimmertür hinter mir ab, lege mich, ohne mich auszuziehen, aufs Bett und fange im Schein meiner bunten Lichterkette an zu lesen.

Kapitel 13

Ich bin so müde, mir fallen immer wieder die Augen zu. Aber ich kann nicht aufhören, in Maries Tagebuch zu lesen.

Die Einträge beginnen säuberlich und ausführlich in ihrer geschwungenen Handschrift. Ich fühle mich schmutzig, weil ich in ihren privaten Aufzeichnungen schnüffele, es kommt mir vor wie Verrat. Aber ich schulde es Marie, das Rätsel um ihren Tod zu lösen. Wenn ich Antworten finden will, wenn ich der Welt beweisen will, dass sie keine Selbstmörderin war, dann ist das Tagebuch meine einzige Chance. Im schummerigen Licht ist ihre Schrift zuerst kaum zu lesen, aber die Sonne geht auf und in meinem kleinen Zimmer unter der Dachschräge wird es immer heller, die Worte werden immer klarer auf dem Papier. Ich blättere aufs Geratewohl durch.

Emma muss dauernd streiten, ich wünschte, sie würde aufhören, Kassy zu kritisieren.

Mir brennen die Wangen, als ich unsere Namen lese. Kassy hatte recht, natürlich schrieb Marie über uns. Aber das, was sie schreibt, sind keine süßen Erinnerungen an lustige Zeiten. Sie ist genervt. Logisch, in seinem Tagebuch muss man sich auch mal auskotzen. Aber es tut schon weh, zu lesen, wie anstrengend sie es manchmal mit uns findet. Wie oft wir streiten. Und wie unglücklich sie darüber ist, wie Kassy und ich miteinander umgehen. Bei ihr klingt das so schlimm. So sind Kassy und ich doch gar nicht. Marie möchte so sehr, dass Kassy und ich Freundinnen werden.

Das sind wir doch, Marie. Wirklich!

Mir brennen die Augen. Ich vermisse sie so sehr. Ich würde auf der Stelle Kassy alles gestehen und ihren Zorn auf mich nehmen, wenn nur Marie dafür wiederkäme.

Ich fühle mich erst besser, als auch irgendwo negative Sachen über Kassy auftauchen.

12.03.2015

Vorhin waren wir zu dritt verabredet am Häuschen, und dann ist Kassy wieder so spät aufgeschlagen, dass Emma direkt losmusste. Es gab Streit deswegen. Dabei hätte ich dringend einen lustigen Nachmittag mit meinen Freundinnen gebraucht.

Also war Marie doch manchmal von Kassys Art genervt. Ich schäme mich dafür, dass mich das so sehr erleichtert. Ich schäme mich auch, ihr Tagebuch zu lesen, und werde das Gefühl nicht los, dass Marie jetzt hier bei mir ist. Dass sie sehen kann, was ich tue. Ob sie mich dafür hasst?

Je mehr ich mich in ihre geschwungene Handschrift versenke, desto mehr ist es, als würde sie direkt neben mir sitzen und wie früher erzählen, was ihr den Tag über passiert ist, was sie aufgeregt hat, was sie lustig fand. Es ist, als würde sie mir ins Ohr flüstern. Ihre Handschrift und die Kritzeleien und vielen Verzierungen am Rand lassen mich ihre Stimme hören. Ich vermisse ihre Stimme so sehr. Ihr Lachen. Und weil ich weiß, dass ich nie wieder neue Worte von ihr hören werde, sind diese Worte auf Papier wie ein Geschenk für mich, und ich sauge sie auf, obwohl meine Augen brennen und ich vor Müdigkeit fast umkippe.

Sie berichtet oft von uns. Ich erinnere mich gar nicht an all die Sachen, über die sie da schreibt, aber während ich durch die Seiten blättere, kommen ein paar Erinnerungen zurück. Wie wir zusammen shoppen waren, auf einer Party in einem Hinterhof, im Winter in einem Café. Zusammen gelacht und Quatsch gemacht haben. Sie schreibt, was für eine loyale Freundin und gute Zuhörerin ich sei, aber auch, dass sie mich manchmal nicht verstehe. Sie hat Momente festgehalten, in denen ich selber nicht genau verstehe, warum ich solche Sachen gesagt oder getan habe. Mich durch ihre Augen zu sehen ist unangenehm. Ich wollte doch nur, dass Marie mich genauso cool findet wie Kassy. Das ist mir nicht gelungen.

Es tut so weh, zu lesen, was sie von mir hielt.

Je mehr ich lese, desto mehr sind da Begebenheiten und Gedanken, von denen ich nichts weiß, Dinge, von denen ich nie gedacht hätte, dass Marie so etwas tun oder denken würde. Sie schreibt von ihrer depressiven Tante, um die sie sich Sorgen macht. Sie macht sich auch Sorgen um Daniel, der *immer mehr abbaut*, wie sie es formuliert. Sie vermutet, er nehme Drogen. Wie recht sie damit hatte. Aber … warum hat sie nie mit mir darüber gesprochen?

Ich habe von alldem nichts geahnt.

Ja, er kifft manchmal, aber bis letzte Woche hätte ich nie gedacht, dass da auch mehr ist.

Sie schreibt von ihrem Plan, nach Australien zu gehen, und ich bin überrascht, zu lesen, dass sie sich gar nicht so sehr darauf freute, sondern viel lieber bei ihrer Tante an der Ostsee sein würde. Mir und Kassy gegenüber hat sie immer so getan, als sei das ihr großer Traum gewesen. Wie oft haben Marie, Kassy und ich in ihrem Zimmer gesessen und die Einzelheiten ihres Australienaufenthaltes geplant? Was sie alles tun und was sie alles machen und sehen würde? Ich hasste den Gedanken, dass Marie für ein Jahr weggehen würde, seltsam, dass sie das eigentlich selbst gar nicht wollte.

Aber das spielt keine Rolle mehr. Marie ist für immer verschwunden, und sie wird nie wiederkommen.

Der Ton in ihren Einträgen ändert sich weiter hinten im Tagebuch, auf einmal will sie doch unbedingt weg.

Gut, dass ich nächstes Schuljahr nach Australien abhaue. Ich halt es nicht mehr aus!

Was ist passiert, warum hat Marie ihre Meinung geändert?

Da steht nichts. Ich habe aber das Gefühl, dass hier ein paar Seiten fehlen. Da ist so ein komischer Knick in der Mitte, als wären ein paar Blätter herausgerissen.

Ich lese weiter.

Sie schreibt oft über ihre Mutter und ihre Tante Conny, anscheinend gab es da Zoff.

06.04.
Das wäre der Moment gewesen, wo sie ehrlich hätte sein können. Aber letztendlich sagt ja auch Conny nicht, was vorgefallen

ist. Okay, dann sollen die beiden das unter sich ausmachen. Ich halt mich raus!

08.04.
Ich kann nicht anders, als für Conny Partei zu ergreifen. Wie kann meine Mutter bloß zulassen, dass ihre Schwester leidet?

Ich blättere hin und her und finde die Stelle, vor der ich Angst hatte, dass Kassy sie liest. Marie schreibt, wie sie mein Handy durch Zufall durchstöberte und auf die Fotos stieß. Alles nur wegen dem blöden Udo, den ich im Garten erwischt habe, wie er zu Maries Badezimmerfenster hochstarrte. Ich habe ihn fotografiert und wollte Marie das Beweismittel zeigen. Doch dabei hat sie die anderen Fotos gefunden.

Fotos, die ich von Kassy gemacht hatte und die sie in nicht sehr schmeichelhaften Posen zeigten. Fotos, die dann im Internet auftauchten und die auf Facebook innerhalb eines einzigen Vormittages die ganze Schule gesehen hatte. Ich habe die Fotos ins Internet gestellt. *kASSy – see the ass inside* ist von mir.

Marie war so sauer auf mich. Sie hat mich angeschrien, richtig aggressiv, ich dachte, sie schlägt mich ins Gesicht.

»Wie kannst du nur so gemein sein!?«

»Es tut mir leid.«

»Sag das nicht mir, sag das Kassy! Was soll die Scheiße?!«

Ich hatte keine Antwort.

Auch jetzt kann ich nicht genau sagen, was mich dazu gebracht hatte, solche gemeinen Sachen über Kassy im Internet zu schreiben. Dass sie einen fetten Hintern hat und jemand ihr mal sagen sollte, wie sie von hinten aussieht. So was halt. Das Profil *kASSy – see the ass inside* hat es auf Facebook innerhalb weniger Stunden auf über tausend Aufrufe gebracht. Aber darauf bin ich nicht stolz. Ehrlich nicht.

»Echt, Emma, ich weiß nicht, was ich sagen soll. Ich hab das Gefühl, ich kenn dich gar nicht!«, hat Marie gesagt und mich mit einem Blick angesehen, der mich zusammenschrumpfen ließ. Ich hab mich noch nie in meinem Leben so elend gefühlt. Das hat so wehgetan. Tut es noch immer, mir ist, als müsste ich diesen Moment wieder durchleben, als ich ihre Wut auf dem Papier lese.

»Du sagst es Kassy, oder wir zwei sind keine Freundinnen mehr.«

Das war kurz vor der Party, und ich konnte an ihrem Tonfall hören, dass sie das verdammt ernst meinte. Noch immer spüre ich die Angst in den Knochen, Marie könne für immer sauer auf mich sein und sich von mir abwenden. Mir nie verzeihen, dass ich unsere Freundschaft so hintergangen habe.

Aber das alles spielt ja jetzt keine Rolle mehr, oder?

Marie ist weg, und niemandem ist geholfen, wenn Kassy jetzt noch erfährt, dass ich hinter dem *kASSy*-Profil auf Facebook steckte.

Meine Wangen glühen, und ich muss mir die Nase putzen.

Das ist das Allerschlimmste für mich: dass Marie sterben musste, bevor ich diese Sache aus der Welt schaffen konnte. Dass sie mir nie verziehen hat.

Ich wünschte so sehr, ich könnte die Zeit zurückdrehen und alles wiedergutmachen.

Ich blättere wahllos weiter, vor und zurück lese die letzten Seiten in ihrem Tagebuch. Ihre Einträge werden immer abgehackter.

Und dann fängt sie an, sich selbst zu zensieren.

Ein paar Wörter sind mit schwarzem Edding dick durchgestrichen, und die Sätze sind kaum zu lesen.

07.05.2015
Seine Haare sind länger!
Was ist, wenn es stimmt und wir [redacted]? Vielleicht reime ich mir auch bloß was zusammen.
Ich kann es kaum erwarten wieder nach [redacted] zu fahren.
Ob er auch an mich denkt?

Wovon redet sie?

Ein Eintrag endet mitten im Satz:

09.04.2015
Ich schäme mich immer noch wegen meiner Frage von neulich, die ich jetzt nicht wortwörtlich zitiere, weil es mir zu peinlich ist. Stichwort: Sexmoment.
Aber ich kann mir einfach nicht vorstellen, dass Emma völlig kalt bleibt, wenn Daniel nur mit einem Handtuch um die Hüften aus dem Bad schlendert. Obwohl, jetzt, wo ich es aufschreibe, muss ich zugeben, kann ich es mir doch vorstellen. Daniel ist kein Ryan Gosling. Und kein [redacted].
Vielleicht stimmt ja mit mir etwas nicht?
Wieso reagiere ich so auf [redacted]?
Andererseits gibt es keinen Grund, wieso mir,

nur weil [redacted], nicht auffallen
sollte, dass er gut aussieht!
Aber wieso schaltet mein Herz auf Trommelwirbel, wenn ich [redacted] Stimme an meinem Ohr höre? Wie mich seine Hand am Hintern irritiert hat, das ist doch nicht nu-

Dann endet der Eintrag abrupt, so, als wäre sie beim Schreiben unterbrochen worden.

Immer mehr Stellen sind durchgestrichen und zensiert, als schäme Marie sich für etwas. Und dazwischen überall die Worte: *Ich liebe ihn.*

Mein Herz stockt.

Liebe ich [redacted]?
Ich muss immer an [redacted] denken.
Ich verdränge die Frage, ob es richtig ist oder nicht. Es ist schön, mehr muss ich nicht wissen!

In meinem Hals bildet sich ein dicker, fetter Kloß. Ich habe ein Rauschen in den Ohren, vielleicht ist es die Müdigkeit, aber ich kann ganz deutlich Meeresrauschen hören. Hat Marie das tatsächlich geschrieben?

Nur langsam dringen die Worte zu mir durch.

Marie war verliebt. So richtig. Und sie hat mir nichts davon gesagt.

Kapitel 14

Die letzten Seiten im Tagebuch sind herausgerissen. Ich glaube, sie hat sie vernichtet. Meine Finger fahren über die gezackten Ränder der Stelle, an der die Blätter fehlen.

Viele Einträge sind bruchstückhaft und ohne Datum, ich brauche eine Weile, um ein Bild davon zu bekommen, was eigentlich passiert ist.

Marie hat sich mit einem Jungen getroffen, schon seit Langem, aber sein Name und jeder Hinweis auf seine Identität sind geschwärzt.

Und sie hat mir nichts davon erzählt. Wie konnte sie mir so etwas Wichtiges vorenthalten?

Wer war der Typ, und was sollte diese Geheimnistuerei?

SZ war wieder bei mir, ich ekele mich in seiner Anwesenheit. Ich wünschte, er würde mich in Ruhe lassen.

Wer ist dieser SZ, und was hat er Marie angetan?

Mir wird schlecht, als eine unangenehme Ahnung in mir aufsteigt. Ich weiß, wer SZ ist: SZ steht für Sexualzombie, Marie hat

Udo manchmal so genannt, und wir haben gelacht. Aber nun finde ich dieses Kürzel nicht mehr lustig. Marie hatte ja offensichtlich Angst, dass Udo in ihrem Tagebuch herumschnüffelt, meine unangenehme Begegnung mit ihm in ihrem Zimmer sagt alles. Hat Udo Marie etwas angetan? Hat sie aus Scham Selbstmord begangen?

Mein übermüdetes Hirn spielt mir immer wieder die letzten Szenen bei der Party vor: Wie Marie mit der Flasche in der Hand an den Klippen steht und einen tiefen Schluck daraus nimmt. Wie mein Bruder mit der Flasche wedelt: »Daniel-Special!« Wie Kassy sie anstachelt, sie solle doch springen.

Ich weiß gar nicht mehr, was ich glauben soll.

Wieder und wieder lese ich die Worte auf den zerknickten Seiten.

Ich habe es so satt! Manchmal wünschte ich mir, einzuschlafen und nie wieder aufzuwachen.

Ich will die Seiten zerreißen und aus dem Fenster schmeißen, sie verbrennen und ungeschehen machen, dass ich sie jemals gelesen habe.

Es ist Morgen geworden, die Sonne scheint in mein Zimmer, meine Eltern sind aufgestanden und im Bad. Ich höre das Wasser in den Leitungen rauschen. An Schlaf ist nicht mehr zu denken.

Als Mama an meine Tür klopft und sagt, es sei Zeit für das Frühstück, überlege ich, ob ich nicht behaupten soll, ich sei krank. Aber irgendwie schaffe ich es, aufzustehen und runterzugehen in die Küche. Ich habe noch immer dieselben Klamotten an, mit denen ich in Maries Zimmer eingestiegen bin.

»Kann ich einen Kaffee haben?«, frage ich, und meine Mutter sieht mich erstaunt an.

»Oder noch besser: einen Espresso?«

✢

Am Montag fährt Papa uns im Kombi zur Schule, und mein Handy vibriert auf dem Weg fünfmal. Es ist Tobi, er hat meine letzte Nachricht gelesen und will wissen, wieso ich das mit den Drogen gefragt habe.

Das ganze Wochenende habe ich in Maries Tagebuch gelesen und versucht, mir einen Reim darauf zu machen. Ich habe sogar die geschwärzten Passagen gegen das Licht gehalten und probiert, sie zu entziffern. Aber Marie war gründlich, was sie mit einem Filzstift unkenntlich machen wollte, kann kein Kryptologe je wieder lesbar machen.

Daniel sitzt vorn auf dem Beifahrersitz neben Papa und wirft mir im Rückspiegel misstrauische Blicke zu, weil seine Schwester auf einmal ein Sozialleben hat und schon auf dem Weg zur Schule angetextet wird.

»Willste nicht antworten?«

»Ist bloß Kassy, wir sehen uns ja gleich«, lüge ich und drehe meinen Kopf zum Fenster.

Der zweispurige Verkehr kommt an einer roten Ampel zum Stoppen. Wir reihen uns zwischen den anderen müde aussehenden Pendlern ein, die die Kreuzung überqueren wollen.

Daniel drückt am Radio herum, bis der Klassiksender, den Papa immer eingestellt hat, zu Rockmusik wechselt. Papa hebt eine Augenbraue, sagt aber nichts.

Und wenn Tobi einer von Daniels Kumpels ist?

Wenn die mich nur überwachen wollen?

Die Ampel springt auf Grün, und wir biegen von der Hauptstraße ab.

Marie war verliebt, ihr ganzes Tagebuch ist voll davon, und aus irgendeinem Grund hat sie diese Liebe geheim gehalten und alle Einträge und sogar den Namen geschwärzt. Marie hatte Angst, dass jemand was rausfindet, und zwar so viel Angst, dass sie weder Kassy noch mir was davon gesagt hat.

Obwohl … ich bin mir nicht mehr so sicher, ob sie Kassy nicht doch was erzählt hat. Der Gedanke versetzt mir einen Stich. Was, wenn Kassy mehr weiß als ich? Wenn Marie sich mir deswegen nicht mehr anvertraut hat, weil sie mit Kassy über alles geredet hat? Kassy, die viel cooler und viel erfahrener ist als ich.

Die ganze alte Eifersucht steigt wieder in mir hoch.

Papa biegt auf den Parkplatz der Schule, und Daniel und ich steigen aus.

»Viel Spaß im Unterricht. Denkt daran, bald beginnen die Sommerferien, und die Zeugnisse kommen. *Soll ein Jahr nicht leer verlaufen, so fange man beizeiten an*«, sagt Papa.

»Goethe«, sage ich und knalle die Tür zu.

Papa winkt, fährt wieder vom Parkplatz und fädelt sich in den Verkehr ein.

Heute ist es bedeckt, und ein leichter Nieselregen hat eingesetzt, obwohl gutes Wetter vorausgesagt war. Wir sind wie immer die Einzigen am Windfang, der Eingang ist noch geschlossen.

Auf einmal packt Daniel mich, drückt mich gegen die Glaswand und schreit mich an: »Du warst in meinem Zimmer!«

Ich keuche auf vor Schreck. Er hat wieder meinen Arm ergriffen und dreht ihn mir auf den Rücken. Er drückt mich so fest gegen die Wand, dass die Metallnieten des Rahmens sich in meinen Oberarm drücken.

»War ich nicht! Du spinnst doch.«

»Lüg nicht, ich weiß, dass du da warst. Was hattest du dort zu suchen?«

»Lass mich los!«

Daniel nimmt meinen kleinen Finger und verdreht ihn. Mir schießen vor Schmerz die Tränen in die Augen.

»Ich wollte nur ein Spiel holen … Au!«

Er ist unglaublich stark. Früher habe ich beim Rangeln noch eine Chance gegen ihn gehabt, aber jetzt ist mein Zwilling auf einmal so viel stärker als ich. Und furchteinflößend. Ich kann seinen heißen Atem riechen und winde mich in seinem Griff.

»Halt dich von meinem Zimmer fern«, knurrt er und dreht meinen Finger so schmerzhaft nach unten, dass ich aufschreie. Dann lässt er mich unvermittelt los.

Ich weiche vor ihm zurück. Durch einen Schleier aus Tränen sehe ich, wie der Hausmeister sich nähert, um die Tür aufzuschließen.

Ich kann nicht glauben, dass Daniel das gerade getan hat.

Mein Bruder hat sich in einen bösen Zwilling aus einem Horrorfilm verwandelt.

»Was ist bloß aus dir geworden?«, flüstere ich.

Hinter uns trudeln die ersten Schüler ein.

Daniel rempelt mich noch einmal an, dann lässt er mich stehen. Er schlendert in die Pausenhalle, als sei nichts gewesen, die Hände lässig in den Taschen.

So ein Arsch.

Ich gehe zu meinem Klassenraum, auch wenn das bedeutet, dass ich zehn Minuten im Gang blöd davorstehe, während die anderen sich in der Pausenhalle mit Wangenküsschen begrüßen oder Hausaufgaben tauschen. Ich habe das ganze Wochenende kaum geschlafen und nur in Maries Tagebuch gelesen. Mir schwirrt der Kopf von dem, was ich gelesen habe, ich brauche dringend Schlaf, um all das zu sortieren. Um einen Sinn hinter all dem zu finden. Ich reibe mir die Augen.

»Das war gemein«, sagt eine Stimme hinter mir, und ich fahre herum.

Mareike.

»Ich habe gesehen, was dein Bruder mit dir gemacht hat. Das war gemein«, wiederholt sie, weil ich sie einfach nur anstarre.

Ich habe gar nicht mitbekommen, dass Mareike in der Nähe des Windfangs gewesen ist, aber so genau hab ich auch nicht darauf geachtet. Gut möglich, dass sie gerade in dem Moment gekommen ist, als Daniel mich wieder losgelassen hat, und nur gesehen hat, wie er mich schubst.

»Der ist halt manchmal ein Arsch«, murmele ich. Ich will nicht, dass sie weitere Fragen stellt.

Mareike lächelt. »Ja, Brüder können grausam sein.«

Ich wusste nicht einmal, dass Mareike Geschwister hat. Irgendwie habe ich immer angenommen, sie sei ein Einzelkind. Aber ich rede ja sonst auch kaum mit ihr.

Es klingelt. Die anderen Mitschüler trudeln ein, und wir warten schweigend, bis der Lehrer kommt. Kassy taucht in letzter Minute auf, und Mareike zieht sich zurück. Kassy und ich gehen Schulter an Schulter ins Klassenzimmer und setzen uns auf unsere Plätze.

Die erste Unterrichtsstunde beginnt mit Stochastik und Wahrscheinlichkeiten und rauscht an mir vorbei. Ich verstehe diese Berechnungen nicht. Wie wahrscheinlich ist es, dass man auf

Facebook von einem netten Typen angechattet wird und dieser auch im echten Leben nett ist? Von Tobi kommen immer noch laufend Nachrichten, aber ich weiß nicht, ob ich antworten soll.

Tobi: WTF? wie kommst du darauf?
Tobi: gab es Drogen auf der Party?
Tobi: marie stand nicht auf so was, das war nicht ihr stil.
Tobi: hallo?
Tobi: redest du nicht mehr mit mir?
Tobi: ich weiß nicht, wie es dir geht, aber ich habe gerade unterricht, und der ist so langweilig, mir fällt fast der arsch ab.
Tobi: sag mal, ist zeitumstellung? Mir kommt diese Woche vor wie eine ewigkeit.

Ich muss lächeln.

Ich kann nicht anders, ich antworte ihm.

Emma Richter: zeitumstellung? dies ist ein schwarzes loch!

Wer auch immer er ist, in all diesem Wahnsinn ist er mein einziger Lichtblick.

Ich wünsche mir so sehr, dass er echt ist. Dass es nicht irgendein übler Scherz ist, bei dem jemand am anderen Ende sich über mich kaputtlacht. Ich frage mich, ob ich ihn bitten kann, noch mehr Fotos von sich hochzuladen. Ob wir uns einmal treffen könnten.

Will ich das?

Ich habe Angst davor, aber gleichzeitig möchte ich ihn gerne kennenlernen. Sichergehen.

Marie hat sich mit einem Jungen getroffen, und sie haben sich geküsst. Vielleicht auch mehr. Das Tagebuch ist zensiert, aber die übrig gebliebenen Passagen lassen auf einiges schließen.

Ich frage mich, wie es wäre, Tobi zu küssen. Seltsame Vorstellung …

Kassy neben mir wippt mit den Knien und kaut Kaugummi. Der Blaubeergeruch hängt in der Luft, und hin und wieder höre ich eine Blase platzen. Herr Jakobs hat bisher noch nichts gesagt, aber früher oder später wird er sie ermahnen, das Kaugummi auszuspucken. Dann klebt sie es zu den anderen unter ihren Tisch, eklig.

Tobi: in einem schwarzen Loch sind zeit und raum aufgehoben, und alles existiert für die ewigkeit.
Emma Richter: in einem schwarzen loch ist es einfach nur dunkel, und man findet den ausgang nicht.
Tobi: n1.

Ich tippe eine andere Nachricht:

Emma Richter: nach der Schule beim treffpunkt? müssen reden.

Kassys Handy piept einige Sekunden später, und sie fischt es im Sitzen aus ihrer Gesäßtasche. Nie denkt sie daran, es für den Unterricht auf lautlos zu stellen. Sie hebt eine Augenbraue. Dann tippt sie rasch und geübt:

Kass Andra: ist was passiert?
Emma Richter: ich hab Maries Tagebuch gefunden.

Ihr Kopf schnellt zu mir.

»Könnten die zwei Damen ihre Aufmerksamkeit jetzt wieder dem Unterricht widmen?« Herr Jakobs wedelt mit der Kreide in unsere Richtung. »Ihr wollt doch nicht, dass ich mich gezwungen sehe, eure Telefone einzukassieren, oder?«

Sunny kichert.

Wir stecken die Handys zurück in unsere Taschen, und ich versuche, den Ausführungen an der Tafel zu folgen, und schreibe ab, was ich verpasst habe. Blöde Formeln, die ich nicht kapiere. Ich kapiere sowieso überhaupt nichts mehr. Die Stunde ist zäh wie Kassys Kaugummi, und als es endlich klingelt, schiebe ich mich mit den anderen nach draußen, um erst mal aufs Klo zu gehen und mir eine Handvoll kaltes Wasser ins Gesicht zu schütten.

Mit Kassy zu sprechen wird nicht einfach werden. Am liebsten würde ich kneifen.

Ich eile zum Sportplatz. Bei dem Ersatzspielerhäuschen warte ich auf Kassy.

Ich klettere nicht hinauf, sondern trete davor nervös von einem Bein auf das andere. Ich weiß nicht genau, was ich ihr sagen will. Nur, dass ich mit irgendjemandem über das Tagebuch reden muss.

Immer mehr Schüler strömen aus dem Gebäude, über den Platz zu der Bushaltestelle und die Straße hinab in die Freiheit. In der Ferne sehe ich den Mann mit den grauen Haaren ins Hauptgebäude gehen.

Der Schulpsychologe schon wieder, ich werde das Gefühl

nicht los, dass er auf der Suche nach mir ist. Zum Glück bin ich hinter dem Häuschen gut verborgen.

Hier das Gespräch, wie es zwischen mir und dem Psychologen ablaufen würde:

Psychoheini: »Gibt es etwas, das du mir sagen willst?«

Ich: »Nein.«

PH: »Wie würdest du die Beziehung zwischen dir und Marie Zander beschreiben?«

Ich: »Wir waren allerbeste Freundinnen, aber ich hab Scheiße gebaut, und sie war sauer auf mich und wollte mir die Freundschaft kündigen, weil ich total fies war zu unser anderen besten Freundin. Und nun ist sie tot, und ich kann gar nichts jemals wiedergutmachen.«

PH: »Hast du Schuldgefühle wegen dem, was passiert ist?«

Ich: »Ja, natürlich habe ich Schuldgefühle, ich war ja dabei, als sie fast gesprungen ist, und ich habe sie nicht aufgehalten und ihr nicht zugehört, und jetzt ist der einzige Mensch in meinem Leben, der mir etwas bedeutet hat, tot! Wie würden Sie sich da fühlen?«

PH: »Ziemlich im Arsch.«

Danke, aber auf dieses Gespräch kann ich gut verzichten.

Ich warte bereits zehn Minuten oder so. Von Kassy ist nichts zu sehen.

Ich klettere am Zaun hoch und ziehe mich auf das Häuschen, denn von hier habe ich eine bessere Aussicht.

Während ich warte, pule ich an dem Moos, das sich langsam auf dem Wellblechdach ansiedelt. Ein rostiger Nagel rollt unter meinen Fingern davon, und ich hebe ihn auf und betrachte ihn. Der Nagel ist genauso haltlos wie ich. Ich stecke ihn in meine Hosentasche.

Kassy kommt nicht.

```
Emma Richter: wo steckst du, ich warte!?
Kass Andra: sorry, ganz vergessen, muss
arbeiten, weißt ja, das café.
```

Verblüfft starre ich auf die Textnachricht.

Jetzt weiß ich, wie Marie sich immer gefühlt haben muss, wenn sie versucht hat, sich mit uns beiden zu treffen, und Kassy einfach nicht auftauchte. Sie ist echt so was von unzuverlässig.

✢

Als ich zu Hause die Tür aufschließe, ertönt Beethovens siebte Sinfonie lautstark aus dem Wohnzimmer.

Ich lege meine Schlüssel auf die Kommode im schmalen Flur, ziehe die Turnschuhe aus und hänge meine vom Regen feuchte Jacke an die Garderobe. Es riecht nach Kohlrouladen aus der Küche, und mein Magen meldet sich rumpelnd.

Mama liegt im Wohnzimmer auf dem bequemen Sessel neben dem Kachelofen und dirigiert ganz in die Musik versunken mit den Händen mit. Sie lächelt mich an, als ich hereinkomme, und ich setze mich zu ihr.

»Mir war so nach der Siebten heute.«

Ich kuschele mich an sie, und sie nimmt mich in den Arm. Meine Mama hat mich nie gefragt, ob Marie Selbstmord begangen hat. Nicht ein einziges Mal haben meine Eltern gefragt, was mit Marie passiert ist. Sie gehen einfach davon aus, dass es ein Unfall war. Und dafür liebe ich sie.

Wir lauschen der Musik.

»Ich habe gehört, wie du neulich in deinem Zimmer Cello gespielt hast …«

»Hmmm …«

»Das war schön. Möchtest du nicht wieder Unterricht nehmen?«

»Das ist doch zu teuer«, murmele ich.

Mama streicht mir übers Haar. »Ach, das kriegen wir schon hin.«

Es kommt die Stelle in der Sinfonie, an der alles beinahe verstummt, nur um dann in einem erneuten Reigen anzuschwellen. Ich mag diese Stelle, an der sich alles neu erhebt und die Streicher lauter werden, ganz ohne Percussions. Heutige Songs definieren sich immer über ihren gleich bleibenden Beat, ohne plötzliche Tempowechsel. Das finde ich schade.

»Ich schaue mir nachher deine Hausaufgaben an, ja? Zum Nachtisch habe ich Schokoladenkuchen gebacken.«

»Danke, Mama«, sage ich, löse mich aus ihrer Umarmung und gehe in die Küche, um mir Rouladen mit ganz viel Soße aufzufüllen.

Die Schwangerschaft mit uns Zwillingen war schwierig für Mama. Sie war zu zart für gleich zwei Babys in ihrem Bauch, hat der Arzt gesagt. Papa kümmerte sich fortan rund um die Uhr um sie. Wir kamen dann zu früh und mussten im Brutkasten aufgepäppelt werden. Mama hatte am Anfang jeden Tag Angst, dass wir nicht überleben. Und auch danach noch, dass wir nie genug Gewicht zulegen würden und dass wir ganz klein und schwach und hilflos blieben. Ich glaube, das ist der Grund, warum sie Daniel und mich ständig mit Essen vollstopft.

Nach dem Essen gehe ich mit einem Stück Schokoladenkuchen hinauf in mein Zimmer. Aus Daniels Zimmer ertönen Ballergeräusche von irgendeinem Shooter. Ich gehe an seiner Tür vorbei und hoffe, dass er mich nicht hört.

Alles sieht so aus wie immer, als ich mein Zimmer betrete, das Bett ungemacht, meine Klamotten auf dem Fußboden verstreut und der Laptop geschlossen im Regal auf einem Bücherstapel. Und doch spüre ich sofort, dass etwas nicht stimmt. Ich brauche einen Moment, blicke mich um, habe das komische Gefühl, jemand sei hier gewesen. Doch erst, als ich den Teller mit dem Kuchen auf meinem Nachttischschränkchen abstellen will, fällt es mir siedend heiß ein: Maries Tagebuch hat da draufgelegen. Jetzt ist es weg.

Ich bin so dumm. Wie konnte ich es nur hier so offen herumliegen lassen!

Ich stürme zu Daniels Zimmer und rüttele an der Türklinke, aber er hat abgeschlossen. Ich hämmere an die Tür. »Hey, mach auf!«, und trete so lange dagegen, bis Daniel tatsächlich öffnet.

Er baut sich breitbeinig vor mir auf, legt seinen Arm in den Rahmen und versperrt mir so den Durchgang. In seinen Augen liegt ein fieses Glitzern, aber ich bin viel zu sauer, um mich davon abschrecken zu lassen.

»Wo ist das Tagebuch? Gib es mir wieder!«

»Ich habe keine Ahnung, wovon du sprichst.«

»Natürlich weißt du, wovon ich spreche!«, schreie ich ihn an. »Du hast es von meinem Nachttisch gestohlen!«

»Schrei nicht so rum, oder willst du Mama erklären, wie du an Maries Tagebuch kommst?«

Das bringt mich erst mal zum Verstummen. Dann stottere ich: »Marie hat es mir zur Aufbewahrung gegeben …«

»Dann hast du aber nicht sehr gut drauf aufgepasst«, sagt er und verschränkt die Arme.

»Was soll das, Daniel? Hat Kassy dich dazu angestiftet?«

»Kassy hat gar nichts.«

»Ich weiß, dass da irgendwas zwischen euch ist.«

»Einen Dreck weißt du. Halt dich von meinen Sachen fern.«

Und er macht einfach die Tür vor meiner Nase zu.

Ich fühle mich völlig hilflos. Was, zum Teufel, soll ich jetzt machen? Bei meinen Eltern petzen gehen? Dann würden sie von Daniels Drogenkonsum lesen. Außerdem würden sie bestimmt darauf bestehen, das Tagebuch Ilsa zu geben. Und dann würden alle davon erfahren, dass Marie etwas mit einem Jungen hatte, was sie um jeden Preis verhindern wollte.

Ich gehe zurück auf mein Zimer.

Ich fühle mich hundeelend. Ich habe den wichtigsten Gegenstand in Maries Leben verloren. Ich kann nur hoffen, dass Daniel seine Neugierde stillt und es mir dann zurückgibt, und nicht überall herumzeigt oder so.

Und das Allerschlimmste ist, ich bin dem Rätsel um Maries Tod keinen einzigen Schritt näher gekommen. Im Gegenteil, ich weiß jetzt gar nicht mehr, was ich glauben soll.

Die PIN fällt mir wieder ein, und rasch fische ich den gelben Post-it aus meiner Jeanstasche, hole Maries iPhone aus der Schublade meines Nachttischschränkchens und schalte es ein. Gott sei Dank hat Daniel das iPhone nicht auch an sich genommen!

Der Startbildschirm zeigt unsere strahlenden Gesichter und ich tippe die vierstellige Nummer ein, die ich in Maries Zimmer gefunden habe: 6378.

FALSCHE EINGABE. VERSUCHEN SIE ES ERNEUT.

»Mist!« Ich schreie vor Wut.

Am liebsten würde ich das iPhone gegen die Wand knallen, aber ich werfe es nur auf die Kissen auf meinem Bett.

Ich verdiene es nicht, Maries Freundin zu sein. Selbst nach ihrem Tod bin ich als Freundin eine echte Versagerin.

Kapitel 15

Marie ist nun seit über einer Woche tot, und es gab noch immer keine Beerdigung. Sosehr ich Angst davor habe, manchmal sehne ich sie mir herbei. Ich will auf den Friedhof gehen und weiße Lilien an ihrem Grab ablegen können. Ich will, dass alles endlich ein Ende hat.

Aber noch mehr möchte ich, dass sie wieder zurückkommt.

In den nächsten Tagen sitze ich in den großen Pausen ganz allein auf dem Schulhof in der Sonne, die sich jeden Morgen tapfer durch die Wolkendecke kämpft, als hätte ihr jemand gesagt, sie solle gefälligst ihren Job machen. Ich lese meistens einfach.

Heute sitze ich auf der kleinen Mauer am Blumenbeet und gehe die Englischvokabeln durch. Morgen ist Donnerstag, und jeden Donnerstag schreiben wir einen Test. Ohne Ausnahme. Ich decke die Buchhälfte mit der deutschen Übersetzung mit einer Hand zu und gehe die Wörter einzeln immer wieder stumm durch, ohne meine Lippen zu bewegen. Ich sehe meinen Mitschülern beim Lästern zu und blinzele gegen das Sonnenlicht.

»Das ist doch die, die ihre Freundin in den Selbstmord getrieben hat«, höre ich jemanden hinter mir im Vorbeigehen flüstern, aber ich drehe mich nicht um und weiß nicht, wer es ist. Meine Ohren werden heiß, und ich gebe mir die größte Mühe, so zu tun, als hätte ich nichts gehört.

Ich bin zur Außenseiterin geworden.

Ich sehe, wie meine Mitschüler über mich tuscheln, die Köpfe in den Nacken werfen und lachen, zweifellos, weil sie einen fiesen Witz gemacht haben.

Ich sehe, wie sogar die aus der Unterstufe einen Bogen um mich machen. Ich weiß nicht mehr, wem ich vertrauen kann.

Ist einer von den hochgeschossenen, schlaksigen Typen, die an der Mauer lehnen und sich gegenseitig auf die Oberarme boxen, vielleicht der Junge, in den Marie sich verliebt hatte? Ist einer von denen derjenige, den sie geküsst hat und mit dem sie vielleicht auch …? Bei dem Gedanken, Marie könnte mit einem von diesen Spinnern im Bett gewesen sein, dreht sich mir der Magen um. Die Jungs hier sind alle solche Vollidioten. Wie oft haben wir das Thema durchgekaut, in Maries Zimmer, auf ihrem großen, weichen Bett. Die Beine übereinandergeschlagen, haben wir kichernd die Frage erörtert, wer von den Jungs küssenswert sei. Keiner, fand ich, und Kassy stimmte mir zu. Wenn Marie einen Freund gehabt hat, dann muss es jemand außerhalb der Schule gewesen sein.

Emma Richter: vokabel des tages: deficiant.
Tobi: challenge des tages: durchstehen bis zum mittag.

Inzwischen schreiben Tobi und ich uns mehrmals täglich.

Aber ich kann Tobi nicht vertrauen, meine Instinkte sagen mir, dass er etwas mit Maries Tod zu tun hat. Ich schicke ihm Nachrichten und rechne damit, dass bei irgendjemandem meiner Mitschüler das Handy vibriert. Dass einer von ihnen Tobi ist.

Zwischen den Fächern laufe ich von einem Raum zum nächsten, und manchmal rempelt mich jemand an oder stellt mir »aus Versehen« ein Bein. Ich versuche, mich wieder in die unsichtbare Emma Richter zu verwandeln, die, die immer neben Marie herlief und niemanden interessierte. Ich dachte, die Gerüchte würden bald versiegen und die Schule sich wieder einem anderen Skandal zuwenden. Aber es hört einfach nicht auf. Es wird nur schlimmer. Zuerst hieß es, Marie habe Selbstmord begangen, und dann, sie sei magersüchtig und depressiv gewesen. Dann erzählten zwei Zwölftklässler bei den Chemielaboren herum, Marie und ich hätten einen Selbstmordpakt geschlossen und wollten gemeinsam von der Klippe springen. Nur hätte ich in letzter Sekunde gekniffen. Seit Neuestem heißt es, ich hätte zugesehen und sie nicht aufgehalten, als sie an den Klippen entlangtorkelte, weil ich eifersüchtig gewesen war auf ihren Erfolg als Model. Die Geschichten werden immer absurder, aber die Leute scheinen sie trotzdem zu glauben. Alle erzählen es ihren Freunden weiter, und die erzählen es ihren Freunden weiter, bis es immer mehr Varianten von Maries Tod gibt. Und in allen Varianten bin ich auf die eine oder andere Weise schuld.

Ich weiß nicht, wie ich das stoppen kann.

Ich beeile mich, zu den Biologieräumen zu kommen, die ganz am anderen Ende des Gebäudes in einem Anbau untergebracht sind, wo es immer so nach Desinfektionsmittel riecht. Ich vermute, dass Kassy schon dort ist, und möchte mich möglichst in ihrer Nähe aufhalten, denn dann lassen die anderen mich in Ruhe und halten ihre dreckigen Mäuler.

Wenn ich das Tagebuch noch hätte, würde ich mit Kassy darüber reden. Aber ich glaube, Daniel hat es noch immer in seinem Zimmer, denn Kassy hat sich nie anmerken lassen, dass sie etwas von den Enthüllungen im Tagebuch weiß. Ich erkenne Kassys Stimme, bevor ich um die Ecke biege. Sie scheint sich mit einem Pulk von Leuten zu unterhalten, ich höre das gedämpfte Getuschel.

»… Selbstmord ist echt krass …«

Ich bleibe mitten im Lauf noch vor der Ecke stehen. Schon wieder? Haben die denn nicht endlich mal ein anderes Thema wie Sunnys hässliches neues Outfit, unseren Biolehrer, der nach Mäusekot stinkt, oder das Video von einem besoffenen und lallenden Christian, das auf einer Party aufgenommen wurde und gerade auf Facebook rumgeht? Ich hätte da echt ein paar Ideen. Ich presse mich an die Wand und lausche.

»Merkt man das denn nicht, wenn die beste Freundin einen Selbstmord plant?«

Jetzt wird Kassy gleich zurückschnappen, und dann können die sich auf was gefasst machen.

Doch dann höre ich Kassy laut und deutlich sagen: »Ich habe immer gespürt, wie traurig Marie war. Ich wollte mit Emma darüber reden, aber sie hat immer alles abgeblockt. Emma wollte es nicht wahrhaben.«

Ich halte die Luft an. Hat sie das wirklich gerade gesagt? Alles Blut weicht mir aus dem Gesicht.

»Sie lebt echt in ihrer eigenen Welt.«

Ich höre zustimmendes Gemurmel.

»Ich glaube, Emma denkt nur an sich.«

Jedes Wort ist wie ein Nadelstich. Auf einmal wird mir klar, warum die Gerüchte nicht verstummen. Weil Kassy es ist, die sie verbreitet.

Meine Finger werden ganz klamm und fangen an zu kribbeln.

Die Klippe bricht ein zweites Mal ab und reißt auch Kassy von mir fort.

Ich drehe mich um und renne den Gang zurück, den ich gekommen bin, meine Tasche mit den Schulbüchern an mich gepresst. Kassys Worte wie Nadelstiche in meinem Herzen.

Ich fliehe aus dem Gebäude, als wäre der Tod hinter mir her. Ich stoße die schweren Glastüren auf und hechte nach draußen. Aus dem Augenwinkel sehe ich den grauhaarigen Schulpsychologen, der in seinem Trenchcoat am Eingang zur Turnhalle lauert und die Schülerschar beobachtet.

Alle haben sich gegen mich verschworen.

✢

Ich liege wieder einmal in meinem Zimmer und starre an die Decke. Mir ist schlecht, denn ich habe meinen ganzen Vorrat an Schokolade aufgegessen und eine Packung Kekse aus dem Küchenschrank dazu. Die Verpackungen sind über meiner Patchwork-Tagesdecke verstreut, und ich liege in den Krümeln. Ich schäme mich dafür, aber ich hatte einfach nicht die Kraft, mich zu widersetzen.

Kassys Worte hämmern in meinem Kopf.

Im Deutschunterricht sprechen wir gerade über Heidegger und über die Frage, ob man einen Künstler und sein Werk trennen kann.

Ich weiß nichts über Heidegger, aber wenn es stimmt, dass die Taten eines Menschen ihn ausmachen, dann kann ich Kassy nicht verzeihen, was sie getan hat.

Herr Jakobs hat gesagt, dass die Wahrheit der Lüge immer vorzuziehen ist.

Aber verdammt, die Wahrheit tut weh.

Und am allermeisten habe ich Angst davor, dass Kassy recht haben könnte.

Dass Marie wirklich nicht mehr leben wollte.

Ich war ihre beste Freundin und habe nichts davon gemerkt.

Ich bin diejenige, die tot sein sollte.

Ich hasse mich selbst.

Der Flyer vom schulpsychlogischen Dienst liegt zusammengeknüllt zwischen meinen Büchern.

Fühlst du dich traurig, niedergeschlagen,
müde und verzweifelt?

Ich nehme einen Stapel Kissen, baue sie um mich herum auf und verkrieche mich darin. Als Kind habe ich das oft getan: mir mit Decken und Kissen eine Höhle gebaut und mich darin verkrochen. Aber am schönsten war es immer, die Höhle mit Marie zusammen zu bauen und mich gemeinsam mit ihr in der schützenden Wärme und Weichheit zu verstecken.

Marie war so schön und so talentiert. Sie hätte leben und nach Australien fliegen sollen. Verdammt, sie hätte zumindest achtzehn Jahre alt werden sollen, damit sie ihren Führerschein hätte machen können. Dann wären wir zusammen herumgecruist. Zur Ostsee. Wo auch immer sie hinwollte.

Ich dagegen. Ich bin nur ein Stück Scheiße, das es nicht wert ist, weiterleben zu dürfen. Vielleicht sollte ich mir auch einen hohen Punkt suchen, ein Hochhaus oder eine Brücke oder so was

Ähnliches, von dem man herunterspringen kann. Dann wär das alles endlich vorbei.

Fühlst du dich überflüssig und hast das Gefühl,
es wäre besser, wenn du tot wärst?

Ich ziehe den Laptop zu mir, fahre ihn hoch, öffne Facebook und suche nach Tobi. Er ist nicht online.

Ich kann ihn nicht anrufen, ich habe seine Nummer nicht, alles was ich habe, ist dieses Profil auf der Facebook-Seite.

Ich frage mich immer mehr, wer er eigentlich ist.

Also führe ich eine Bildsuche mit seinem Profilfoto durch, in der Hoffnung, dass er noch auf anderen Social-Media-Plattformen angemeldet ist.

Sein Foto wird von der Suchmaschine sofort gefunden.

Es gehört zu einer Band namens »Growlicious«. Aha. Ich glaube nicht, dass Tobi in einer Band spielt. Ich folge den Links zu seiner Homepage.

Aber der Junge auf dem Foto heißt gar nicht Tobi.

Und er wohnte auch nie in Nienbrook. Der Junge auf dem Foto heißt Dave, lebt in London, ist einundzwanzig und spielt Bass in einer Band. Wer auch immer mit mir auf Facebook chattet, es ist nicht der Typ auf diesem Foto.

Ich bin nicht überrascht.

Ich starre auf das Titelbild, das als einzige Zierde Tobis leeres Facebook-Profil schmückt: Obito Uchiha aus Naruto, der auch Tobi genannt wird. Nach dem Verlust seiner großen Liebe ist Obito angeblich dem Wahnsinn verfallen.

Was soll der Scheiß?

Warum belügt Tobi mich?

Es gibt eigentlich nur eine Erklärung: Tobi ist der Junge, in den Marie verliebt war.

Fuck, warum hab ich ihm so viel anvertraut? Warum hab ich Kassy vertraut? Warum hab ich überhaupt irgendjemandem jemals vertraut?

Fühlst du dich wertlos, dumm
und zu nichts nutze?

Ich hasse Kassy dafür, dass sie hinter meinem Rücken Scheiße über mich redet. Dass sie verbreitet, Marie habe sich umgebracht. Dass sie mich in der Schule überall schlechtmacht, sodass niemand mehr mit mir redet. Okay, vermutlich habe ich es verdient. Wie du mir, so ich dir. Aber kapiert sie nicht, dass Marie jetzt in den Augen aller als Selbstmörderin dasteht? Ich will nicht, dass man so an Marie denkt.

Knapp ein Drittel aller Selbstmörder hinterlassen Abschiedsbriefe. Sagt Google.

Marie hat keinen Abschiedsbrief hinterlassen. Obwohl sie so gern schrieb. Ich schätze, es ist leichter, sich einfach fallen zu lassen. Denn wenn man an die denkt, die man zurücklassen wird, dann verlässt einen vielleicht der Mut.

Auch in ihrem Tagebuch schreibt sie nichts davon, dass sie an den Tod als Ausweg denkt. Oder doch? In ihrem Tagebuch ist sie durcheinander, wütend und total verknallt.

Ich kenne diese Marie nicht.

Ich kann das, was passiert ist, einfach nicht mit meinem Bild von ihr in Einklang bringen. Dabei dachte ich, ich sei ihre beste Freundin.

Fühlst du dich ungebraucht, missverstanden
und in die Ecke geschoben?

Wenn ich beweisen will, dass Marie sich nicht umgebracht hat, muss ich Tobi finden. Wenn er ihr Freund war, dann weiß er mehr, als ich:

Emma Richter: ich weiß, wer du bist. lass uns treffen.

Keine Antwort.

Papa klopft an meine Zimmertür.

»Kann ich reinkommen?«

»Ich zieh mich gerade um.« Ziemlich lahme Ausrede, aber ich will nicht, dass er hereinkommt und mich in meinem Kissen-und-Kekspackung-Elend sieht.

»Ich wollte fragen, ob du mit mir in den Baumarkt fährst«, ruft Papa durch die Tür.

»Keine Lust.«

»Letzte Chance, die neuen Kacheln fürs Badezimmer mit auszusuchen.«

Ich weine stumm vor mich hin. Ich hoffe, er hört es nicht an meiner Stimme. Auf einmal bin ich so froh, dass Papa da ist. »Okay, ich komme gleich«, würge ich hervor.

Wenn Tobi sich nicht auf ein Treffen einlässt, weiß ich nicht, wie ich ihn ausfindig machen soll.

Ich schäle mich aus den Decken und Kissen hervor.

Zehn Minuten später habe ich mich umgezogen, meine Haare gekämmt, mein Gesicht gewaschen und gehe nach unten. Ich schätze, man sieht mir noch immer an, dass ich geweint habe, aber Papa sagt nichts. Er hält mir nur wie ein Gentleman die Haustür auf.

Papa räumt einen Stapel mit Hausaufgaben vom Beifahrersitz und lässt mich vorn sitzen. Normalerweise ist das Daniels Privileg. Ich schnalle mich brav an und drehe an den Knöpfen des Radios, bis wieder Klassikradio eingestellt ist.

Papa lächelt. »Ich habe mir gedacht, wir streichen die Wände in einem hellen Grau und nehmen dafür bunte Kacheln über dem Waschbecken.« Er reicht mir den Katalog, in dem er bereits markiert hat, was er besorgen will, und schaltet in den Rückwärtsgang.

»Vielleicht auch ein neues Waschbecken für Daniel und dich? So ein modernes eckiges? Damit ihr euer eigenes Reich habt. Mama und ich nehmen dann das Bad im Erdgeschoss, und du kannst mit deinen Freundinnen so viel Zeit vor dem Spiegel verbringen, wie du willst.«

Als ob ich so was jemals getan hätte. Und jetzt, wo Marie fort ist, mach ich das sicher nie mehr.

Aber Papa meint es nur gut. Als Mama mit uns Zwillingen so plötzlich schwanger wurde, kaufte Papa das altmodische Reihenhaus mit den Buntglasfenstern aus den Siebzigern neben der Haustür und versprach ihr, es herzurichten, bevor wir aus dem Krankenhaus kamen. Er fuhr die ganzen sechs Wochen, die wir im Brutkasten lagen, täglich in den Baumarkt und kaufte Tapetenkleister und Teppichmesser und Bauschaum. Aber er kam nie dazu, seine angefangenen Projekte zu Ende zu führen. Er zog die Wand durch das Kinderzimmer, sodass Daniel und ich später jeder ein eigenes Zimmer hatten, aber die Treppe im Flur ist noch immer ohne Bodenbelag und das Bad im Erdgeschoss seit sechzehn Jahren ohne funktionierenden Lichtschalter. Papa hat zwei linke Hände.

Ich betrachte ihn von der Seite. Die Sonne scheint schräg durch das Seitenfenster und lässt seine grauen Bartstoppeln fast weiß aussehen. Er trägt immer solche Sachen, die ihn gleich auf den ersten Blick als Lehrer entlarven. Hemden mit ärmellosen Pullundern darüber und sogar so einen Pullover, bei dem die Ellbogen mit Lederapplikationen verstärkt sind. Deswegen fahre ich nicht gern mit ihm irgendwohin, weil es mir peinlich ist, mit ihm gesehen zu werden. Schlimm, oder?

Ich glaube, Marie hat sich auch manchmal dafür geschämt, mit mir gesehen zu werden. Ich glaube, manchmal hat sie sich gewünscht, mich los zu sein. Mit Kassy auf Partys zu gehen, ohne sich um mich kümmern zu müssen.

Papa fährt an Autohäusern vorbei die Straße ins Gewerbegebiet hinein und trommelt dabei die Melodie mit seinen Fingern auf dem Lenkrad mit. Ich wünschte, ich könnte ihm erzählen, was mich bedrückt. Aber selbst er wäre dann enttäuscht von mir.

Die Luft im Baumarkt ist kühl von der Klimaanlage, und ich bekomme sofort eine Gänsehaut. Leise Klaviermusik berieselt uns.

Papa geht die turmhohen Regale entlang und steuert auf die bunten Fliesen zu, die er schon im Katalog betrachtet hat. So kleine, quadratische in allen Farben auf einem Gummigitter. Ich trotte hinterher.

»Was hältst du von denen hier?«, fragt Papa mich, und ich weiß, dass er eigentlich schon längst eine Entscheidung getroffen hat und nur fragt, um mich mit einzubeziehen. Auch wenn er damit die Regeln des Richter-Familienrats bricht.

»Die sind schön«, sage ich.

Er lächelt. Aber nicht nur wegen der blöden Kacheln. Ich sehe es an seinen Augen, meine Antwort macht ihm Hoffnung, dass es mir besser geht. Dass ich langsam über Maries Tod hinwegkomme und mich wieder für die Welt interessiere.

Kinderleicht anzubringen steht auf dem Schild an dem Regal mit den Fliesen, und Papa vertieft sich in eine Anleitung. Meine Finger fahren über die glatte Glasoberfläche, und ich spiegele mich in den blank polierten Duscharmaturen. Ich sehe blass aus. Und sogar ein bisschen dünner.

»Wir brauchen noch Fliesenkleber, einen Zahnspachtel und Fugenmasse«, sagt Papa und sieht ein klein wenig so aus, als hätte er sich doch zu viel vorgenommen.

»Wir schaffen das schon«, sage ich und deute auf das Schild *Kinderleicht*.

Papa legt den Arm um mich. »*Nur die Sache ist verloren, die man selbst aufgibt!* – Gotthold Ephraim Lessing.«

Und wir schlendern gemeinsam an den hohen Regalen entlang zu den Wandfarben und den *hundert Möglichkeiten zur Verschönerung Ihrer Wohnlandschaft*.

✣

Papa und ich stürzen uns in das neue Projekt. Es tut gut, etwas zu tun zu haben, Klebemasse anzurühren und mit den Händen aufzutragen. Das Bad auszuräumen und halb leere Duschgelpackungen und angetrocknete Kosmetikdosen in den Mülleimer zu werfen.

Papa macht das Grobe, ich die Feinarbeit. Es stellt sich heraus, dass wir ein gutes Team sind.

Tobi schweigt beharrlich.

Das Telefon klingelt, und Mama geht ran. Es ist Ilsa. Sie sagt meiner Mutter, dass Maries sterbliche Überreste zur Beisetzung freigegeben wurden. Nächsten Sonntag ist die Beerdigung.

Mama hält die Hand vor den Hörer und sieht mich an. Papa hebt den Kopf in meine Richtung.

Ich bin überrascht, dass es auf einmal so schnell geht, aber auch erleichtert. Ich nehme den Spachtel und schmiere weiter Fugenmasse auf die neu verklebten Kacheln.

Kapitel 16

Am nächsten Tag liegt ein cremeweißer Briefumschlag im Briefkasten. Es ist die offizielle Einladung zur Beerdigung. Die Karte ist ebenfalls cremeweiß, mit schöner geschwungener Schrift, sodass ich das absurde Gefühl habe, ich werde zu einer Hochzeit eingeladen. Ilsa muss die Karten ausgesucht haben. Das dünne Papier des Umschlags knistert unter meinen Fingern. Marie hätte es gefallen. Ich lege die Einladung zu Maries anderen Briefen in den Schuhkarton. Dann räume ich den Karton weg.

Ich habe nichts anzuziehen, und meine Mutter nimmt mich Freitag vor der Beerdigung mit in die Innenstadt zu Karstadt in die Damenabteilung. Den Laden würden Kassy und Marie nicht einmal als Leiche betreten (schlechter Witz, ich weiß), wenn sie mich hier sehen könnten, würden sie kreischen vor Lachen. Aber ich sage nichts und trotte Mama hinterher, einfach nur froh, dass sie das für mich übernimmt. Sie wühlt durch die langen Stangen und hält mir einen Haufen schwarzer Kleider und Röcke hin, aber ich schüttele den Kopf. Ich mag nicht meine Beine zeigen (und vor allem nicht meine knubbeligen Knie), daher frage ich, ob ich nicht einen Hosenanzug tragen kann. Marie und Kassy hätten versucht, mich zu einem Rock zu überreden, aber meine

Mutter nickt nur und geht weiter zu den Damenhosen. Sie sucht mir einen Zweiteiler aus, dessen glänzender Blazer eigentlich ganz schön ist und den ich auch später in der Schule anziehen könnte, wenn das nicht zu makaber wäre. Ohne Marie und Kassy bin ich beim Einkaufen echt aufgeschmissen, so sehr, dass meine Mutter mir sagen muss, welche Kleidergröße ich habe und welche Passform ich als Hose brauche, damit mein Hintern reinpasst.

Die Nacht von Samstag auf Sonntag schlafe ich schlecht. Ich wälze mich hin und her und finde keine Ruhe, mein Herz klopft, als hätte ich Espresso getrunken. Wahrscheinlich habe ich meinen Vorrat an Schlaf bereits aufgebraucht, denn ich bin noch nicht mal ansatzweise müde. Daniel im Zimmer nebenan schläft auch unruhig, ich kann durch die dünne Trennwand hören, wie er sich im knarzenden Bett wälzt.

Ich möchte Kassy eine Nachricht schicken, aber mir fällt ein, was sie getan hat.

Ich möchte Tobi schreiben, aber Tobi schweigt.

Ich habe ihm ein Dutzend wütender Nachrichten auf seiner Pinnwand hinterlassen, nachdem er mir nicht mehr geantwortet hat.

Emma Richter: ich weiß, warum du dich nicht mit mir treffen willst. Wenn du dich traust, komm zur Beerdigung.

Aber er antwortet nicht.

Ein ganz kleiner Teil von mir vermisst es, mit ihm zu reden.

Okay, ein ganz großer Teil.

Da kann man mal sehen, was für ein Idiot ich bin.

Der Wecker reißt mich ziemlich früh aus dem Schlaf. Durch

das Rollo an meinem Dachfenster fällt helles Licht und sprenkelt die orangefarbene Tagesdecke, die zusammengerollt an meinem Fußende liegt.

Es ist Sonntag.

Heute wird Marie beerdigt.

Die Wolkendecke ist noch nicht ganz aufgebrochen, aber im Laufe des Tages soll es richtig schwül werden.

Ich schleiche die Treppe hinunter in die Küche. Alle bewegen sich leise im Haus und flüstern nur miteinander, während ich rasch einen Toast hinunterwürge und den Orangensaft, auf den meine Mutter besteht. Daniel trägt ebenfalls einen alten, schwarzen Blazer zu neuer, dunkler Jeans. Der Blazer spannt an seinen breiten Schultern so sehr, dass man denkt, die Nähte werden bei einer einzigen falschen Bewegung platzen. Wenigstens hält ihn das davon ab, mich wieder zu terrorisieren. Er sieht aus, als hätte er in eine Zitrone gebissen, als er zu uns ins Auto steigt und neben mir auf die Rückbank muss, weil Mama vorn sitzt. Der Kofferraum ist voll mit Kaminholz, das Papa im Baumarkt gekauft hat. Ich mag den alten Ofen, obwohl er mit seinen hässlichen grünen Kacheln echt keine Schönheit ist, aber im Winter sitze ich gern daneben und lese ein Buch.

Papa fährt uns zum Haus der Zanders. In der Auffahrt stehen richtig viele Autos, und Papa lässt mich kurz rausspringen, und fährt dann weiter, um einen Parkplatz zu finden. Die Haustür ist offen, aber ich klingele dennoch, bevor ich reingehe.

Ilsa und Udo sitzen auf der Couch im Wohnzimmer und reden mit einem Mann, der aussieht, als wäre er vom Bestattungsunternehmen. Er ist von Kopf bis Fuß in Schwarz gehüllt und hat ein bleiches Gesicht. Nachbarn und ein paar Freunde stehen herum und warten in der Küche. Einige sehen mich an, als ich langsam vorbeigehe. Ich frage mich, wie ich mich verhalten soll.

Es ist genauso schlimm wie in der Schule. Alle glotzen, und ich merke, wie eine Frau auf mich deutet: »Das ist ihre Freundin. Sie war dabei …«

Ich wünschte, ich könnte in den Fliesen versinken.

Conny kommt auf mich zu. Ich hätte sie fast nicht wiedererkannt ohne ihre bunten Ketten und ohne die nackten Füße. Heute ist wohl das erste Mal in ihrem Leben, dass sie Schwarz trägt. Es steht ihr nicht. Sie sieht auf einmal ihrer Schwester Ilsa sehr ähnlich.

»Emma. Schön siehst du aus. Ich mag dein Armband, hast du es selbst gemacht?«

Ein wenig verlegen fummele ich an den Lederknoten herum. Es ist ein neues Band, der Nagel hängt daran, den ich am Ersatzspielerhäuschen gefunden habe, und der kleine, stummelige, fast nicht mehr vorhandene Erniebleistift mit abgekautem Ende.

»Ich bastele manchmal Schmuck«, murmele ich und versuche, das Lederarmband unter den Ärmel meines Jacketts zu schieben.

»Das sieht schön aus«, sagt sie und zieht es wieder hervor. »Kreativ. Genau wie Marie es war.« Sie lächelt. »Ich bin froh, dass du da bist, Ilsa ist kurz vorm …« Sie atmet tief ein. »Ilsa ist nicht gut auf mich zu sprechen.« Plötzlich sieht sie sehr traurig aus. »War sie noch nie. Wo sind deine Eltern?«

»Äh, draußen im Wagen, sie suchen nach einem Parkplatz, ich dachte, es geht bald los …«

»Ja, eigentlich müssten wir jetzt zum Friedhof aufbrechen. Vielleicht gehst du zu Ilsa und sagst ihr das? Wir wollen doch nicht zu spät zu Maries Trauerfeier kommen, oder?«

Conny entlässt mich aus ihrer Umarmung und drückt meine

Schultern. Ihre Augen suchen meine, und einen Moment lang huscht ein Schatten über ihr Gesicht.

»Wie konnte das nur passieren, Emma? Ich meine … wenn ich das gewusst hätte …«

Na toll, denke ich, noch jemand, der sich verantwortlich fühlt für Maries Tod.

»Niemand konnte wissen, dass so was passieren würde«, wispere ich und bete, dass es überzeugend klingt.

Seit dem Tagebuch weiß ich nicht mehr, was ich denken soll. Ich weiß nicht mehr, ob ich Marie überhaupt gekannt habe. Aber das kann ich niemandem sagen.

»Natürlich nicht, Süße. Ich rede dummes Zeug. Für dich muss das alles ja auch ganz schrecklich sein, ich mag mir kaum vorstellen … Komm, wir gehen besser ins Wohnzimmer.«

Conny schiebt mich vor sich her in den großen Raum mit der weiten Fensterfront, die in den Garten zeigt. Die Terrassentür steht offen und lässt eine Brise durchs Haus ziehen. Warm streicht sie um meine Knöchel. Ich trage zum ersten Mal in meinem Leben schwarze Nylonstrümpfe. Ich habe sie von meiner Mutter geliehen, und sie fühlen sich komisch an auf der Haut, aber zu dem Hosenanzug hätte nichts anderes gepasst.

Conny schiebt mich auf Ilsa und Udo zu, die auf der weißen Ledercouch sitzen, Händchen halten und mit dem Bestattungsunternehmer diskutieren. Am liebsten würde ich mich umdrehen und weglaufen.

»Na, los«, raunt Conny mir ins Ohr. Ich fühle mich wie ein Soldat beim Morgenapell, der als Freiwilliger für eine harte Mission ausgewählt wurde.

»Mein Beileid«, flüstere ich zum ersten Mal an diesem Tag, und traue mich kaum, Ilsa anzusehen.

Sie sieht schlimm aus, trotz des sorgfältigen Make-ups und des Mascara um die Augen. Hohl wie ein Geist und ganz und gar nicht so, als wäre sie in der Lage, den heutigen Tag durchzustehen.

Ich fühle mich genauso, aber dennoch sage ich: »Ich glaube, es wird Zeit. Meine Eltern warten draußen. Sollen wir los?«

»Nein, wir können noch nicht los«, schnappt Ilsa, und ich kann hören, dass sie richtig angepisst ist. »Ralf ist noch nicht hier.«

Der Mann vom Bestattungsinstitut sieht auf die Uhr. »Ich bedaure, aber wir können nicht länger warten.«

»Er kann ja nachkommen. Du kennst ihn, er kommt immer zu spät«, sagt Conny, aber ich sehe ihr an, dass sie nicht daran glaubt, dass er noch auftauchen wird.

Er hat sich schon immer herzlich wenig um Marie gekümmert. Aber dass er nun nicht einmal zu ihrer Beerdigung auftaucht …

»Er darf nicht zu spät kommen, er muss die Trauerrede halten!«, faucht Maries Mutter, und es ist mehr Zorn als Enttäuschung in ihrer Stimme.

»Vielleicht kann jemand anderes für die Trauerrede einspringen?«, versucht der Mann vom Bestattungsinstitut zu vermitteln, »der Pastor hat nur eine Stunde Zeit, danach muss er noch zu einer weiteren Beisetzung.«

Da sagt Conny: »Udo kann ja die Trauerrede halten, wir müssen jetzt echt los …«

Mein Mund ist auf einmal ganz trocken. Ich will nicht, dass Udo die Rede hält, das ist das Letzte, was Marie gewollt hätte. Ich sehe Conny an und hoffe, dass sie mitspielt.

Dann sage ich: »Ich kann die Trauerrede halten. Marie war ja meine beste Freundin.«

Ilsa will protestieren, doch Tante Conny strahlt: »Das ist eine hervorragende Idee! Komm jetzt, Ilsa, wir müssen …«

Ilsa sieht nicht überzeugt aus, aber sie steht auf und lässt sich von Udo zur Tür führen. »Hast du die Autoschlüssel? Und kann jemand bitte die Fenster schließen, bevor wir gehen?«

Die kleine Schar an Leuten macht sich auf, das Haus zu verlassen.

Und dann höre ich, wie Ilsa Conny anzischt: »Ich will nicht, dass sie die Rede hält!«

Und in diesem Moment weiß ich genau, dass Ilsa denkt, ich hätte den Tod ihrer Tochter verhindern können.

»Emma trauert genauso wie du und ich und wie wir alle«, flüstert Conny, während sie mit Ilsa und Udo zu dem silbergrauen BMW in der Einfahrt geht, der unter dem Ahorn parkt. »Sie wird eine ganz wundervolle Rede halten.« Kurz vor dem Wagen blickt sie sich noch einmal suchend um. »Wo steckt Tom schon wieder? Der Junge treibt mich in den Wahnsinn.«

Ich trotte hinterher, die noch grünen Propeller des Ahorns kreiseln auf mich herab und verfangen sich in meinem Haar. Ich finde den Wagen meiner Eltern in einer Nachbarauffahrt, öffne die Tür und setze mich wieder auf die Rückbank neben meinen Bruder.

Die ganze Fahrt zum Friedhof über kann ich nur an eines denken: Was um Himmels willen soll ich bloß sagen?

✣

Wir fahren zum Friedhof Ohlsdorf.

Er ist einer der größten Friedhöfe Europas, und sieht aus wie ein Park. Im letzten Sommer sind wir hier mal mit meinen Eltern spazieren gegangen, als der Rhododendron so wie jetzt in leuchtendem Pink und Rot und Gelb blühte. Beinahe kann man vergessen, dass man sich auf einem Friedhof befindet, wenn da nicht die Grabsteine zwischen den Bäumen wären und die Engelsstatuen, deren Flügel hinter Büschen in den Himmel aufragen.

Die Trauerfeier findet in einer kleinen, roten Backsteinkapelle mitten auf dem Friedhof statt, wir müssen ein ganzes Stück laufen. Der Friedhof ist so groß, es fährt sogar eine Buslinie mittendurch, und der Weg kommt mir ewig vor. Die Sonne ist nun endgültig hinter den Wolken hervorgekommen und brennt auf uns herab, was irgendwie falsch ist. Sollte es nicht regnen, und sollten wir uns nicht unter Regenschirmen in der Kälte aneinanderklammern, wie im Film?

Es ist so heiß, dass ich froh bin, in den Schatten der Kapelle zu treten. Hier drinnen ist es kühl, es riecht muffig nach feuchten Steinen. Das ganze Gebäude ist irgendwie schäbig, an der Decke sind Wasserflecken, und der Boden hat im Lauf der Jahrzehnte jeglichen Glanz verloren. Aber der Sarg am anderen Ende des Raumes ist hübsch aufgebahrt. Er ist komplett weiß und glänzt, als läge niemand anderes als Schneewittchen persönlich darin und warte auf seinen Prinzen. Überall sind Blumen, der Raum quillt geradezu über vor Schneebällen, weißen Rosen, Lilien und ineinandergeschlungenen Callas, man fühlt sich echt wie auf einer Hochzeit. Und mittendrin, neben dem Sarg, steht ein Foto von Marie in einem schönen Rahmen. Das Foto ist bei einem ihrer Modeljobs von einem Profi aufgenommen worden, also richtig ausgeleuchtet und so, und sie sieht ein wenig künstlich darauf aus, aber wunderschön.

Ilsa, Conny und Udo sitzen bereits in der erste Reihe, die für die engsten Angehörigen vorgesehen ist, und meine Eltern, Daniel und ich setzen uns in die zweite Reihe, direkt dahinter. Die Bank ist schmal und hart, man hat kaum Platz. Neben Conny, Udo und Ilsa sind noch zwei Plätze frei – Maries Vater ist tatsächlich nicht gekommen – und neben mir ist auch ein leeres Loch: Wo bleibt Kassy?

Ich blicke nach hinten und schaue zu, wie die Reihen sich füllen, sehr viele Leute sind gekommen, um von Marie Abschied zu nehmen, ganz hinten stehen die Leute sogar und verstopfen den Eingang. Der halbe Jahrgang ist da, Schüler, die Marie kaum kannten, und ich frage mich, was sie hier zu suchen haben. Ich sehe auch ein paar Lehrer, Herrn Jakobs und den Direktor unserer Schule.

Obwohl in der ersten Reihe noch Platz ist, setzt sich niemand dorthin, und Maries Mutter bietet auch niemandem den Platz an. Sie bemerkt es nicht.

Ich kann es nicht fassen, dass Kassy sich drückt. Ich starre auf den weißen Sarg und denke: Da liegt Marie jetzt also drin. Die Vorstellung ist bizarr. Aber irgendwie wird alles, jetzt, da ich auf ihrer Beerdigung sitze, erst wirklich real.

Marie ist seit zwei Wochen tot, und manchmal hat es sich so angefühlt, als wäre sie einfach nur verreist. Außer in der Schule, da war ihr Fehlen falsch und sehr real. Aber jetzt wird mir klar, dass meine Freundin wirklich tot ist, dass Marie nie wieder zurückkommen wird. Heute legen sie sie in die Erde, und sie wird nie wieder etwas anderes sehen als Dunkelheit.

Kassy hastet als eine der Letzten in die Kapelle, kurz bevor die Türen geschlossen werden, und rutscht auf den Platz neben mir.

»Hey.«

»Hey.«

Sie hat ihre Haare zurückgekämmt zu einem Knoten und trägt

ein schlichtes, schwarzes Kleid. Kassy sah noch nie in ihrem Leben so brav aus wie heute. Aber sie ist sichtlich durch den Wind und fummelt an ihrem Smartphone herum. Ich glaube, sie ist betrunken, sie riecht nach Alkohol.

Papa legt den Arm um mich, als der Pastor durch den Mittelgang nach vorn schreitet.

Ich schaudere.

Conny blickt sich um, als suche sie jemanden. Hofft sie, dass Maries Vater im letzten Moment noch auftaucht? Ich folge ihrem Blick, am Pastor in seinem schwarzen Talar vorbei, zu den hinteren Reihen.

An der Tür steht ein Mann, der mir irgendwie bekannt vorkommt, wegen seiner grauen Haare. Ich sehe viele Gesichter, die auch auf der Party waren. Ich sehe Mareike schüchtern in der letzten Reihe stehen, und weiter hinten lehnt ein Typ in einem schwarzen Kapuzenpullover an der Wand. Sein Gesicht ist im Schatten verborgen, seine Fäuste stecken in der Bauchtasche. Als er meinen Blick bemerkt, stößt er sich von der Mauer ab, drängelt sich an den Umstehenden vorbei und verschwindet durch eine Seitentür nach draußen. War das Tom, Maries Cousin? Oder wieder dieser Typ, den ich von der Klippe habe weglaufen sehen und den ich später vor meinem Fenster auf der Straße beobachtet habe???

Vielleicht ist das sogar Tobi, durchfährt es mich, und ich will aufstehen und ihn verfolgen, aber es ist zu spät, die Zeremonie hat begonnen.

Kassy drückt auf ihrem Handy herum. Zuerst denke ich, sie will es für den Gottesdienst ausschalten, aber dann sehe ich, dass sie auf Facebook durch eine Reihe von Fotos scrollt und versucht, diese zu löschen.

»Alles in Ordnung?«, frage ich.

»Nein. Dieses Profil ist wieder aufgetaucht. Du weißt schon: *kASSy – see the ass inside*. Mit neuen Fotos. Wenn ich den erwische, der das war …« Ich kann ihrer Stimme anhören, wie sehr sie das fertigmacht.

Sie ist nicht so cool, wie sie immer tut. Wie du mir, so ich dir. Ich muss mir auf die Wangen beißen, um nicht in ein erleichtertes Lachen auszubrechen. Sie weiß nicht, dass das Profil von mir ist, sie hat also Maries Tagebuch nicht gelesen.

Der Pastor tritt an das kleine Rednerpult und faltet die Hände. »Wir haben uns hier zu einem traurigen Anlass versammelt …«, fängt er an. Er hat eine tiefe und ruhige Stimme, die angenehm wäre, wenn seine Worte andere wären.

»… um von Thea Marie Zander Abschied zu nehmen, die viel zu früh von uns gegangen ist …«

Und noch mehr Blabla, es ist unmöglich, zuzuhören. Von irgendwo erklingt Orgelspiel, aber hier ist gar keine Orgel, und so wie es sich anhört, ertönt die Musik vom Band. Hätte Ilsa nicht etwas Geschmackvolleres organisieren können, einen Violin- oder Cellospieler zum Beispiel?

Mir wird klar, dass auch ich mich um so etwas hätte kümmern können. Dass ich Ilsa nicht geholfen habe, bei gar nichts.

Der Pastor hat zu Ende gesprochen.

»Und nun wird der Vater ein paar Worte sagen«, verkündet er und sieht sich im Raum um.

Das ist der Moment, an dem Ralf nach vorn gehen und die Trauerrede halten sollte. Ich schlucke.

Conny dreht sich im Sitzen zu mir um: »Emma, würdest du?« Sie lächelt aufmunternd.

Ich nicke.

Ich stehe auf, und Conny drückt mir kurz dankbar die Hand, so wie Marie es manchmal tat, wenn ich im Unterricht an die Tafel musste.

Daniel muss beiseiterücken, damit ich durchkann.

»Was wirst du sagen?«, flüstert Kassy, ihre Augen leuchten groß und schwarz.

»Die Wahrheit«, sage ich.

Es sind nur wenige Schritte zu dem kleinen Rednerpult, doch der Weg kommt mir trotzdem ewig vor.

Der Pastor macht Platz, und dann stehe ich an dem kleinen Pult, inmitten der Blumen. Ich könnte die Hand ausstrecken und Marie berühren.

Ihren Sarg.

Ich hasse es, vor Leuten zu sprechen. Schon in der Schule bekomme ich Panik, wenn ich nach vorne gerufen werde.

Alle starren mich an.

Ich blende die Menschen aus und sehe aus den Augenwinkeln auf das überlebensgroße Foto von Marie. Sie lächelt mich an, und es ist, als würde ich ihre Stimme in meinem Kopf hören: »Na los, Emme. Du schaffst das.«

Ich hole Luft, aber meine Kehle ist wie zugeschnürt.

Es ist wie bei einem Auftritt. Kurz vor einem Konzert haben meine Hände immer gezittert, dass ich den Bogen kaum halten konnte, und meine Finger schwitzten so sehr, dass ich Angst hatte, das Cello würde mir aus den Händen gleiten. Aber dann, wenn die ersten Takte einsetzten und meine Finger nach den Saiten griffen und der Bogen die ersten tiefen, vibrierenden Töne hervorrief, dann wurde ich immer ganz ruhig. Dann konnte ich vergessen, dass alle mir zusahen, dann brauchte ich nur auf die Melodie in meinem Inneren zu lauschen.

Ich schließe eine Sekunde lang die Augen, lege meine zitternden Finger auf das Holzpult, um mich festzuhalten, und atme ein. Ich lausche auf die Melodie in meinem Inneren. Aus weiter Ferne ertönt das Lied, das Kassy und ich auf der Zugfahrt nach Nienbrook gehört haben. Das klagende Cello im Hintergrund, das mir so gut gefiel. Der Sturm, der langsam heraufzieht, und die Stimme der Sängerin, die von kindlich zu wütend umschlägt.

If you let this thing go
It's gonna burn
It's gonna burn
You're gonna take the whole world with you when you go

Ich mache die Augen auf.

»Mein Name ist Emma Richter, und Marie war meine beste Freundin. Eigentlich sollte ihr Vater, Ralf Zander, jetzt hier stehen, aber er ist heute leider verhindert.«

Meine Stimme zittert, aber ich spreche einfach weiter:

»Ich stehe hier, weil ich Marie schon seit der Grundschule kenne. Sie war meine beste Freundin. Die ganze Fahrt hierher habe ich mir den Kopf darüber zerbrochen, was man sagen kann, wenn die beste Freundin für immer weg ist. Aber die Wahrheit ist: Es gibt keine Worte, die ausdrücken könnten, wie sehr ich sie vermisse.«

Ein Nicken geht durch die Reihen der Köpfe vor mir. Das Zittern in meiner Stimme lässt nach.

»Marie hatte immer die richtigen Worte. Für alles. Sie wusste, was man zu der Frau an der Rezeption sagen muss, wenn man einen Job als Model haben will, zur Lehrerin, wenn man eine

Eins im Deutschunterricht haben will, oder zu dem Italiener, wenn man eine Kugel Eis auf dem Weg nach Hause schnorren will.«

Ein rascher Blick in die Gesichter vor mir, alle hören mir zu.

»Sie wusste auch immer, was sie zu mir sagen musste, um mich aufzumuntern, mir Mut zu machen, damit ich mich verstanden fühlte. Sie wusste, wie man den besten Espresso der Welt kocht, ohne sich die Finger zu verbrühen, wie man lacht, bis einem der Bauch wehtut, und wie man eine Cola im Kopfstand trinkt, ohne dass einem die Kohlensäure zur Nase wieder rauskommt.«

Aus der Reihe meiner Eltern kommt ein leises Lachen bei der Erinnerung, wie wir den Teppich im Wohnzimmer versaut haben.

»Sie hätte auch gewusst, wie man eine richtige Trauerrede hält, und deswegen ist es so eine Tragödie, dass ich hier heute stehe und nicht sie. Marie?«

Ich wende mich dem Sarg zu.

»Wie sollen wir das nur schaffen, ohne dich?«

Meine Augen füllen sich mit Tränen.

Ich balle meine Hände zu Fäusten, um sie zurückzuhalten. Der kleine Bleistiftstummel an meinem Lederarmband drückt sich schmerzhaft in meine Handfläche.

»Jetzt sitzen wir hier und sind fassungslos vor Wut und Schmerz und Trauer, und es gibt nur diese eine Gewissheit, an der wir uns festhalten können: Marie wusste, wie man das Leben genießt. Sie hat das Leben geliebt. Sie hätte niemals Selbstmord begangen.«

Die Trauergäste in den Reihen vor mir scharren unruhig mit den Füßen, Ilsa wäre es sicher lieber, ich würde dieses Wort nicht benutzen, aber ich muss das jetzt machen.

»Ja, ich weiß, was geredet wird. Einige behaupten, Marie habe sich das Leben genommen. Aber das ist eine Lüge. Wir haben Wahrheit oder Pflicht gespielt in jener Nacht. An den Klippen. Und es ist meine Pflicht, die Wahrheit zu sagen: Wir alle sind schuld an Maries Tod.«

Ein Raunen geht durch die kleine Kapelle, und die Zuhörer rutschen unruhig auf ihren Stühlen, aber dies ist meine einzige Chance, ich lasse mich nicht aufhalten.

»Wir haben getrunken an dem Abend, und ich glaube, da war nicht nur Alkohol im Spiel. Man hat uns was in den Drink gemischt. Mama, Papa, ich bin nicht die, für die ihr mich haltet. Und Daniel war übrigens auch auf der Party, und er war mit an den Klippen. Wir alle haben Marie ermuntert, da hinunterzuspringen. Nur so. Zum Spaß. Aber sie ist nicht gesprungen. Denn sie wollte nicht sterben. Was sie fertiggemacht hat, ist, dass ihre Mutter nie Zeit für sie hatte, ihr Vater sich nie bei ihr meldete, ihre besten Freundinnen sich andauernd stritten und sie ein Jahr in Australien verbringen sollte, wozu sie keine Lust hatte. Ihr Stiefvater ist ein Spanner, und sie war verliebt, aber niemand sollte das wissen. Sie war ein ganz normaler Teenager, und sie war was Besonderes. Ich sage das nicht, weil ich ihre beste Freundin war, denn als beste Freundin habe ich versagt, viele dieser Dinge wusste ich nicht einmal. Aber ich habe ihr Tagebuch gelesen. Und wenn ich die Zeit noch einmal zurückdrehen könnte, dann, um in jener Nacht bei ihr zu sein. An den Klippen. Um sie zu beschützen.« Ich schlucke.

»Trotz all der Dinge, die sie beschäftigt haben, die sie auch traurig gemacht haben, glaube ich nicht, dass sie springen wollte, niemals, und wer das behauptet, der lügt. Marie … ruhe in Frieden. Ich werde dich ewig vermissen.«

Die Tränen schießen aus meinen Augen, ich kann es nicht mehr verhindern, daher trete ich vom Pult zurück. Ich berühre ihren Sarg. Der Lack ist glatt und geschmeidig unter meinen Fingern, wie feines Porzellan.

»Auf Wiedersehen«, flüstere ich.

Dann gehe ich mit gesenktem Kopf und geballten Fäusten zurück auf meinen Platz, ohne irgendjemanden anzusehen. Ich höre lautes Schluchzen, als ich mich auf die harte Bank neben meinen Vater und Kassy quetsche.

In der kleinen Kapelle herrscht Totenstille.

Meine Augen schwimmen in Tränen, und ich zittere am ganzen Körper. Ich wage es nicht, Kassy anzusehen.

Ilsa vor mir weint, ich sehe ihre Schultern zucken.

Nur am Rande bekomme ich mit, dass der Pastor wieder nach vorn getreten ist und alle Anwesenden auffordert, das Vaterunser zu sprechen. Ich falte meine Hände und halte den Kopf gesenkt, um bloß nicht zum Sarg und den Blumen zu blicken. Ich höre das gemurmelte Gebet und das Schluchzen, und meine Tränen tropfen stumm auf meine Fingerknöchel, große, salzige Tropfen.

Alles ist verschwommen. Als die Orgelmusik vom Band ertönt und alle sich erheben, folge ich der Menge mit weichen Knien nach draußen. Alles, was ich denken kann, ist, dass ich froh bin, dass es vorbei ist.

Ich blicke nicht zurück.

Kapitel 17

Draußen ist alles grell im zu heißen Sonnenlicht, die Trauergäste scharfkantige schwarze Löcher vor weißem Hintergrund. Die richtige Beisetzung, bei der der Sarg unter die Erde kommt, findet später nur im engsten Kreis der Familie statt, und ich bin froh darum. Ich will nicht noch einmal in einen Abgrund hinabblicken, in dem Marie verschwindet.

Um ihre Familie hat sich eine Menschentraube versammelt: Nachbarn, Lehrer, ein paar Schüler und diese blöde Kuh von der Modelagentur. Daneben stehen die Offiziellen, die von der Kirche und vom Bestattungsinstitut. Der Pastor unterhält sich mit unserem Direktor.

Der lange Zug an Trauergästen geht an Ilsa, Conny und Udo vorbei. Hände werden geschüttelt, jeder spricht sein Beileid aus. Auch meine Eltern warten darauf, dass sie zu den Zanders gehen können. Kassy kommt zu mir.

»Ich kann nicht bleiben. Ich muss ins Café …«, sagt sie und schaut zu Boden.

»War klar …«, sage ich.

Kassy sieht mich nicht an. Sie zögert für den Bruchteil einer Sekunde. Dann dreht sie sich um und geht.

Ich will auch weg, in dem Blazer ist mir zu heiß, das grelle Sonnenlicht und die Tränen verursachen mir Kopfschmerzen.

Papa hat es anscheinend die Sprache verschlagen. Er muss wohl erst mal verdauen, was ich gesagt habe.

Ich bin mir trotzdem sicher, das Richtige getan zu haben. Ich fühle mich total erleichtert.

Mareike ist die Einzige, die sich zu mir traut. »Starke Rede.«

»Danke.«

»Wenn du Lust hast, könntest du nächste Woche mal zum Orchestertreffen kommen. Wir üben Beethovens Sinfonie Nummer sieben. Aber erwarte nicht zu viel, wir sind schlecht.«

»Ich komme gern«, sage ich rasch, bevor ich es mir wieder anders überlegen kann.

»Echt? Super.« Mareike lächelt. »Na, dann. Bis bald.«

»Ja.« Ich lächle.

Die Leute verschwinden Richtung Parkplatz, um schon zu dem italienischen Nobelrestaurant zu fahren, in dem der Leichenschmaus stattfinden wird.

Wir sind fast die Letzten, die auf dem Kiesvorhof vor der Kapelle übrig bleiben. Maries Familie wartet vor der Kapelle auf den Pastor, sie werden nun zum Grab aufbrechen.

Plötzlich tritt ein Mann aus dem Schatten ins Sonnenlicht, er hat anscheinend darauf gewartet, dass alle weg sind. Es ist der Typ aus der Kapelle, der mir vorhin schon aufgefallen ist, der mit den grauen Haaren, und jetzt weiß ich auch wieder, wo ich ihn schon gesehen habe: Das ist der Schulpsychologe, der mir dauernd aufgelauert hat. Was will der denn hier?

Er tritt an Ilsa heran und schüttelt ihr die Hand: »Frau Zander, mein aufrichtiges Beileid. Mein Name ist Kommissar Brandtner, und ich bin mit dem Fall Ihrer Tochter beauftragt.«

Was, der Mann ist von der Kripo?!

»Es tut mir leid, Sie hier stören zu müssen an diesem schweren Tag. Aber ich habe wichtige Neuigkeiten zum Tod ihrer Tochter.«

»Ja, bitte?« Ilsas Hände zittern.

»Die Laborergebnisse sind gekommen. Wir wissen nun mit Sicherheit, dass ihre Tochter aufgrund der Verletzungen verstorben ist, die von dem Sturz aus großer Höhe stammen. Aber wir können Fremdeinwirkung nicht ausschließen.«

Ich stehe mit meinen Eltern dicht genug, um alles zu hören, wir stehen praktisch daneben, als würde der Kommissar wollen, dass wir alles mitkriegen. Die Worte dröhnen in meinen Ohren.

»Was soll das bedeuten?«, stammelt Ilsa. »Fremdeinwirkung?«

»Das bedeutet«, sagt der Kommissar ruhig, »dass ihre Tochter an den Klippen vermutlich nicht alleine war.«

Die Zeit bleibt stehen.

Ich sehe Marie wieder vor mir, wie sie am Abgrund steht, ihr weißes Kleid flattert im Wind. Sie hält die Flasche in der Hand und dreht sich zu mir um. Sie lacht.

Kommissar Brandtner blickt mich an: »Unter diesen neuen Umständen ist es unerlässlich, dass wir ein paar Aussagen bekommen. Und nach der äußerst interessanten Rede, die du gehalten hast, möchte ich dich bitten, jetzt mit mir zum Polizeipräsidium zu kommen, Emma Richter.«

Mir weicht alles Blut aus den Adern. »Ich?«

»Du und dein Bruder Daniel, ja.«

Ich habe keine Ahnung, wie man sich in so einer Situation verhält. Ich sehe zu meinen Eltern, aber die stehen unter Schock und starren nur abwechselnd mich und den Kommissar an.

»Wenn Sie uns bitte dorthin begleiten würden?«, sagt er höflich zu ihnen.

»Wir kommen nach!«, versichern sie uns schnell.

Kommissar Brandtner legt uns keine Handschellen an oder so, aber Daniel und ich müssen in den Polizeiwagen steigen. Ein weiterer Polizist in Uniform sitzt vorn auf dem Fahrersitz, und Daniel und ich werden auf die Rückbank geschoben. Als die Wagentür sich schließt, verstummen alle Geräusche.

»Du bist so was von tot«, zischt Daniel mir zu.

Ich ignoriere ihn, er jagt mir keine Angst mehr ein.

Ich lege den Sicherheitsgurt an, drehe meinen Kopf von ihm weg und sehe aus dem Fenster, während Kommissar Brandtner einsteigt. Der Motor startet.

Wir fahren durch die Stadt zum Polizeipräsidium. Am Empfang nimmt ein Mann unsere Personalien auf. Meine Eltern kommen, und wir legen unsere Personalausweise vor. Dann müssen wir eine ganze Weile warten. Mein Bruder und ich werden voneinander getrennt.

Ich sitze auf einem unbequemen Plastikstuhl im Flur des Polizeipräsidiums und starre auf den Linoleumboden, der die Farbe von Erbrochenem hat. Der Stuhl neben mir ist frei, aber am Metallbein glänzt ein Blaubeerkaugummi.

Ich warte. Endlich führt man mich in einen Raum, wo ein Beamter und jemand von der Jugendstrafjustiz darauf warten, mich zu vernehmen. Die blonde Polizistin mit dem Pferdeschwanz, die dabei war, als wir Marie an den Klippen fanden, ist da. Sie lächelt mir aufmunternd zu.

Und dann erzähle ich, was passiert ist.

Alles, von Anfang an.

Ich erzähle von dem Spiel, Wahrheit oder Pflicht; von der Wodkaflasche »Daniel-Special«, und von Kassys Sprung. Davon, wie schlecht mir war und dass ich allein auf dem Sofa saß. Von

Maries Tagebuch, Daniels heimlichen Treffen mit Kassy und diesen Typen im Park und von Tobi auf Facebook. Sie wollen das Tagebuch als Beweismaterial sichern, und ich gebe den Polizisten auch Maries iPhone, das ich in meiner Tasche hatte, damit Daniel es nicht findet.

Jetzt ist eh alles egal.

Ein Techniker knackt den PIN in wenigen Sekunden, indem er einen Decoder anschließt. Daraufhin können wir sehen, mit wem Marie zuletzt telefoniert hat.

All meine WhatsApp-Nachrichten sind da, und auch die von Kassy.

Aber der allerletzte Anruf, den Marie bekam, kam weder von Kassy noch von mir, er stammt von einem Unbekannten, mit Nummernunterdrückung.

Und die letzte Nachricht, die Marie versendet hat, war auch nicht an eine von uns. Sie lautete: »Müssen uns sehen. Treffen an den Klippen. Mitternacht.«

»Was hat das zu bedeuten?«, frage ich Kommissar Brandtner, der mir natürlich nicht erzählt, an wen Marie die Nachricht geschickt hat.

»Das bedeutet: Die Staatsanwaltschaft von Hamburg ermittelt nun im Fall Marie Zander wegen Mordes.«

Er steht auf.

Ich habe keine Ahnung, wie es jetzt weitergeht.

Ob Daniel und Kassy jetzt in Schwierigkeiten stecken.

Aber verdammt, es hat sich gut angefühlt, endlich alles zu erzählen. Denn nun wird endlich die Wahrheit ans Licht kommen. Die Wahrheit über den Tod meiner besten Freundin Marie.

Danksagung

Mein großer Dank gilt allen bei Oetinger34, die mir diese Chance gegeben haben, mich aus einem Stapel an Bewerbern zogen und daran glaubten, ich könnte den ersten Teil schreiben; vor allem aber Katrin Weller und meiner Lektorin Kristin Neugebauer für ihre fantastische Unterstützung. Meine beiden Co-Autorinnen Elisabeth Denis und Lara de Simone muss ich nicht erwähnen: Ihr seid super, danke für euer Feedback! Und natürlich unsere Paten Rita Falk und Stefan Valentin, danke für die Zusammenarbeit und fachliche Hilfe.

Ohne die prophetischen Kräfte meiner BFF Constanze Dücker hätte ich mich nie beworben, und ohne Anne Baumann und »Poki« Müller-Michaelis gäbe es nichts zu lachen, also Danke fürs da sein.

Aber ganz besonderer Dank gilt meinem Mann und Seelenverwandten Erkan, der mich ernst nimmt, auch wenn ich Fliegen verschlucke. Ohne dich gäbe es nur leere Seiten.

Interview
mit Rita Falk & Stefan Valentin

Rita Falk, Lara de Simone, Elisabeth Denis, Daniela Pusch, Stefan Valentin © Heidi Velten

Was hat Sie dazu bewogen, als Pate an der Buchreihe »Secrets« mitzuwirken?

Rita Falk: Die Schriftstellerei ist manchmal ein einsamer Job. Da bot es sich an, es einmal im Team zu probieren, gemeinsam eine Story zu entwickeln und das Projekt beratend zu begleiten. Es war eine gute Entscheidung.

Warum liegt Ihnen Nachwuchsförderung besonders am Herzen?

Stefan Valentin: Der heutige Nachwuchs ist der Leser und Autor von morgen. Ich hätte mir auch einen Paten hier und da gewünscht, der mir etwas von seiner Erfahrung weitergibt. So kann ich das tun, was ich vermisst habe.

In welcher Form haben Sie an »Secrets« mitgearbeitet?

Stefan Valentin: Ich war von Anfang an dabei, habe die Aufregung der jungen Autorinnen beim ersten Treffen erlebt, die dann auch auf mich abfärbte, konnte die Story Gestalt annehmen sehen und hoffentlich mit dem einen oder anderen Tipp weiterhelfen. Den Schreibprozess haben die drei selbst durchstehen müssen, aber beim Begutachten und der Feinarbeit war ich wieder mit dabei und habe die »Secrets«-Bände so bis zum Ende begleiten können.

Wie haben Sie die Zusammenarbeit mit den drei Autorinnen empfunden?

Rita Falk: Kurz gesagt? Sehr angenehm und erfrischend!

Sie schreiben bereits seit Jahren sehr erfolgreich Kriminalromane. Welche Erfahrungswerte konnten Sie den drei Autorinnen besonders mit auf den Weg geben?

Rita Falk: Ich glaube jeder Autor/Autorin hat seine/ihre eigene Methode, sich seinem/ihrem Stoff zu nähern. Es war überraschend, wie eloquent das die Autorinnen gemacht haben. Im Grunde war wenig Unterstützung notwendig, da jede für sich ihren Weg bereits gefunden hatte.

Was ist in Ihren Augen das Besondere an »Secrets«?
Stefan Valentin: Das Herausragendste ist natürlich die dreierlei Sicht auf das Geschehen. Jede der drei Protagonistinnen hat ihre eigene Stimme, ihre Haltung, ihr Empfinden. Das ist nicht konstruiert, sondern durch die Verschiedenheit von Daniela, Lara und Elli einfach gegeben.

Wie würden Sie »Secrets« in drei Worten beschreiben?
Rita Falk: Elli – Daniela – Lara oder: jung – spritzig – geheimnisvoll.

Was ist Ihre Lieblingsszene in »Wen Emma hasste«?
Stefan Valentin: Da muss ich nicht lange nachdenken, obwohl es viele starke Stellen im Buch gab: Am meisten berührt hat mich die Rede, die Emma auf der Beerdigung hält. Es hat mich dabei emotional durchgerüttelt und geschüttelt.

Ein Gruß an die Leser:
Rita Falk & Stefan Valentin: Liebe Leserinnen und Leser, wir beneiden euch beinahe für die Entdeckung von »Secrets«. Eine Geschichte aus drei Perspektiven, die vielen Rätsel und Fragen, solche Lektüre muss einfach mitreißen und bis zur Auflösung fesseln. Lasst euch das nicht entgehen!

7 Fragen an Daniela Pusch

© Heidi Velten

3 Sätze über dich: *Ich schreibe und lektoriere Geschichten, manchmal mit anderen zusammen. Ich liebe Geschichten, denn sie halten uns den Spiegel vor. Ich liebe Verkleidungen, vermutlich der Grund, warum ich Kostümbildnerin geworden bin.*

Warum Oetinger34? *Weil nur Gutes dabei herauskommen kann, wenn man Kreative zusammen in einen (Weiß-)Raum sperrt. Ich habe schon immer die künstlerische Zusammenarbeit mit anderen gesucht; sei es im Kurzfilmbereich, am Theater oder beim Schreiben. Filme und Computerspiele z. B. entstehen nur im Team. Warum nicht auch Romane?*

Was ist das Besondere an deinem Text? *Meine Hauptfigur Emma glaubt, ihre besten Freundinnen in- und auswendig zu kennen. Bis sie feststellen muss, dass diese Geheimnisse vor ihr haben. Für Emma stellt sich die Frage: Ist es noch Freundschaft, wenn man sich nicht alles anvertraut? Eine Frage, die sich mir auch schon im wahren Leben gestellt hat.*

Beste Freundin oder fester Freund?

☒ ☐

Cello oder Ukulele?

☒ ☐

Wahrheit oder Pflicht?

☐ ☒

Ein Gruß an deine Leser: Allen dicksten Freundinnen und besten Feindinnen ist dieses Buch gewidmet. Gebt aufeinander acht und feiert die Party eures Lebens.

ELISABETH DENIS

SECRETS

WEM MARIE VERTRAUTE

Leseprobe

OETINGER 34

Kapitel 1

Samstag, 4. April

Zischend strömt Gas aus. Kassy hat mal gesagt, sie setzen diesen typischen Geruch extra zu, damit man sich nicht aus Versehen umbringt. Eigentlich ist Gas geruchlos. Ich halte den Anzünder in die Nähe der kleinen schwarzen Löcher, das genügt, und fauchend springt eine Flamme an. Dann ziehe ich den Topf über das Feuer und betrachte die hin und her schwappende Oberfläche.

Es ist halb sieben. Ich müsste nicht so früh auf sein, es ist Samstag, doch ich bin immer die Erste im Bad. Dafür nehme ich das bisschen Müdigkeit in Kauf.

Langsam erwärmt die Flamme die Milch. Wenn ich nur lange genug warte, wird sie dabei allmählich allen Sauerstoff aus dem Raum tilgen. Sauerstoff ist – genau wie das Gas – geruchlos. Dass er knapp wird, merkt man nur an einer bleiernen Müdigkeit. Aber dann hat man eh schon verkackt.

Hinter mir glänzt der Küchenblock aus Holz und Schiefer, der die Küche zum offenen Wohnraum mit der weißen Sitzlandschaft abgrenzt. Als Kassy zum ersten Mal hier war, hat sie sich über den Ausdruck *Sitzlandschaft* weggeschmissen. Vorher ist mir nie aufgefallen, wie affig der eigentlich klingt. Dahinter dann das Panoramafenster und die Terrassentür. Rechts knickt der Raum ab zum Essbereich, den man vom Herd aber nicht einsehen kann. Um den riesigen Tisch finden locker zehn Stühle Platz. *Eine Esslandschaft*, denke ich und grinse. Mich interessieren nicht die Möbel, sondern der Raum um sie herum, also die Luft quasi. Ehrlich, es muss ewig dauern, bis hier der ganze Sauerstoff verbrannt ist.

Ich drehe das Gas ab und gieße die lauwarme Milch in einen Becher mit Kakaopulver. Im Obergeschoss klappt eine Tür, dann höre ich Udos schwere Schritte. Üblicherweise folgen jetzt das Knarren der Dielen, dann ein zweites Türklappern, und er verschwindet im Bad. Doch heute knarrt es weiter. Treppenstufenknarren. Shit! Ich bin nur mit meinem Bademantel bekleidet.

Fünfzehn Stufen hab ich Zeit für eine Entscheidung. Mir genügen zwei: Ich schnappe mir den Kakao und biege um die Ecke in den Esszimmerbereich.

Schon öffnet sich der Kühlschrank mit einem luftigen Schmatzen. Ich hingegen öffne das Fenster wie ein Profi, vollkommen geräuschlos. Umso heftiger schrecke ich zusammen, als Vogellärm durch den Spalt dringt. Ich halte inne. Drehe mich um, doch Udos Visage bleibt mir Gott sei Dank erspart. Ich stelle den Kakao aufs Sims, steige hinauf, Fenster auf, Marie raus, Kakao hinterher, Fenster zu.

Kalt! Shit, ist das kalt! Dagegen kann mein Flauschi-Bademantel nichts ausrichten. Warum hab ich mir nicht wie sonst nach dem Duschen meine Klamotten angezogen? Warum bin ich nicht einfach an Udo vorbei durchs Treppenhaus? Shit! Jetzt muss ich in der Affenkälte ausharren, bis er das Revier wieder freigibt. Und ich hasse ihn dafür, dass er nicht wie üblich ins Bad verschwunden ist. Mir fällt ein, dass im Schuppen die Terrassenbestuhlung lagert, und ich glaube mich an ein paar Decken zu erinnern.

Tatsächlich verhüllt eine blaue aus dicker Wolle den Berg von Stühlen, ein verfitzter Spinnenkadaver klebt daran, den ich mutig mit Zeigefinger und Daumen wegschnicke. Mit um den Körper geschlungener Decke tripple ich wie eine Geisha zurück zur Terrasse.

Nein, natürlich hat sich Udo nicht ins Bad verzogen, sondern Ilsa, meine Mutter, ist mittlerweile auch in der Küche aufgetaucht. Früher Vogel, würde ich sagen, denn in der einen Hand hält sie ihre Aktentasche, die sie gerade auf dem Küchenblock ablegt. Also befindet sie sich auf dem Absprung in die Kanzlei. In letzter Zeit arbeitet sie wieder öfter die Wochenenden durch. Jetzt wendet sie sich in ihrem teuren, weit geschnittenen Cashmere-Jumpsuit, der bei ihr nicht aufträgt, weil sie groß und schlank ist, zur Kaffeemaschine. Elegant befüllt sie die Maschine mit frischen Bohnen. *Jamaica Blue Mountain*, eine der teuersten Kaffeesorten der Welt. Ihre matten Perlenohrhänger schaukeln bei jeder Bewegung niedlich hin und her. Die aschblonden Haare rollen sich streng im Nacken zu einer akkuraten Schnecke. Wir hätten die gleiche Haarfarbe, hätte ich mir meine nicht im Dezember platinblond gefärbt.

Das Rattern des Mahlwerks bohrt sich durch die Panoramascheibe.

Udo im Kapuzenpulli frisst die Lyoner pur aus dem Kühlschrank. Bei ihm deutet die Kleidung eindeutig auf Couchtag. Und außerdem auf eine Persönlichkeitsstörung, denn wer trägt schon freiwillig Jeans mit aufgestickter Tätowierung? Jetzt ein paar eingespielte Lacher, und man hat zwei prima Gestalten in einer schlechten Sitcom. Zu dritt jedenfalls sind wir ein Witz. Wer uns als Familie gecastet hat, hat ganze Arbeit geleistet. Oder vielmehr gründlich versagt.

Ich setze mich auf den Terrassentisch, was mit der steifen Decke um die Hüften ein bisschen umständlich ist, und trinke einen Schluck des kalten Kakaos.

Um genau zu sein, ist Udo bloß der Sidekick meiner Mutter, für mich zählt er nicht, auch wenn er schon seit sieben Jahren hier rumturnt. Meine Mutter arbeitet unglaublich viel. Sie hat nie Zeit, sich mit meinem Kram zu beschäftigen. Manchmal glaube ich, sie hat einfach bloß Angst, mit leeren Händen dazustehen, sie sieht das Leben als Kampf, gegen dessen Härte man gewappnet sein muss.

Ich weiß noch, wie ich in der ersten Klasse in Emmas Zimmer stand und über die vielen Kissen auf ihrem Bett gestaunt habe.

»Brauchst du die alle zum Schlafen?«, habe ich gefragt, und Emma meinte, ihre Mama habe die dorthin gestopft, damit sie sich im Schlaf nicht an der Wand stößt.

Ich muss ziemlich neidisch geguckt haben, denn Emma schleppte daraufhin eine Weile lang Kissen an, die ich stolz meiner Mutter präsentiert habe. Doch die hat nur gemeint, *weich* besitze keinen Lerneffekt. Trotzdem liegen immer noch herzförmige und einstmals rosafarbene Puffer in meinem Bett – wie bei Emma. Halbe-halbe.

Meine Mutter lehnt sich gegen den Küchenblock und zieht ein Tablet aus der Aktentasche, auf dem sie stirnrunzelnd herumtippt, was den Perlenohrhängern ordentlich Schwung verleiht. In der anderen Hand hält sie, nein, nicht den Espresso, sondern ein Blatt Papier. Eine Rechnung vermutlich, irgendein offizielles Schreiben jedenfalls, denn ich kann auf dem Briefkopf ein fettes

Emblem erkennen. Udo sagt etwas, aber meine Mutter scheint ihn nicht zu hören. Jetzt stellt er sich dicht hinter sie und greift tatsächlich eine ihrer Titten, schaukelt sie in der Hand. Ein Siegergrinsen hängt ihm im Gesicht. Meine Schultern rutschen automatisch ein Stück zusammen. Mama kneift ihm in die Pfoten. Richtig so! Ihre Lippen bewegen sich, aber sie schaut nicht vom Tablet auf. Nur, so leicht lässt sich Udo nicht beirren.

Was soll's, denke ich, schlage die Decke auseinander, hüpfe von der Tischkante und schiebe die Tür mit Karacho auf.

Udos Hand rutscht ab. Er sieht mich, und sein Mund klappt auf. Zerkaute Wurst klebt auf seiner Zunge. Unfall im Tunnel.

Ich gehe zum Herd, schütte den kalten Kakao zurück in den Milchtopf und stelle die Flamme wieder an. Dabei werfe ich einen kurzen Blick auf das Schreiben.

»Ah, von der Monster High«, rutscht es mir heraus, denn jetzt erkenne ich in dem Emblem das Logo meiner zukünftigen Highschool in Brisbane.

»Wollen wir nicht erst einmal *Guten Morgen* wünschen?«, höre ich Udo sagen.

Lehrer wäre in der Tat ein prima Beruf für ihn!

Meine Mutter atmet laut ein. »Ich rechne durch, was uns dein Australienjahr kostet. Billig wird's nicht gerade.«

Dass sie mir mit Geld kommt, ist echt albern. Meine Mutter verdient als Anwältin so viel, dass sie seit letztem Herbst sogar die Unterhaltszahlung von meinem Vater dankend ablehnt. Keine Ahnung, was dahintersteckt, ob sie findet, dass ich undankbar bin, oder ob sie ihren Frust über die Wochenendarbeit bei mir abladen will. Jedenfalls kann Geld nicht der wahre Grund für ihr Gemotze sein, zumal ich einen Teil der Highschoolkosten durch meine Modeljobs selbst trage.

»Hast du keine Meinung dazu?«, fährt sie mich an. Ihre Augen sind immer noch auf diesem bescheuerten Stück Papier festgenagelt.

»War doch deine Idee, dieses Auslandsjahr«, nuschle ich.

Stimmt nicht! Das war meine.

Ich blinzle zu Udo, der sich ein weiteres Lyonerröllchen reinschiebt.

Meine Mutter blickt auf. Sie wirft das Papier vor sich auf die Platte, doch irgendein thermodynamischer Auftrieb oder so trägt es weiter, und es segelt zu Boden. Ihre Geste verpufft, aber ihre Gerichtssaal-Miene schüchtert sogar Udo ein. Dabei gehört der doch zu ihrer Front.

»Red kein dummes Zeug, Marie! Geh hoch und zieh dir was Anständiges an. Ich muss gleich los.«

In diesem Moment begreife ich, dass sie sehr wohl den Zusammenhang zwischen Bademantel, Rausgehen und Udo hergestellt hat. Als ich mich zur Treppe umdrehe, ruft sie mir hinterher, ich solle bei meiner Kleiderwahl bedenken, dass April sei und nicht Hochsommer.

»Na toll!«, stoße ich wütend aus. Ich stehe nackt, die Füße in einem Knäuel aus Bademantel, vor dem offenen Kleiderschrank. »Hochsommer!«, schnaube ich und kicke das flauschige Bündel von mir weg. Kurz fliegt es auf und landet schließlich über einer Lautsprecherbox am Boden. Ja, ich bin sauer auf meine Mutter, weil sie nur immer Sprüche klopft, aber mich mit diesem Volldeppen allein lässt.

»Hochsommer!«, grummle ich noch einmal, und da, endlich, macht es bei mir Klick! Denn plötzlich muss ich an den Strand von Nienbrook denken – und an meine Tante Conny. Mich packt also die Sehnsucht, zu ihr zu fahren. Seitdem sie und mein Cousin Tom aus München zurückgekehrt sind, habe ich die beiden noch gar nicht gesehen. Und das ist immerhin Monate her. Ich ziehe ein weißes Longsleeve aus dem Schrank und meine steingraue Lieblingsjeans. Nachdenklich beginne ich, mich anzuziehen.

Die beiden sind vor gut einem halben Jahr nach Nienbrook zurückgekehrt. Davor, vor anderthalb Jahren, sind sie in ihrem vollgestopften Nissan *für immer und ewig* auf nach München. Ich habe den Matratzen auf dem Autodach lange nachgeschaut und mir gewünscht, es gebe einen Marie-Klon, der an meiner statt in Hamburg bleiben könnte, während ich, heimlich zwischen die Matratzen geschmuggelt, mitfahren könnte. Aber im Auto war definitiv kein Platz mehr.

Ich angle mir einen Tintenroller vom Schreibtisch und schiebe ihn in meine Potasche. Ist so ein Tick von mir, ohne Stift gehe ich nie aus dem Haus. Das mit der Potasche muss ich mir abgewöhnen, denn mittlerweile ziert jede zweite Jeans ein Fleck, weil die Stiftkappe abgerutscht ist und sich der Jeansstoff vollgesaugt hat.

Die Münchner Wohnung meiner Tante war noch nicht einmal vollständig eingerichtet, da kam ihr die Idee mit der Ausbildung zur Yogalehrerin. Also hat sie neben ihrem Job in einer Apotheke an den Wochenenden die Ausbildung absolviert. Nun wird sie ab der nächsten Saison Kurse für Ostseeurlauber anbieten, hat sie mir am Telefon erzählt. Ich finde die Idee großartig! Vor allem, weil ich dadurch meine liebsten Menschen wieder um mich habe. Dieses Mal wirklich *für immer und ewig*! Hoffe ich.

✣

Im Zug tippt mich eine Frau an und hält mir etwas entgegen, das sich als mein Tintenroller herausstellt. Ich muss eingeschlafen sein, denn ich habe nicht einmal gemerkt, wie er mir aus der Hand geglitten ist.

»Danke!«, sage ich und kritzle wieder auf der Zeitung herum, die jemand im Abteil liegen gelassen hat. Mist, warum hab ich Conny nicht angerufen? Sicher wird sie da sein, beruhige ich mich. Kein Problem, bei meiner Tante bin ich sowieso immer willkommen.

Ich kuschle mich in meine Daunenjacke, in der sich mein Schlüsselbund, mein Handy und ein Fünfzigeuroschein befinden, den ich beinah in einen Mülleimer am Bahnhof geworfen hätte. Erst im letzten Moment hab ich gemerkt, dass es kein zusammengeknüllter Flyer ist.

Ich versuche, Tom anzurufen, aber mein Cousin nimmt nicht ab. Kein Wunder, es ist nicht mal neun Uhr.

Am Bahnhof in Nienbrook überlege ich, ein Taxi zu rufen. Aber da biegt schon der 19er um die Ecke, und mir kommt eine andere Idee, eine bessere. Ich steige ein.

Im Mittelteil des Busses lehnt Ulli, Toms Kumpel, den ich noch aus der Vorschule kenne, als ich bei Conny gewohnt habe. Ulli hört Musik und starrt vor sich hin. Er wirkt etwas dämlich dabei. Ich stelle mich neben ihn und glotze so lange aufdringlich, bis er zu mir schaut, wegschaut, wieder hinschaut. Er legt tatsächlich einen Double-Take hin, wie im Film.

»Hö, Marie! Wie siehst du denn aus? Man erkennt dich ja gar nicht.«

Er spielt auf meine Platinhaare an.

»Weißt du schon? Tom ist wieder da.«

»Ehrlich?« Ich tue übertrieben erstaunt.

»Ja, seit Oktober«, beteuert er.

»Mensch, Ulli!« Ich stupse ihm auf die Nase. »Du bist echt ein Schnarchi!«

»Hö! Kann ich ja nicht wissen, dass du das weißt!«

An der letzten Haltestelle vorm Ortseingangsschild steige ich aus und winke Ulli zu. Dann laufe ich die Landstraße entlang, bis ich den Trampelpfad zum Ufer erreiche. Nach ein paar Metern schon dringt Meeresrauschen an mein Ohr. Ich grinse. Doch, es ist eine richtig gute Idee gewesen, den Umweg zu nehmen.

Fast habe ich vergessen, wie schön es hier ist. Ich hocke mit angezogenen Knien auf dem Klippenvorsprung unterhalb des Wanderwegs. Nur wenige Meter den Weg entlang duckt sich einsam ein reetgedecktes Fachwerkhaus unter hohen Pappeln: unser Ferienhaus. Aber so weit bin ich gar nicht gekommen. Vorher hat mich der Vorsprung gelockt, und nun sitze ich hier oben und blicke aufs Meer. Wind kommt auf und bläst mir Tanggeruch um die Nase. Um diese Jahreszeit riecht das richtig angenehm, viel frischer als im Sommer, wenn er in der Hitze fault und sich unzählige Strandfliegenlarven darin tummeln.

Ich ziehe mir die Kapuze meiner Daunenjacke über den Kopf. Es gibt definitiv ein paar Sachen, die ich im nächsten Schuljahr vermissen werde. Der Ostseegeruch gehört dazu. Auf jeden Fall. Auch wenn ich den Strand von Brisbane nur von Internetfotos kenne: Ich bin mir ziemlich sicher, dass er vollkommen anders riecht.

Ich strecke meine Beine auf dem sandigen Gras aus. Dabei schieben sie ein paar Steinchen über den Rand, ich höre ein kurzes Prasseln. Im letzten Jahr haben meine Füße noch nicht über den Rand gereicht, oder?

Jedes Mal nach den Winterstürmen bin ich glücklich, wenn die See meinen Platz noch nicht geraubt hat. War ich tatsächlich ein ganzes Jahr nicht hier?

Orte fühlen sich nicht für jeden gleich an. Das ist zumindest meine Beobachtung. Natürlich meine ich nicht so Orte wie *Schulklo* oder *voller Bus im Sommer,* die eine eindeutige Reaktion hervorrufen. Ich denke an die unsichtbare Anziehungskraft mancher Plätze, für die nur wenige empfänglich sind. Da steht keine Parkbank, aber man möchte trotzdem dort ausruhen. Die Mauer hinterm Schulhof zum Beispiel, die nur bestimmte Typen anzieht. Aber es kann genauso gut ein Baum sein, eine Brücke, die Brache hinter den Garagen … oder eben dieser balkonartige Vorsprung an der Klippe. Man muss ein bisschen klettern, ungefähr zwei Meter in die Tiefe. Oben stehen überall Hinweisschilder. *Vorsicht! Abbrechendes Steilufer.* Mich hat das noch nie abgeschreckt.

Ich glaube, dass Orte lebendig sein können. Oder, im Umkehrschluss, tot. Die lebendigen Orte flüstern dir zu, wenn du für ihre Geschichte empfänglich bist.

Oh Mann, wenn Kassy wüsste, was ich mir hier zusammenspinne, würde sie ihre Oberlippe verächtlich hochziehen, aber Emma würde vielleicht sagen, es klinge magisch.

Fakt ist, dass wir drei uns an den meisten Orten ähnlich fühlen. Vielleicht sind wir sogar deswegen Freundinnen?

Allerdings hat Emma Höhenangst. Wir waren bloß ein einziges Mal hier auf dem Vorsprung. Ist schon ewig her, wir waren damals vielleicht sieben oder acht. Sie wurde zappelig wie ein kleines Seehundbaby. Unter mir geht es noch mal schroffe acht bis zehn Meter in die Tiefe. Dabei ist die Höhe nicht das Problem, das Runterklettern ist der schwierige Teil. Wenn man da nicht höllisch aufpasst – Bäm!

Bei Kassy bin ich mir sicher, dass sie durchdreht, wenn sie den Vorsprung sieht. Wir haben seit Neustem so einen Fimmel, wollen immer oben sitzen, den Überblick behalten – wie die Kätzchen. Für Emma ist das ein schwieriges Spiel, aber sie hält tapfer mit, und meistens bewegen wir uns ja auch bloß ein oder zwei Meter über dem Boden, nicht zehn.

Ich stelle mir vor, wie Kassy blankzieht und mit dem Wind über den Klippenrand pullert. Ich muss unbedingt mit meinen Freundinnen hierherkommen! Dann werde ich ihnen die Kopfhörer aus den Ohren zupfen und ihnen zuwispern: »Lauscht!«

Dieser Ort ist wie Musik. Der Wind, die Brandung, das Geschrei der Vögel verschmelzen zu einem Atem. Mit meinem.

Ehrlich, am liebsten komme ich allein hierher. Manche Orte gehören nur einem selbst.

Ich schließe die Augen, da prasselt es wieder. Diesmal landen Steinchen und Sand auf meinem Kopf. Vielleicht ein Spaziergänger, der die Aussicht bewundert? Ich beuge mich vorsichtig vor und schaue hoch zum Klippenrand. Gegen den sonnenhellen Himmel zeichnet sich ein schattiger Umriss ab. Tatsächlich, dort steht jemand, und mich beschleicht das Gefühl, dass er mich schon eine Weile beobachtet. Gerade will ich hochrufen, der Spacko soll mit dem Mist aufhören, da geht eine weitere Ladung Dreck auf mich nieder. Ich reiße meine Hände vors Gesicht und sehe gerade noch, wie der Wahnsinnige abspringt. Schnell weiche ich zur Seite aus, soweit es der Platz zulässt. Der Spinner landet knapp neben mir auf den Knien. Ich spüre die Erschütterung und für einen panischen Augenblick weiß ich, jetzt bricht der Vorsprung ab. Unwillkürlich krallen sich meine Fäuste in den Kapuzenpulli meines Gegenübers, den ich jetzt auch erkenne. Erschrocken verharren wir einige Sekunden, aber es geschieht überhaupt nichts. Wir stürzen nicht ab. Dann lacht der Typ los.

»Tom!« Wütend funkle ich meinen Cousin an. Aber nur kurz, denn schon verwandelt sich meine Wut in Wiedersehensfreude.

»Tom!«, rufe ich noch einmal, diesmal erleichtert.

»Marie!«, brüllt er zurück.

Meine Hand löst sich aus dem Stoff, der eigenartig weich und glatt ist, wie Leder. Jubelnd fallen wir uns um den Hals. Wir knien immer noch, was unsere Umarmung etwas unbeholfen macht. Tom raunt: »Endlich!«, und ich: »Blödmann!«

Bis eben habe ich keinen Gedanken daran verschwendet, was anderthalb Jahre mit seinem Äußeren angestellt haben. Natürlich hat er noch dieselben braunen Augen und die Leberflecken an der Schläfe – doch so vertraut mir seine Gesichtszüge sind, irgendwie sieht er auch anders aus.

Ganz dicht sitzen wir nebeneinander. Ich blinzle zu unseren Füßen. Seine ragen noch ein paar Zentimeter weiter über den Rand als meine. Irgendwie unbequem, denke ich.

»Lass mal sehen.« Er zuppelt an meiner Kapuze, bis sie mir vom Kopf rutscht.

»Krass!« Mehr bekommt er nicht heraus. Er taxiert mich, kneift die Augen zusammen und fällt schließlich sein Urteil: »In natura sieht es anders aus.«

Stimmt, er kennt mich mit gefärbten Haaren nur von den Fotos auf meinem Facebook-Profil. Selbst Weihnachten haben wir nicht zusammen gefeiert, auch wenn mir gerade nicht einfällt, wieso es eigentlich nicht geklappt hat. Das Geschenk für ihn habe ich immer noch.

Tom ist nicht nur mein Cousin, sondern mein ältester Freund. Als meine Mutter nach ihrem Juraexamen in der Kanzlei angefangen hat – Full Time, also sechzig Stunden und mehr in der Woche –, musste ich zu Oma und Conny ziehen.

Damals konnte ich nicht begreifen, was das eine mit dem anderen zu tun hat. Ich hatte noch längst keinen Begriff von Raum oder Zeit. Hamburg, mit meiner Mutter, das war bloß eine Wohnung in einer Straße, die ich nur nicht mehr sehen konnte. Sie konnte hinter der nächsten Ecke liegen oder auf einem anderen Planeten. Ich war da ungefähr vier. Weil ich meine Oma und Tante Conny immer schon sehr lieb hatte, verkraftete ich den Rauswurf aus meinem bisherigen Leben ganz gut. Und außerdem gab es ja noch Tom, mit dem ich ein Zimmer teilte. Wenn Oma abends das Licht ausknipste und ich doch mal wegen Mama weinte, ist er zu mir ins Bett gekrochen und hat mich getröstet.

Später haben wir das natürlich nicht mehr gemacht. Und noch später, als meine Oma gestorben war, habe ich ein eigenes Zimmer bekommen, auch wenn ich da längst wieder in Hamburg gewohnt habe und wegen der Schule nur noch an den Wochenenden oder in den Ferien zu Besuch war.

»Erzähl! Wie geht's?«, fragt Tom.

»Hunger!«, sag ich. »Hab nur Kakao gefrühstückt.«

»Wenn das so ist, brate ich uns Spiegeleier zum Lunch.« Sein Ellbogen rempelt mich an, dann kapiere ich, dass er in seiner Hosentasche rumwühlt. Schließlich holt er sein Handy heraus und hält es am ausgestreckten Arm über uns.

Aber ich schaue nicht in die Kamera, sondern auf seine Finger. Das Telefon kommt mir verdammt mickrig darin vor, und das schockt mich. Genau mit diesem Schockausdruck knipst Tom mich ab. Ich schnappe mir seine andere Hand, klatsche meine dagegen. Die Fingerspitzen überragen meine um zirka zwei Zentimeter.

»Ehrlich, wie kann man in einem Jahr nur dermaßen übertrieben wachsen?«, stoße ich hervor.

»Das muss am bayerischen Krustenbraten liegen«, antwortet er, und seine Finger rutschen in die Lücken zwischen meine.

»Schön, dich zu sehen, Marie«, sagt er leise.

Er steht auf, und für einen bescheuerten Augenblick bilde ich mir ein, dass ich einen Wirbel sehen kann, den er in der Luft fabriziert.

Ich klettere hinter ihm den Abhang hinauf. Oben auf dem Uferweg werfen wir noch einen Blick auf die Ostsee. Dann ziehen wir beide unsere Kapuzen über den Kopf, denn es ist windig.

Wach auf! Sonst bist Du die Nächste

Krystyna Kuhn
Monday Club. Das erste Opfer
384 Seiten. Ab 14 Jahren
ISBN 978-3-7891-4061-7

Auf der Straße sieht Faye ihre kürzlich ums Leben gekommene Freundin Amy. Halluziniert sie? Oder ist Amy noch am Leben? Faye sollte besser nicht zu viele Fragen stellen – auch nicht zum Monday Club ...

Krystyna Kuhn
Monday Club. Der zweite Verrat
384 Seiten. Ab 14 Jahren
ISBN 978-3-7891-4062-4

Faye soll an derselben Störung leiden, die schon beim mysteriösen Tod anderer Mädchen eine Rolle gespielt hat. Ob der gutaussehende Luke recht hat, wenn er behauptet, dass der Monday Club hinter allem steckt?

Beide Bücher auch als e book

Oetinger

Auch als Hörbücher. Weitere Informationen unter:
www.monday-club.de, www.oetinger-media.de und **www.oetinger.de**

Emma muss dauernd streiten, ich wünschte, sie würde aufhören, Kassy zu kritisieren.

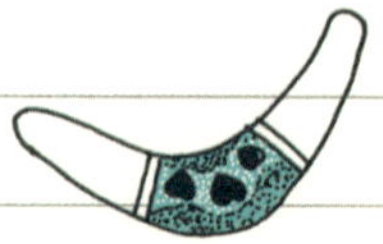

05.04.2015

Vorhin waren wir zu dritt verabredet am Häuschen und dann ist Kassy wieder so spät aufgeschlagen, dass Emma direkt wieder los musste. Es gab Streit deswegen. Dabei hätte ich dringend einen lustigen ~~Nachmittag~~ Nachmittag mit meinen Freundinnen gebraucht.

Gut, dass ich nächstes Schuljahr nach Australien abhaue.

Ich halte es nicht mehr aus!